AF212245

# Andrei Kurkov

# Pingüino perdido

Título original: *Zakon Ulitki*

© del texto: Andrej Kurkow, 2002 | Diogenes Verlag AG,
Zúrich, 2003. Todos los derechos están reservados
© de la traducción: Mario Grande y Mercedes Fernández
(Atalaire), 2006
© de la ilustración de cubierta: Olga Capdevila
© de la edición: Blackie Books S.L.
Calle Església, 4-10
08024, Barcelona
www.blackiebooks.org
info@blackiebooks.org

Maquetación: David Anglès
Impresión: Liberdúplex
Impreso en España

Primera edición en esta colección: enero de 2025
ISBN: 978-84-10323-19-3
Depósito legal: B 19728-2024

# Personajes de la historia

Ya conocidos:

| | |
|---|---|
| *Viktor Alekseyevich Zolotaryov* | escritor |
| *Misha* | su pingüino |
| *Nina* | hija del policía Sergei Stepanenko, pareja de Viktor |
| *Sonia* | hija del difunto «otro Misha», adoptada por Viktor |
| *Lyosha* | escolta |
| *Igor Lvovich, el Jefe* | exredactor jefe de *Stolitchnyé vesti* |
| *Ilya Semyonovich* | veterinario |

En Kiev:

| | |
|---|---|
| *Andrei Pavlovich Loza* | candidato a diputado de la Rada |
| *Pasha* | su ayudante |

En Chechenia:

| | |
|---|---|
| *Khachayev* | empresario checheno |
| *Aza* | su gerente |
| *Seva* | esclavo de Aza |

# I

A Viktor le costó tres días reponerse de los cuatro que había empleado en la travesía del Paso Drake. En ese tiempo, los científicos que habían navegado con él desde Ushaia en el *Horizon* ya se habían aclimatado y se apresuraban a ultimar mediciones y análisis antes de que se echara encima la noche polar. Viktor permaneció en el pabellón principal, del que no salía más que para comer o asomar un poco la cabeza al exterior. Nadie le hacía preguntas y hasta llegó a trabar amistad con un biofísico que estudiaba los límites de la resistencia humana, tema sobre el cual Viktor le habría podido suministrar material en abundancia durante la travesía si no se hubiera pasado todo el tiempo mareado en su litera.

Viktor no tardó en pillarle el punto a la Base Vernadski y hasta se aventuraba a salir, llevando el obligatorio distintivo rojo chillón con rayas amarillas fluorescentes y después de apuntar nombre y hora de salida en el tablero que había a la izquierda de la puerta. Le habían dicho que, en caso de no regresar a la hora prevista, obligaría a toda la base a salir en su busca. La base ya había conocido tragedias y no tenía nada de extraño que Gran Bretaña se la hubiera regalado a Ucrania después de perder dieciséis hombres y dos aviones de aprovisionamiento, por no hablar de su aspecto de Isla del Diablo vista desde la orilla. El único sitio donde se podía estar tranquilo era el bar, pero como no había barman ni bebidas, o se las llevaba uno o no había nada que hacer.

Viktor había visto los primeros pingüinos durante sus paseos por el embarcadero con el biofísico Stanislav y le habían parecido de juguete en comparación con su Misha, que entonces languidecía en Kiev.

—Estos son pingüinos Adelia —le había explicado Stanislav—. No estamos en la misma Antártida, sino en una isla. —Sus paseos los llevaban por la ruidosa caseta del generador hasta el laboratorio abandonado de investigaciones magnéticas—. Aquí hay otro Stanislav —le confió este mirando inquieto a su alrededor—. En la enfermería. Es de Moscú. Le he hablado de usted. Le gustaría verle.


El enfermo moscovita, un hombre corpulento de unos cuarenta años, estaba echado de espaldas con las piernas dobladas, porque la cama le venía pequeña. La palidez de sus facciones hacía temer lo peor.

El biofísico Stanislav se escabulló.

—¿A qué ha venido aquí? —preguntó el hombre enfermo.

—A darme una vuelta.

—¡Déjese de chorradas! Me llamo Stanislav Bronikovski y soy banquero. Me vi en un aprieto y tuve que esconderme. ¿Y usted?

—También he tenido que esconderme.

—Bien.

—¿Por qué?

—Porque somos compañeros de infortunio. Podría usted haber venido a liquidarme.

Se hizo un prolongado silencio. Viktor se levantó para irse.

—Venga cuando pueda —soltó Stanislav—. Jugaremos al ajedrez... Yo podría serle útil.

Viktor se convirtió en visitante habitual a partir de entonces. No tenía prisa por nada y fuera hacía frío, aunque menos de lo que él se había esperado, solo quince bajo cero. Los pabellones tenían buena calefacción, pero el sanatorio era todavía mejor. Jugaban al ajedrez y de paso hablaban de todo lo habido y por haber. A Viktor no se le escapaba que a veces Bronikovski parecía tantearlo, pero no vio nada extraño en eso. Bronikovski padecía manía persecutoria, y bastante arraigada, por cierto. A Viktor jamás se le habría ocurrido que pudieran enviar un asesino en su busca hasta la Antártida. Claro que quién era él para enviar a alguien tan lejos. En cambio, Bronikovski era un tipo importante y poderoso, una reina, mientras que Viktor no pasaba de simple peón. Seguro que los temores de Bronikovski tenían algún fundamento. Además, su extraña enfermedad sin diagnóstico empeoraba cada día, a pesar de las inyecciones de antibióticos del médico de la expedición. El doctor había pensado consultar a los americanos de la Base Palmer, pero desistió habida cuenta de los trescientos kilómetros que separaban ambas bases. Así, entre los dolores de estómago y el poco comer, Bronikovski se mantenía de su enorme organismo más o menos como se mantiene de su giba un camello. A medida que su palidez se iba tornando azulada, susurraba que ya sabía quién le estaba envenenando, pero seguía adelante como si nada y lo aceptaba sin rechistar.

Una vez echó mano debajo de la cama para sacar una botella medio llena de un vodka argentino que a Viktor no le había gustado nada cuando lo probó.

—Escuche —dijo Bronikovski llenando dos tazas—. Tengo algo que proponerle. Y también quiero pedirle un favor —Viktor le escuchaba con atención—. Mañana va a venir a recogerme en su yate un polaco que se llama Wojciech y me va a dar una nueva identidad. Pero viéndome en este estado no va a... Así que vaya usted en mi lugar, si quiere, y lleve a mi esposa una carta y una tarjeta de crédito que puede usted utilizar durante el trayecto.

—Pero es que yo no soy usted.

—Eso lo arregla Wojciech en un minuto.

Viktor se lo pensó un instante y luego asintió con la cabeza. La lívida cara de Bronikovski esbozó una leve sonrisa.

## 2

Al cabo de un mes aproximadamente, con un pasaporte polaco en un bolsillo y uno ucraniano en el otro, Viktor se apeaba de un tren en Kiev con la bolsa en bandolera llena de fichas de casino, un cuaderno y un paquete de pastas polacas.

Al salir de la estación se detuvo, en vez de poner el piloto automático para dirigirse a la parada del autobús y de ahí a casa. De hecho, el piloto automático no le funcionaba, por lo cual los primeros pasos que dio por el vestíbulo de la estación parecían los de un aprendiz de astronauta, mientras que la gente, con el sistema de navegación en perfecto estado, pasaba a su lado como un rayo.

Pero a alguna parte tenía que ir. En el bolsillo llevaba las hryvnas ucranianas que lo habían acompañado en las regiones polares australes y, como en su ausencia no se había producido ningún deslizamiento geográfico hacia Rusia, podía pensar en permitirse ciertos pequeños placeres de la vida. Como un viaje en autocar, por ejemplo. ¿Pero adónde?

Miró alrededor, localizó un kiosko de prensa y allá fue, sintiendo de pronto que el asfalto era más firme bajo sus pies. Entre los muchos diarios expuestos eligió el *Stolitchnyé vesti* y pasó media hora enfrascado en su lectura.

La vida no había cambiado. Visitantes extranjeros entregaban ayuda benéfica a los orfanatos; dos diputados de la Rada encarcelados en Alemania por fraude bancario; la familia de un empresario tiroteada en Kherson; apertura de un inmenso establecimiento de jardinería en Obolon, y en la penúltima página, un par de necrológicas mal escritas, firmadas encima con el pseudónimo de Viktor. Al parecer, el redactor jefe ya no era su antiguo superior, Igor Lvovich, sino un tal P. D. Weizmann.

Por un momento volvió a verse con el pingüino Misha en la tumba de algún pez gordo desaparecido, bajo el sol, mientras deudos y allegados pronunciaban palabras que no surtían efecto alguno en él ni en Misha, ajenos a todo, por más que Misha formara parte del ritual y él parte de Misha. Habían aguantado, esperando con desgana a que todo terminase... como si fueran inmortales.

Estaría bien ser inmortal. Y morir joven, desconectado del tiempo físico como si se estuviera dentro de una campana de cristal, pero contemplando los árboles del bulevar Shevchenko, los perros aguzando las orejas, las muchachas haciéndose mujeres y siendo la misma persona que uno había sido. Un pensamiento idiota. Pero más fácil y agradable que los pensamientos profundos.

¿Dónde estaría Misha ahora? ¿En la clínica? ¿Descansando entre un funeral y otro? Tendría que ir a mirar al cementerio de Baikovoye cuando viera una comitiva de Mercedes.

El formidable desierto de hielo de donde provenía Misha imponía respeto; no había olvidado el frío cortante en las mejillas. Era un país en toda regla, ajeno por completo a las banderas que les diera por izar a los científicos, y Viktor estaba convencido de que la población nativa, los pingüinos, conservaría la libertad e independencia en cualquier circunstancia. Las fronteras sin vigilantes y de papel de las respectivas «conquistas» no pasaban de ser meras presunciones de libro de texto para la patriótica edificación de los niños de unos cuantos países con tendencia a mostrarse mayores, más fríos, más inaccesibles y más importantes de lo que eran en realidad. Además, alardeaban de cazar y transportar pingüinos a sus zoos para crear la ilusión de que la Antártida no era tan terrible como la pintaban. *Vengan todos, este cercado es la Antártida. Desayuno a las ocho. Almuerzo a la una. Zafarrancho a las cuatro.*

Mientras guardaba el periódico en la bolsa asomó el sol por entre los nubarrones para volver a desaparecer durante un rato. Todavía era verano, aunque el otoño se acercaba. Echó a andar, aun sin haber decidido a dónde dirigirse. Lo que le apetecía era ir a casa y darse un baño. Y acto seguido encontrar a Misha y compensarle por no haberlo llevado a la Antártida, deuda que solo él, Viktor, podía y quería pagar.

A través de la ventanilla del autobús, miraba las calles y las aceras otra vez bañadas por el sol. A su lado iba un hombre mayor en vaqueros y camiseta blanca de fútbol, enfrascado en la lectura de un folleto, *Emigre a Canadá,* en forma de test. «Formación técnica superior» valía tres puntos, e intermedia, uno. «Formación artística superior», dos puntos, y así sucesivamente. Si se sumaban quince puntos, había posibilidades. ¿Por qué no intentarlo?

Viktor sacó ocho puntos y respiró aliviado. La tierra de la hoja de arce no era para él. Quedó más que satisfecho con sus escasas posibilidades. De la parada del autobús al edificio de su casa había unos treinta metros y se pasaba por una guardería, un colegio y una plazoleta.

Como no tenía prisa, se detuvo a ver cómo un grupo de niños de dos o tres años jugaba a los trenes, dando vueltas alrededor del arenero por unas vías invisibles, con las manos en los hombros del de delante y un balanceo parecido al de una reunión de pingüinos.

Le dio por pensar en Sonia y en su padre, el otro Misha. Era curioso que el pingüino hubiera sobrevivido a su tocayo, o al menos eso esperaba él con optimismo.

Enfiló la entrada de la casa con paso ágil y más seguro, una vez desconectado su recién instalado piloto automático. Al levantar la vista hacia las ventanas de su piso, sintió una gran pesadumbre.

Mashka, la gata de los vecinos, bajó volando por las escaleras; cuando Viktor llegó a su piso, ya era otra vez dueño de sí. La puerta metálica tenía el mismo aspecto inexpugnable que de costumbre; la única diferencia era que debajo de la cerradura habían hecho otra nueva, de tal forma que Viktor se quedó manoseando en vano la llave inservible mientras contemplaba el nuevo felpudo de goma con la palabra WELCOME estampada en él. Abajo se oyó un portazo, después pasos y él se quedó inmóvil. Sonó un tintineo de llaves en el piso inferior, una puerta se abrió y se cerró y otra vez se hizo el silencio.

Bajó al portal sin hacer ruido y se asomó, dominado aún por las indescriptibles angustias pasadas. Enfrente, detrás de las cuerdas de tender la ropa del patio, estaba la puerta, recién pintada de verde, de la señora Tonia, en el primer piso. La señora Tonia era la madre de su amigo Tolik y llevaba toda la vida vendiendo leche en el patio desde las seis de la mañana, al grito de *¡La leche, la leche!*, que servía de anticipo al *¡Levanta ya!* que dedicaba a su hijo hora y media después.

Viktor cruzó el patio a zancadas y subió a la casa.

—¡Pero si es el pequeño Vik! —exclamó Tonia, contenta al abrir la puerta—. Creía que te habías ido. Entra.

Era una mujer de aspecto agradable, se cuidaba mucho y, aunque rondaba los sesenta como poco, no parecía una abuela para nada. Vender leche la mantiene a una joven, obra maravillas.

—¿Quieres un caldo? —preguntó—. Compré pollo, pero no valía más que para caldo.

De camino a la cocina, la mujer miró de reojo el cuarto de estar y vio el retrato de su hijo Tolik, eternamente joven sobre un aparador. Tolik se había matado al caer de un árbol. En aquellos tiempos había un montón de árboles donde hacer cabañas y contemplar el insignificante mundo de los adultos que construían el comunismo. Incluso entonces había quedado claro que, en realidad, cada quien construía su propia versión del mismo, en una competición no declarada por tener más salmón ahumado y champagne soviético en el frigorífico de casa. ¡Qué tiempos tan diferentes!

El caldo también le trajo recuerdos del pasado lejano: su infancia feliz en casa con patas de pollo a prueba de dentaduras y grandes lagos amarillos de caldo con una buena capa de grasa animal.

—Queda un poco de arroz frío —dijo la señora Tonia—. ¿Quieres un poco?

Viktor dijo que sí con la cabeza y dos cucharadas de arroz frito fueron a parar al fondo del caldo.

—¿Dónde vives ahora? —preguntó Tonia.

—Aquí arriba.

—Entonces has alquilado el piso. Creía que lo habías vendido.

—Están la sobrina de un amigo y una niña pequeña.

—Qué marido tan bueno tiene. Alto, policía o militar, por el aspecto.

—¿Ah, sí? No sabía que tuviera marido —miró angustiado hacia su casa—. ¿Podría usar su teléfono?

—Está encima del frigorífico.

Marcó su propio número y respondió la voz clara de Sonia.

—¿Tío Kolya?

—No, Viktor.

—¡Tío Vik! —dijo tras una breve pausa—. ¿Dónde estás?

—En Kiev.

—¿Está Misha contigo?

—No, pero debe de estar en algún sitio de la ciudad.

—¿Se ha perdido?

—Sí, pero lo encontraré.

—Tienes que encontrarlo y traerlo a casa. La tía Nina tiene una gata y me araña. Misha no arañaba.

—No —respondió Viktor con tristeza—. ¿Está ahí la tía Nina?

—Ha ido de tiendas. ¿Vas a venir?

—Todavía no. No cuando estén ahí la tía Nina y el tío Kolya. Ese tío vive con vosotras, ¿verdad?

—Sí, y es simpático. Me ha comprado unos patines. Se ha ido un par de días fuera. Me va a traer mejillones.

—Así que se ha ido al mar. ¿De qué trabaja?

—Es una especie de vigilante, algo especial... Pero aquí está la tía Nina. ¿Quieres hablar con ella?

—Ya volveré a llamar —dijo Viktor antes de colgar.

—Pasa aquí la noche si arriba no hay sitio —dijo como si nada la señora Tonia, de pie junto a la puerta de la cocina.

—Gracias, Tonia, pero si se puede, dejo aquí la bolsa y paso a recogerla mañana.

—Pues claro.

# 3

Viktor iba por la calle Kreshchatik con la sensación de que necesitaba divertirse. Antes de salir de casa de la señora Tonia había sacado de la bolsa el fruto de su suerte de principiante en el casino, previa a su vuelo forzoso a la Antártida. En esos momentos, el ruido de las fichas en los bolsillos hacía revivir en él la emoción del riesgo. Sin embargo, aún más importantes que las fichas eran la tarjeta Visa de Bronikovski y la carta que traía para su mujer, bien guardadas en un bolsillo interior. Se había olvidado de preguntar si tenía niños, pero ya lo averiguaría cuando llevara la carta a Moscú y le contara lo que tenía que contarle a la mujer. Y habría llanto...

Pero lo primero de todo era encontrar a Misha, obtener su perdón y procurar enmendar los errores cometidos. A lo mejor en el futuro tenía otra posibilidad de llevarle hasta el lejano sur helado.

—¿Quiere jugar a nuestra lotería de premio seguro? —le espetó un muchacho de unos doce años con camisa a cuadros debajo de una cazadora vieja y jeans, al tiempo que señalaba a un grupo de jugadores de aspecto sospechoso alrededor de una mesa cojitranca.

—No, gracias, nunca pierdo.

—¿Quiere demostrárnoslo?

—¿Por qué iba a hacerlo? —preguntó, acordándose de que su suerte en la ruleta se había debido exclusivamente al abandono fatalista y no a ninguna supuesta habilidad suya.

Estuvo media hora en un café y luego se dirigió al Podol, donde se llevó un chasco porque habían transformado el bar Bacchus en un ostentoso escaparate de ropa cara. Cruzó a la otra acera de la calle Kostantinov y allí, en cambio, se llevó una alegría al dar con una pequeña cervecería donde servían Cabernet de Moldavia.

En aquel mar cambiante de rostros excitados por la bebida, como si el tiempo se hubiese detenido, Viktor pasó del calor del vino a rememorar su modesta experiencia del frío antártico y la voz de Sonia al preguntar por Misha y quejarse de que la gata le arañaba.

—Ey, tío, ¿están libres las sillas?

Él asintió con la cabeza. Dos hombres se sentaron a su lado y se pusieron a charlar como si hubiese una pared por medio.

No podía permitirse un tercer vaso, así que volvió a salir a la calle, iluminada para entonces por los escaparates de las tiendas. Había un corto paseo hasta el terraplén del Dnieper. El aire fresco a orillas del río le daría nuevos ánimos.

Caminó despacio por el terraplén hasta el puente del Metro durante casi una hora, ajeno al tráfico veloz, completamente abstraído, tratando de asimilar que se hallaba de vuelta en casa. Aceptó el hecho de que lo habían echado de su propio hogar. Ya no era su casa, sino un mundo nuevo en el que, seguramente, no tenía ningún derecho a intervenir. Solo que ahora se sentía más próximo a Sonia, con quien compartía la circunstancia de no ser de nadie. El padre de Sonia, el otro Misha, se había visto obligado a desaparecer, igual que le había pasado luego a Viktor, y la había dejado a su cuidado. Le había prometido que volvería *cuando se calmasen las aguas*, pero se le habían adelantado quienes querían asesinarle.

Viktor fue en metro desde el Puente del Metro a la orilla izquierda y de allí a pie hasta el *Casino Johnny*.

Las caras habían cambiado, pero no el resto: el vestíbulo del hotel, la gruesa cortina de terciopelo, el kiosko donde se cambiaban las fichas y el guardia al que había que dar propina seguían igual. Viktor fue a jugar a la primera mesa que encontró, donde pudo fijarse en tres jóvenes borrachos que hacían lo mismo que él. La bola giraba por la ruleta bajo la mirada indolente de un joven crupier. A su alrededor todo anunciaba que la noche era joven. ¡Dentro de tres horas iba a empezar lo bueno!

La bola, observada con idéntica indolencia por Viktor, cayó en el diez, y él perdió lo que había puesto. Sacó más fichas y volvió a perder. Eso le dio que pensar. A los tres jóvenes no les había ido mejor, pero se lo tomaban con calma, como si hubieran ido a eso. Pero ¿por qué había ido él allí? ¿Acaso porque la otra vez, al hallarse en peligro de muerte, había jugado para olvidar y había descubierto que no podía perder?

Jugó unas cuantas veces más sin éxito, igual que uno de los jóvenes, a quien de repente le tocaron diez fichas, mientras que las de Viktor fueron a parar a manos de los otros.

Tanteó en los bolsillos las que le quedaban y decidió que ya había tenido bastante, así que se retiró de la mesa y permaneció un rato observando a los otros. Una camarera lo obsequió con champagne por cuenta de la casa y se lo bebió antes de ir a canjear las fichas que le quedaban.

—Ha tenido usted suerte —comentó la cajera cuando Viktor le entregó dos puñados.

—Quédese con el diez por ciento.

La cajera las contó.

—Aquí tiene ochocientos dólares.

—Así que ochocientos —dijo Viktor, consciente de que le estaban engañando pero sin ganas de discutir.

Luego, en los lavabos, comprobó que le habían dado setecientos sesenta, pero no le importó. Había salido ganando al cambiar el dinero de jugar por el de verdad.

Lo único deprimente era que se había acabado su racha de suerte en el juego. Esta segunda visita al casino iba a ser la última.

# 4

Que era un hombre con ochocientos dólares en el bolsillo resultaba evidente hasta bajo el alumbrado público de la calle Kreshchatik, a juzgar por su cara y por sus andares decididos sin esquivar a nadie. En un par de ocasiones, unas chicas jóvenes muy ligeras de ropa, incluso para una suave noche de verano, intentaron llamar su atención. Poco después, a la altura del Café Grotto, otra, con el pelo corto y grandes gafas de sol sobre la frente, le soltó:

—¡No vayas tan deprisa, que te pierdes!

Se detuvo, sorprendido. Era demasiado bonita para pasar de largo.

—¿Tienes dónde ir? —le preguntó.

La mujer dejó caer las gafas en su sitio y no quedó más que la sonrisa.

—Sí. Vamos.

—¿Cuánto es?

Ella echó mano hábilmente al puñado de dólares que le salían a Viktor del bolsillo, lo dobló y se lo volvió a esconder.

—Con esto bastará, pero guárdatelo. ¿Para qué ir enseñándolo?

—No me había dado cuenta. ¿Cómo te llamas?

—Svetlana.

—Yo Viktor.

—Vamos.

Pasaron por delante del cine Amistad y la calle Luterana y se dirigieron a Pechersk.

—¿A qué te dedicas? —preguntó ella sin gran interés.

—Explorador polar —le salió a él.

—¿En un campo de trabajo, entonces?

—No, en la Antártida.

—¿En un témpano de hielo?

—Más o menos. Teníamos unas instalaciones tipo dacha. Lo mío era la protección de pingüinos.

Ella soltó una carcajada.

—Cuéntaselo a otra.

—No, es verdad.

—En fin, señor explorador, ya hemos llegado.

Las puertas de una guardería, el arenero, los columpios y el edificio aparecieron entre las sombras y, con ello, la desagradable perspectiva de sexo al aire libre.

—No te preocupes, tengo la llave mágica —dijo para darle ánimos, mientras abría una puerta lateral y le hacía señas para que entrase. El silencio lo desconcertó.

—Está bien. No hay nadie.

Subieron al primer piso, donde los zapatos chirriaron por el parqué. Ella abrió una puerta y, a la débil luz que entraba de la calle, él vio varias hileras de camas de niño hechas al estilo del ejército. Las almohadas triangulares mullidas y bien alineadas le recordaron los campamentos de los Pioneros de su infancia soviética.

—No te quedes ahí —dijo Svetlana juntando las camas—. Vamos a ponerlo un poco cómodo.

Cinco camas juntas tenían el tamaño de una doble normal.

—¡Y ahora, fuera esa ropa, señor explorador!

—¿Esto sigue siendo una guardería?

—De ocho de la mañana a seis de la tarde, sí —respondió ella después de quedarse solo con los *panties*.

—¿Y el resto del tiempo?

—¡Oh, por favor! ¿Qué pasa ahora?

—Nada —dijo él tirando la ropa al suelo y tumbándose a su lado.

—No es un burdel, para que lo sepas, en realidad por las mañanas y por las tardes yo trabajo aquí.

—¿Qué haces?

—¿Tú que crees? —preguntó besando el dedo que recorría sus labios—. Enseño canciones a los niños, toco mazurcas y polcas al piano y ellos bailan. ¡Me hace pensar en cuando yo era pequeña!

—¿Y te pagan?

—Quince dólares al mes en hryvnas. Pero no es el dinero lo que te hace sentir apego por tu casa.

—¿A qué te refieres?

Ella lo atrajo hacia sí.

—Esta fue mi casa hasta los cinco años. Me dejaban a las ocho, mis padres, y me recogían a las seis.

—¿Y por qué haces esto?

—¡Vete a la mierda! ¿Quién eres tú para pedirme cuentas sin haber pagado un kopek todavía? ¡Vamos a seguir con lo nuestro!

Lo apartó y se puso encima.

—¡Muévete, explorador! ¡Te pareces más a un charlatán!

—¡Pero si he estado callado mucho tiempo!

El ruido de las camas resonó por el dormitorio común hasta que se oyó un teléfono lejano en la oscuridad. Tres llamadas.

—Alguien que busca a la directora. ¿Quieres comer algo?

—¿Cuál es el menú?

—Sémola, una pizca de mantequilla y un poquito de mermelada de fresa, siempre igual desde el setenta y tres. Los tragones quitan la mantequilla y la mermelada y se toman lo demás y los delicados lo toman mezclado.

—Suena bien.

—Pues vamos a levantarnos. Los orinales y los lavabos están al final del pasillo.

Se vistieron y bajaron a la cocina, donde Svetlana preparó la sémola a oscuras. Solo una hogareña luz amarilla cuando abrió el frigorífico para sacar la leche y después las llamas azuladas del gas alrededor del quemador daban cierto aire confortable a la escena. Pero a la hora de comer sentados a una mesa diminuta, la pequeña Svetlana se las arregló mejor que él.

—Encajas bien aquí —comentó Viktor irónicamente.

—Y me gusta porque no tratan mal a los pequeños, sino que les consienten, se portan bien con ellos, los miman.

—Y yo, ¿cómo voy a mimarte?

—Pero si aquí el mimado eres tú, explorador ultramoderno, con sémola y todo. Aunque bastará con cincuenta dólares.

Él se rio.

—¿No te parece mucho?

—No se me había ocurrido hacerte un descuento por ser explorador, pero si insistes...

—No.


Le despertó un sonido que provenía del suelo y, al comprobar de qué se trataba, se dio cuenta de que era un despertador en el bolso de Svetlana. Ella seguía durmiendo, con la cara hundida en la almohada. Quitó la alarma y observó su carné de estudiante. Se llamaba Svetlana Alyokhina y estaba en tercero en la Escuela Internacional de Negocios. Se dirigió a la ventana, se estiró, con una insólita sensación de bienestar, y al asomarse vio a dos mujeres mayores que venían muy decididas por el patio.

—¡Levanta, Svetlana! Viene gente.

—No ha sonado el despertador.

—Sonó hace un cuarto de hora.

Se levantó de un salto, se vistió y colocó las camas con ayuda de Viktor, poniéndolas otra vez en un orden parecido al que tenían.

Se escabulleron por una puerta trasera y se encontraron con dos tipos corpulentos que entraban con grandes cajas de cartón. Svetlana pasó entre ellos con un alegre «¡Hola!». Viktor se hizo a un lado.

—¿Quiénes son? —preguntó él dándole alcance.

—Tienen alquilada la despensa. Venden ordenadores.

Consultó el reloj y miró a Viktor.

—¿Y el dinero que tanto me cuesta ganar?

Le dio sus cincuenta dólares.

—Lo siento, pero me tengo que ir corriendo —le dio un beso rápido en los labios.

—¿Volveremos a vernos?

—¿Cuál es tu número?

—No tengo teléfono —dijo Viktor, preocupado por que la llamada la cogiera Nina, Sonia o el policía o lo que fuera.

—¡Vaya tontería! ¡Cómprate un móvil antes de gastarte el dinero de la Antártida!

—¿Tienes teléfono?

—Está en la mesilla de mi madre y no le gusta que la despierten.

—Vendré a buscarte.

—Eso es. Y cuando vengas a buscarme, te daré un beso.

Llegaron a la calle Shelkovichnaya y ella se lanzó a la calzada, detuvo un coche por señas y desapareció.

Él se quedó mirando hasta que la perdió de vista y luego siguió por la calle Luterana.

# 5

Acababan de abrir el Café-Bodega Viejo Kiev y el ambiente era agradablemente fresco. La encargada de la cafetera extendía las pastas del día anterior entre bostezos.

El café era malísimo, con demasiado azúcar, aunque por lo menos no lo habían removido.

Dominado aún por su experiencia nocturna, Viktor se preguntó cómo era que la pequeña Svetlana tenía carné de estudiante. A lo mejor era para obtener descuentos en el transporte. En el mercado de libros de Petrovka se podía comprar cualquier carné de identidad, desde el de la antigua policía al de la Seguridad del Estado actual. Una foto, un sello y, dentro de un orden, se podía conseguir lo que a uno le diera la gana.

El café no le dejó el regusto amargo de costumbre, porque en la boca conservaba el sabor de la sémola y la mermelada de fresa, que le traían recuerdos de la infancia.

Había comprado una noche de auténtica pasión por primera vez en su vida, sin sensación de disgusto ni remordimientos de conciencia, por supuesto. *Llegará un momento en el que no podrá conseguirlo gratis, pero le dará mucha vergüenza pagar.* No era para tanto. Cincuenta dólares, sí, pero como regalo en reconocimiento a los momentos de éxtasis. Había sido todo tan natural y hogareño. Una cita en una guardería donde, cuando se iban los niños, podían pasar cosas curiosas y románticas; ordenadores en la despensa, sémola de noche y vete a saber qué en el piso de arriba. Hasta su viaje a la Antártida había llevado una vida sin toque alguno de misterio, nada sociable, tal vez por haberse aislado dentro de una familia desintegrada y haberse dedicado a dar de comer a Misha, a escribir patéticas necrológicas con antelación y a verter alguna lágrima. Con el añadido de su preocupación por Sonia y por Nina, en la medida en que tenía que proporcionarles dinero y la sensación de ser una familia. Un pequeño mundo propio, del que tenía la llave y del que le habían echado al cambiar la cerradura.

Pensó en la guardería donde había ido él, también de dos pisos, con arenero y columpios, sémola, mermelada de fresa e idéntico potingue a la hora de comer. Y después de la comida, siesta y canciones que aprender.

Se preocupó por Sonia, que no había ido a la guardería ni había jugado mucho con otros niños. La suya estaba siendo una infancia muy diferente.

Salió del café y telefoneó a su casa desde una cabina.

Mientras esperaba a que respondieran, se preguntó qué diría si se ponía Nina.

Por suerte descolgó Sonia, que le anunció muy contenta que Nina había salido, que el tío Kolya no había vuelto ni había llamado por teléfono, que había dejado salir a la gata, que aunque arañaba era una gata buena y lista y daba con la pata en la puerta para que la dejase entrar y que cuándo iba a volver él a casa.

Viktor sintió pánico.

—No lo sé —repuso—, puede que dentro de un par de días.

—Ven cuando no haya nadie —sugirió ella—. Te haré una tortilla. Ya sé. Una vez la tía Nina me dejó dos días sola en casa, solo con huevos y pan. Entonces me hice una tortilla. Ya soy mayor. ¿Has visto a Misha?

—Todavía no. Voy a verlo hoy.

—Dile que le quiero y que vuelva pronto. Me aburro sin él.

—Se lo diré. También iré cuando no haya nadie.

—Y llama más por teléfono.

—Mañana por la mañana.

La llamada lo dejó hecho polvo y le entraron unas ganas repentinas de ir a casa y reanudar la vida de antes, aunque sin necrológicas ni entierros con pingüino. Pero antes tenía que organizarse. Localizar a Misha. Ir a Moscú a ver a la esposa, o viuda, de Bronikovski.

Si embargo, lo primero de todo era ponerse a buscar a Misha como un loco, aunque no iba a ser tarea fácil. Por malo que fuera, el café le había sentado bien.

# 6

En Feofania soplaba una brisa fresca, lucía el sol, se oían el rumor de las hojas y el canto de los pájaros y los pacientes paseaban por el recinto del Hospital de Científicos, tras el cual se hallaba la clínica veterinaria donde —y aquí contuvo las lágrimas— recordaba haber visto a Misha bajo estricta vigilancia médica.

Ese día dos celadores con bata blanca estaban paseando perros, uno de los cuales cojeaba.

Preguntó por el veterinario y le remitieron al primer piso del pabellón de consultas.

Al pasar por la habitación donde había estado Misha, miró dentro. Solo estaba ocupada una de las camas de tamaño infantil y, por los sonidos que salían del aparato que tenía al lado, en ella había algún cuadrúpedo luchando por sobrevivir.

Ilya Semyonovich, el veterinario, estaba en su despacho y saludó cordialmente a Viktor, a quien a primera vista no reconoció.

—¿Recuerda haber operado a un pingüino que se llamaba Misha?

—Por supuesto. Ha sido el único que hemos tenido aquí. Pero no recuerdo cómo se llama usted.

—Zolotaryov.

—¡Eso es! Por aquí hubo gente buscándole. Durante unas tres semanas.

—¿Qué gente?

—Pues no lo sé, tenían pinta de gente activa y deportista. Uno se quedó todo el tiempo, los otros dos venían por las mañanas, paseaban a Misha y por la tarde se iban.

—¿Y qué más?

—Misha se recuperó por completo y se presentaron unos hombres en dos jeeps a recogerlo, unos tipos muy correctos que pagaron el tratamiento y las medicinas. Preguntaron por usted y creo recordar que le dejaron algo... No, me estoy confundiendo, los que recogieron a Misha no eran los que habían estado antes con él. Fueron estos otros los que dejaron el sobre.

—¿Dónde está?

El veterinario se sentó a la mesa, abrió un cajón y luego otro, del que sacó, junto con unas radiografías, un sobre marrón que entregó a Viktor.

—Aquí nunca perdemos nada, salvo nuestro sentido de la honradez. Ayer mismo tuve que echar a unas chicas que trabajan en una residencia canina por robar comida para perros de la cocina. La culpa no es suya, por supuesto —sonrió con tristeza—. El único remedio es la ingeniería genética.

Pero Viktor ya no le estaba escuchando, porque había sacado del sobre un recorte de periódico doblado y un mensaje escrito a ordenador:

Por su propio interés, telefonee al 488 03 00 antes del 20 de mayo.

No iba firmado.

Desdobló el recorte y se quedó de piedra al ver la foto de su antiguo jefe Igor Lvovich enmarcada en negro. Una breve necrológica daba cuenta de su trágico fallecimiento en un accidente automovilístico en la autopista de Borispol, cuando se empotró contra un volquete cargado de arena.

Viktor dobló el recorte y volvió a meterlo en el sobre.

—¿Cuándo recogieron a Misha?

—Hace ya bastante tiempo. Estuvo aquí seis semanas, así que puede hacer usted los cálculos.

Viktor estrechó la mano a Ilya Semyonovich y se fue.

Una vez fuera, se detuvo un momento. Los celadores, tipos fornidos con pinta de carniceros por las batas blancas, seguían paseando a los perros. Uno de ellos le echó tal mirada que Viktor se apresuró hacia la puerta.

# 7

El camino del hospital al cementerio es corto, incluso para los que están en forma y van por sus propios medios. Pero hacerlo en tranvía permite pensar en el sentido de la vida, sin prisas, abstraído de las preocupaciones más inmediatas por el lento y monótono traqueteo. Pero cuando surge el muro de ladrillo rojo que rodea la Ciudad de los Muertos, los pensamientos sobre el sentido de la vida levantan el vuelo igual que una bandada de gorriones. El tranvía disminuye la velocidad casi con reverencia y se detiene a unos escasos doce metros de las puertas del cementerio. Los cuervos graznan. Sopla una leve brisa. Mujeres mayores venden flores silvestres. Pilluelos sin casa ofrecen flores robadas de las tumbas.

Viktor se detuvo al llegar a la entrada. No creyó que fuera difícil encontrar la tumba que había venido a visitar, aunque tendría que andar entre quince y veinte minutos.

—¿Cuánto cuestan? —preguntó a una mujer mayor vestida con una vieja cazadora acolchada que estaba junto a una caja llena de flores.

—Diez por cinco hryvnas.

Sacó una moneda de cinco hryvnas y eligió un ramillete de violetas.

—Espere —le dijo la mujer mientras rompía por la mitad una bolsa de propaganda de Marlboro para envolver las raíces.

Viktor echó a andar despacio, dejando que fueran las piernas las que encontraran el camino, hasta que llegó a una tumba cubierta de hierba donde yacía el pingüinólogo Pidpaly. Dejó las violetas sobre la sepultura y, mientras lo hacía, evocó la imagen del hombre bueno, amable y maltratado que había conocido y ayudado un poco. Pidpaly había estado a cargo de Misha en el zoo, hasta que no habían podido permitirse ni pingüinólogo ni pingüinos...

Se oyó el traqueteo lejano de un tranvía. Miró alrededor. No había nadie. Aparte de los graznidos de los cuervos, no se oía más que el susurro del viento en las copas de los árboles.

—No tengo ningún asunto pendiente —le había dicho Pidpaly poco antes de morir.

Ojalá pudiera él, Viktor, decir lo mismo.

Por allí cerca estaba enterrado ahora Igor Lvovich, a quien habían segado la vida yendo a toda velocidad por la autopista de Borispol, tal vez camino del aeropuerto. Él habría dejado un montón de asuntos pendientes, por no hablar de una esposa y un hijo escondidos en Italia de los horrores de Ucrania. Todas las historias deben terminar con un punto final y ninguno es tan rotundo y definitivo como la muerte.

Cerca de allí, en un entrante del paseo, vio un contenedor lleno de cachivaches del cementerio. Había un tubo, un cubo y una regadera, con números pintados en rojo; y apoyada en el contenedor, una pala. La cogió y plantó las violetas alrededor de la tumba, regándolas bien en un intento de obsequiar a Pidpaly con una especie de homenaje funerario entre tanto mármol y retrato en marcos ovalados.

Echó una última mirada compasiva a la sepultura y volvió sobre sus pasos, bordeando una estatua de mármol a tamaño natural de un hombre en chándal muy a la moda, de pie delante del radiador de un Mercedes, también de mármol.

Rastoporov, Pyotr Vitalyevich, 15.03.1971 - 11.10.1997

Bien podía tratarse de uno de los tres gánsteres en cuyo lujoso funeral había hecho Lyosha de guardaespaldas la misma mañana del entierro de Pidpaly. Lyosha, que se acordaba de Misha y de él por la fiesta de Año Nuevo, les había saludado con la mano al pasar, los había llevado a casa en coche y más tarde había hecho un lucrativo negocio alquilando a Misha vestido de negro como toque de distinción en las ceremonias funerarias.

Por encima del traqueteo del tranvía y el graznido de los cuervos le llegó el sonido apagado de una marcha fúnebre y distinguió a lo lejos una comitiva.

Al llegar a la avenida principal, vio entrar por la puerta coches ostentosos y una limusina fúnebre. A continuación, entraron cuatro jeeps negros idénticos, del último de los cuales se apearon dos hombres que se apostaron a ambos lados de la puerta, mientras el resto del desfile se dirigía a la iglesia y el crematorio.

«¿Qué es un funeral de la mafia sin un pingüino?», pensó de pronto.

Avivó el paso, atajando por las esquinas, para dirigirse a la iglesia del cementerio, sorteando lápidas y verjas, dando tumbos entre nombres y fechas mientras la iglesia se alzaba ante él como si fuera un espejismo, inaccesible, inalcanzable, como la felicidad después de la muerte. De todas formas, llegó a tiempo de ver la entrada de un costoso ataúd de caoba pulida con asas de bronce, a hombros de cuatro hombres elegantemente vestidos. Lo seguía un grupo de unas cuarenta personas, entre ellas unas pocas mujeres con vestidos negros largos y gafas oscuras de Armani o Versace. Y por un momento vislumbró una pequeña figura blanca y negra balanceándose al andar entre ellas. El corazón le dio un vuelco. ¡Misha! ¡Sí, tenía que ser un pingüino! Se hizo daño al chocar con algo y siguió adelante con la mano en la rodilla magullada. El grupo ya había entrado en la iglesia y, de pronto, salió un golfillo andrajoso a la carrera, perseguido por un portero. Viktor se tropezó con él y siguió su camino.

—Gracias —dijo el portero al regresar, después de haber forcejeado con el golfillo para quitarle un libro, con el que luego le había dado en la cabeza—. No hay forma de pararlos. Hemos perdido veinte Biblias. Sabe Dios qué harán con ellas. No saben leer. No valen más que para robar flores y venderlas. Hasta las llevan a la calle Kreshchatik.

Viktor se quedó sin aliento, en silencio, y entraron ambos en la iglesia sin problemas, bajo la mirada de un escolta.

En la agradable media luz de las velas encendidas y amontonadas en sus pedestales ante los iconos, un pope bisbiseaba en tono monótono e ininteligible, salvo por algún que otro «Este, Tu siervo, Vasili». El portero se escabulló y Viktor, con la vana esperanza de atisbar algo del difunto, se mezcló con los que se apretujaban alrededor del hermoso ataúd.

Más tarde, cuando se disponían a sacar el féretro, volvió a ver de refilón a alguien pequeño que andaba de acá para allá entre los asistentes al funeral. Se puso al final del cortejo y lo siguió por la avenida, alargando el cuello para ver delante, aunque las miradas de extrañeza que provocaba le hicieron refrenar su curiosidad hasta llegar al lugar donde estaba la tumba. Entre aquellos desconocidos se sentía a sus anchas, tan profesional como un pope o un simple enterrador.

La sepultura del difunto y llorado Vasili quedaba cerca de la iglesia. Colocaron el ataúd sobre unos caballetes cubiertos de terciopelo rojo, retiraron la tapa de caoba pulida y apareció la cabeza vendada, la cara inteligente y las cuidadas facciones del fallecido, así como su traje caro, dos anillos y lo que parecía ser un Rolex.

Viktor se abrió paso entre la gente y se llevó una desilusión al ver a un niño pequeño con traje negro y camisa blanca. ¡Adiós a su pingüino! Consciente del chasco, fulminó al niño con la mirada como si, en vez de las circunstancias, fuera él la causa de su decepción. Permaneció así, con un regusto desagradable en la boca y ganas de vomitar, sin darse cuenta de que estaba siendo observado por dos gorilas y un hombre de pelo cano que les hizo señas.

A Viktor le llamó poderosamente la atención que los asistentes, todos a una, metieran las manos en los bolsillos y sacaran los móviles. El del pelo cano sacó dos y, acercándose al ataúd, puso uno en la mano del difunto. Dio un paso atrás, marcó un número y empezó a sonar el tango «Ya cae fatigado el viejo sol». El del pelo cano se recolocó el pañuelo verde esmeralda que llevaba en el bolsillo de la pechera, hizo un gesto con la cabeza y los dos hombres volvieron a poner la tapa, con lo que la música quedó amortiguada.

El ataúd fue bajado a la tumba y los mismos dos hombres, demasiado bien vestidos para ser empleados del cementerio, tomaron las palas y empezaron a echar tierra sobre la tapa. Entonces, al son de los acordes del tango, los amigos y parientes del difunto también fueron tomando puñados de tierra parda y arcillosa del montón y los echaron a la tumba.

Al poco rato el tango se había desvanecido, enterrado con el muerto. Y Viktor se había puesto triste. ¿De quién había sido la idea de este nuevo ritual? ¿Dónde estaban Misha y Lyosha? ¿Quiénes eran aquellos nuevos enterradores?

Como no había nada que lo retuviera allí, dio media vuelta y, apenas había dado dos pasos, cuando le cerraron el camino dos hombres con idénticos trajes negros.

—Espere —dijo uno con dureza—. Le llevaremos en coche.

Se sentó al lado de uno de ellos en la parte de atrás de un Mercedes 4 × 4 y vio cómo el cortejo se dispersaba camino de los vehículos. Pasó una mujer de negro llevando al niño pequeño de la mano.

El del pelo cano montó al lado del conductor.

—¿Quién es usted? —preguntó volviéndose hacia Viktor, al tiempo que se unían a la lenta caravana de coches que salían del cementerio—. Una cosa es colarse en una boda para comer y beber, pero colarse en un entierro es algo muy distinto.

—Estaba buscando a alguien —respondió Viktor sin convicción.

—¿Conque buscando a alguien, eh? ¿Y lo ha encontrado?

—No. Solía hacer de guardaespaldas en los entierros.

—¿Cómo se llamaba?

—Lyosha. Un tipo con barba.

El del pelo cano cruzó una mirada con el hombre que iba al lado de Viktor.

—¿Le conoce? —preguntó Viktor con ilusión.

—A lo mejor él sí, o le conoció —dijo el del pelo cano señalando al otro.

—Es el tipo que quedó hecho polvo en agosto —comentó este último.

—¿El de la bomba en el ataúd?

—El mismo —dijo el otro.

—¡Menudo entierro! —exclamó el del pelo cano—. ¿Por qué le estaba buscando?

—Para averiguar qué le ha pasado a mi pingüino.

—¿Su pingüino? —repitió con súbito interés el del pelo cano—. Así que era a usted a quien buscaban.

—¿Cuándo?

—En mayo, creo. «Simples diligencias... Telefonee si oye algo.» ¡Incluso llegaron a enseñarme una foto de su ficha!

—¿Quiénes eran?

—Secretas, muy sonrientes... Correctos, pero tenaces. Me abordaron dos veces saliendo de casa: «¿Debería enseñar la foto de su ficha a los muchachos?». ¿En qué demonios anda usted metido?

—¿Siguen rondando?

—Ni idea. ¿Quiere que lo averigüe? —preguntó el del pelo cano echando mano al móvil.

—No, no se moleste.

—Si siguen rondando, no deben de estar esforzándose mucho. Por cierto, me llamo Andrei Pavlovich.

—Viktor Zolotaryov.

El Mercedes salió por las puertas del cementerio y aceleró. Fueron con los demás coches por la calle Gorki en dirección a la plaza de Moscú. Viktor miraba por la ventanilla mientras pensaba en Lyosha, la bomba en el ataúd y el significado de «A lo mejor él sí le conoce, o le conoció».

—¿Cuántos muertos hubo? —preguntó a su vecino.

—Cinco o seis. Pero nadie salió ileso. Su amigo Lyosha perdió las piernas, creo. A lo mejor todavía está vivo.

Cruzaron en silencio la plaza de Moscú y al final torcieron para entrar en la zona privada del parque Goloseyevo. Viktor miró el lago con su playa de arena y sus sombrillas en forma de hongos. Poco después se detuvieron.

—Ya hemos llegado —dijo Andrei Pavlovich.

—¿A dónde?

—Al banquete fúnebre —respondió mirando atentamente a Viktor con los ojos medio cerrados—. Vamos, si ha asistido al entierro, ahora le toca beber en memoria del muerto.

# 8

Lo cachearon. Metieron en bolsas lo que llevaba en los bolsillos y le hicieron señas para que fuera con los demás.

La mayoría no permanecían mucho tiempo sentados a la larga mesa del amplio salón con la chimenea encendida, sino que se iban después de haber brindado por el difunto. Se quedaron unos ocho. Viktor comprendió que estaban en la casa de Andrei Pavlovich, cuya hija Natasha, una de las que aún seguían a la mesa, era la viuda del muerto. A su marido le habían pegado un tiro mientras estaba de caza, porque unos militares borrachos que cazaban en el mismo sitio lo habían tomado por un alce.

—Podía haberle pasado a cualquiera —dijo Andrei Pavlovich levantando el vaso.

En ese momento entró uno de los que habían cacheado a Viktor, susurró algo al oído de Andrei Pavlovich y devolvió a Viktor la bolsa con sus objetos personales.

Entonces Pavlovich pronunció unas breves palabras

sobre el difunto, a las que siguieron las de otros dos, que repitieron banalidades y terminaron con el inevitable «que la tierra le sea leve».

—¡Qué gente tan triste somos! —añadió Andrei Pavlovich con el semblante enrojecido por el vino, al tiempo que ordenaba a un guardaespaldas que se pasara por la calle Kreshchatik «a por algo de música».

Cuarenta minutos más tarde, el citado guardaespaldas reapareció con un músico callejero decaído, sin afeitar, pálido y de aspecto enfermizo, con una guitarra y a todas luces molesto por estar allí.

—Esta es una casa llena de pena —anunció Andrei Pavlovich—. ¿Sabes canciones tristes?

El músico callejero asintió con la cabeza. Trajeron vodka y pan de centeno, se puso al lado de la chimenea y empezó a cantar con voz chillona: *«Sola en la oscuridad del cielo | brilla una estrella solitaria».*

Andrei Pavlovich, radiante de satisfacción, se sirvió vodka y fue a sentarse junto a Viktor.

—¿Se aburre?

—En absoluto.

—Bien. Es usted un tipo interesante, y va a ir pronto a Moscú, por lo que veo.

—En cuanto haya encontrado a mi pingüino.

—Puedo echarle una mano en eso y usted puede hacer algo por mí cuando vaya de correo a Moscú. Debe de ser un buen hombre si esa gente confía en usted. Un mirlo blanco.

—¿Podría usted localizar a Misha? —preguntó Viktor con la sensación de que no había nada que Andrei Pavlovich no pudiera hacer.

—Claro que podría —dijo él levantado el vaso—. ¡Por la amistad!

Viktor estuvo a punto de chocar su vaso, pero Andrei Pavlovich lo evitó.

—No se hace en los entierros. Luego hablamos —añadió levantándose para volver a su sitio.

El músico callejero se arrancó con una canción sobre la dura vida de un drogadicto. El tiempo había volado, estaba oscureciendo, y Viktor ya estaba dormido, con la cabeza apoyada en la mesa donde antes había reposado una fuente de rollos de col, hasta que lo quitaron de allí con sumo cuidado. Uno de los hombres de Andrei lo levantó y entre sueños vio que se había quedado solo y el fuego se había apagado. Lo llevaron a una habitación diminuta en el ático donde había una pequeña cama turca con una manta a rayas rojas y negras. Se tumbó en ella sin desvestirse, se echó la manta por encima y volvió a quedarse completamente dormido.

Se despertó porque hacía demasiado calor y abrió la ventana.

Luego alcanzó a oír voces en el patio.

—Encárguese de que no le molesten —ordenaba en voz alta Andrei Pavlovich.

—Se lo prometo —respondió una voz joven.

Se oyó un coche que arrancaba y se alejaba y, después, silencio.

Inquieto y muerto de sed, Viktor dio la luz y, al ver que estaba vestido, decidió bajar a por agua a la cocina. Fue por un pasillo estrecho y descendió por una empinada escalera de madera. La escalera del piso de abajo, en cambio, era más ancha y le llevó hasta el gran salón con chimenea que ya conocía, desde donde consiguió llegar a una cocina apenas iluminada por la luz de la calle que entraba por unas ventanas sin cortinas. Abrió el altísimo frigorífico, entornó los ojos al recibir el golpe de luz amarilla y cogió un cartón de zumo de naranja y una lata de tónica.

—¡Quite esa luz! —le increpó una voz.

Viktor se volvió y allí, en un rincón, sentado a una pequeña mesa con una lata abierta, una botella de vodka y un vaso, estaba el músico callejero.

Viktor cerró la puerta del frigorífico y esperó a que sus ojos se acostumbrasen a la penumbra. El otro encendió una cerilla, que iluminó por unos momentos la punta de un cigarrillo.

—¿Tiene hambre?

—Tengo sed.

Encontró un vaso y se sirvió la naranja y la tónica. El músico callejero estaba fumando, pero curiosamente no olía a tabaco.

—Venga a sentarse. Eche un trago —dijo.

Viktor tomó una silla, se sentó frente a él y le ofreció su vaso.

—Bonita casa. En el frigorífico hay suficiente para un mes. Tiene todas las puñeteras cosas que se te puedan ocurrir; cinco clases de pescado congelado, cangrejos de río, gambas... Le va bien al diputado.

—¿Diputado?

—Diputado de la Rada. Vamos a beber a su salud. Buen tipo. Obsequioso. Le pregunté en broma si tenía algún porro y me dio uno.

—¿Cómo sabes que es diputado?

—Primero, porque ser rico y ser diputado van de la mano. Y segundo, en el meadero hay un cartel electoral con las cosas que promete hacer. Le vi mirándome desde el cartel cuando terminé de echar la pota.

Viktor volvió a agitar el vodka con tónica y se dirigió al frigorífico con una repentina y difusa sensación de incomodidad. Las dos baldas superiores estaban llenas de pescados congelados y mariscos exóticos, justo lo que le apetecería a Misha en el caso de que estuviera escondido por allí. Además, las baldas inferiores estaban repletas de trozos de carne: ave, caza y, curiosamente, un par de tortugas. Cerró de un portazo y volvió a la mesa.

—¿Qué?

—Seguro que no sabías que los diputados comían tortugas marinas —comentó.

—¿Tú también estás fumado, tío? —rio el músico—. ¡Tortugas marinas! Hace un mes, cuando deserté, vivía a base de erizos.

—¿De dónde desertaste?

—De ser soldado.

—Entonces, ¿no corres peligro al cantar en los pasos subterráneos?

—Deserté del ejército ruso. Aquí en Kiev estoy en el extranjero.

—¿Qué tal sabe el erizo?

—Con sal, cosa que yo no tenía, no está malo. Pero ahora debería irme —concluyó pensativo, mientras rellenaba el vaso.

—¿Te han pagado por cantar?

—No me gusta pedir, así que esto es como una compensación.

Apagó el porro en la mesa y se levantó tambaleándose.

—¿Dónde está mi guitarra? Ah, estas ahí, cariño.

Según se inclinaba a por ella, los faros de un coche que entraba por el patio iluminaron la cocina. El músico callejero agachó la cabeza, Viktor se echó sobre la mesa y, al darse cuenta de que no podían verlo por la ventana, fue a asomarse.

Había dos hombres descargando pequeñas y pesadas cajas de cartón atadas con cuerda de un Mercedes. Las apilaban en el sendero de ladrillo. Salió Andrei Pavlovich, habló un momento con ellos y volvió a entrar en la casa. Después solo hubo sonido sin imágenes; pasos que se perdían y luego volvían por el pasillo. Abrieron la puerta de la cocina y la luz los cegó.

Andrei Pavlovich controló la situación al instante.

—¿No podían dormir? —preguntó retóricamente; luego se dirigió al músico callejero—: Se acabó el concierto, la vida sigue. —Sacó unos billetes arrugados del bolsillo de su igualmente arrugada cazadora blanca, los puso como si estuviera jugando a las cartas y le pasó dos de veinticinco hryvnas—. Aquí tiene, y ahora váyase.

—Puedo cantar más, si usted quiere —dijo el músico callejero levantando la guitarra.

—¡No, hombre, por favor!

El músico callejero salió de puntillas.

—Siéntese, vamos a hablar —dijo entonces Andrei Pavlovich.

Se sentaron a la mesa del rincón. Al principio, Pavlovich guardó silencio, pero luego empezó diciendo que le interesaría enterarse de las actividades pasadas de Viktor, sobre todo como escritor de necrológicas para *Stolitchnyé vesti*.

—A las órdenes de Igor Lvovich —añadió mirándole fijamente para ver cómo reaccionaba. Pero no dijo ni una palabra sobre los entierros con pingüino.

Andrei Pavlovich se levantó, hizo café y lo llevó a la mesa junto con un azucarero.

—Siéntase como en casa —dijo con amabilidad—. Estará a gusto e irá a Moscú, aunque, por ahora, no. No se preocupe, de verdad —añadió al ver la inquietud de Viktor—. Lo que pasa es que, como por desgracia Igor Lvovich ya no está con nosotros, está usted ahora sin protección. En otras palabras, *expuesto a los elementos...*

Viktor se echó azúcar, removió el café, dio un sorbo y suspiró, como si lamentara no haber disfrutado lo suficiente de la libertad.

—No necesitamos mucho —siguió Andrei Pavlovich—. Un bocado para comer, un poco de dinero, un techo y ya estamos igual de cómodos que un caracol. Y ahí quería yo llegar, a la ley del caracol: a caracol pequeño, concha pequeña, como usted; a caracol grande, concha grande, como yo. La mía, si se me queda pequeña, tengo que volver a empezarla. Pero sin concha... usted es una babosa, y las babosas acaban mal. ¿Quiere que le haga una concha?

—¿De qué puedo servirle yo? Es usted un diputado, el mundo es suyo...

—No soy diputado, pero me presento a las elecciones. Ahora bien, cuando sea diputado tendrá usted una buena concha. Es usted un hombre libre. Solo le estoy ofreciendo un trabajo temporal. Es usted una joya escribiendo necrológicas, por lo que parece. Mi gente es prácticamente analfabeta. Usted, con su imaginación y la vida que ha llevado, es justo el hombre que necesito para que me escriba discursos y un manifiesto. Usted está más cerca de los votantes, sabe lo que quieren, y aunque eso no hace ninguna falta, queda bien. Cuando sea diputado, usted podrá irse a Moscú, a Nueva York, a Santiago de Chile o adonde quiera.

—¿Y si no sale elegido?

—¡Vaya pregunta! Mi adversario, al que llaman el Boxeador, está casi calvo y le juro que su mote encaja de lleno con su aspecto. No es una opción atractiva. Ah, dicho sea de paso, por la mañana (o sea, dentro de dos horas) los muchachos esperan noticias de su pingüino. Así que vaya y échese un poco. Los inteligentes necesitan dormir más que el resto y también viven más, según dicen.

# 9

Era casi mediodía cuando Viktor despertó, confortablemente desnudo debajo de una cálida manta de lana y sintiendo la caricia del sol en la cara. Al apoyar los pies en el suelo, dio una patada a un vaso de cristal tallado y vio una botella de cerveza y un elegante abrebotellas con mango de madera colocados con precisión en el suelo junto a la cama turca. Mientras bebía, deseando que hubiera más botellas, se le vino a la cabeza la promesa sobre las noticias acerca de Misha por la mañana, que ya estaba muy avanzada.

Se vistió, bajó y no vio a nadie ni oyó nada. Acto seguido fue a la cocina y en el frigorífico encontró salchichón y mantequilla, que regó con cerveza —tan buena para despejar la cabeza como el café para los franceses— que encontró en un cajón del rincón.

Entraron dos coches en el patio y por la puerta asomó la cabeza de Andrei Pavlovich con gesto pensativo y preocupado.

—Baje al sótano cuando haya terminado.

En el sótano había una gran mesa de billar y un bar con tres taburetes altos de una sola pata. Detrás del bar había una puerta que parecía dar a una sauna.

Andrei Pavlovich, golpeando bolas sin apuntar, sumido en sus pensamientos, levantó la vista y sonrió.

—¿Alguna noticia de Misha? —quiso saber Viktor.

—No está aquí en Kiev. Pero hemos encontrado a su Lyosha. Tal vez pueda contarle algo. Tiene un café, el Afgano, en la calle Tatar. Bonito local.

—¿Puedo ir a verle? —preguntó Viktor en tono dubitativo.

—Por supuesto. Usted no está prisionero, está en nómina.

—¿No le da miedo que me escape?

—Usted no es ningún tonto. Además, guardaré sus dos pasaportes en mi caja fuerte, a salvo de carteristas. Kiev es un sitio terrible con los carteristas. Móviles, monederos, lo que pillan... Ah, y yo no avisaría a sus viejos amigos de su regreso.

Viktor le entregó los pasaportes.

—¡Aprende rápido! —sonrió Andrei Pavlovich—. Esta es ahora su casa, su concha, a la que volverá a toda pastilla en cuanto se huela el menor peligro.

## 10

Pese al cansancio por no haber dormido apenas, siguió adelante animado por los últimos rayos de sol de la tarde. Fue en autobús hasta Kurenevski y siguió a pie desde allí hasta la calle Nagornaya. No había nadie, aparte de algún que otro coche que pasaba a toda velocidad sin hacer caso del firme, que parecía un queso emmental.

El Café Afgano estaba en la planta baja de un instituto de investigación; en vez de escalones, tenía una rampa de acceso de cemento con pasamanos. Las puertas dobles estaban abiertas. Dentro había un bar con la barra mucho más baja de lo normal, sin nadie que la atendiera. Las mesas eran más bien mesitas y no había sillas por ninguna parte. Detrás del bar, una cafetera Siemens y botellas y vasos grandes y pequeños colgados de ganchos.

Viktor golpeó en la barra con una moneda.

—Un momento.

Le pareció reconocer la voz.

Las puertas de detrás de la barra chirriaron al abrirse y, todavía con barba y con lo poco que le quedaba del uniforme de camuflaje, salió Lyosha en silla de ruedas.

—¡Que me ahorquen si no es Viktor! ¿Está bien?

—¿Y usted?

—No corro mucho, pero pase ahí atrás y cójase una silla de visitante.

Tomó una de las tres sillas plegables y se fue con ella a una mesa.

Lyosha llevó una bandeja con café y azúcar.

—En fin —dijo al tiempo que echaba y removía el azúcar en el café—, unos ganan, otros pierden.

—Le ha dado por la filosofía.

—No me queda mucho más.

—¿Qué le pasó?

—Algo parecido a cuando desactivas una bomba, un error. Y si sobrevives, no lo olvidas nunca. Nuestro error fue no inspeccionar el ataúd. No contentos con matar a uno de los nuestros, no sé cómo se las arreglaron para meter una bomba en la caja. Mató a mi jefe y a su brazo derecho, y a mí me dejó así. Si no tienes piernas, te quedas sin dinero. Me echaron una mano los amigos y, como puede ver, no he estado ocioso. Ahora soy el encargado del local.

Según explicó, pertenecía a la Sociedad Internacional de Militares, por lo que estaba exento de impuestos. Aparte de que nadie lo inspeccionaba nunca. Justo al lado había un albergue para veteranos de la guerra de Afganistán. Habían pensado organizar un club deportivo de veteranos, pero no lo habían logrado, aunque había bastantes de ellos en silla de ruedas para formar uno en condiciones.

—¿Qué hay de Misha? —preguntó Viktor al fin.

Lyosha se rascó una oreja.

—Sí, aquello también fue malo para él. El jefe andaba en apuros antes del último entierro en el que apareció Misha. Todo empezó por trescientos mil dólares del contrabando de alcohol. Alguien nos delató, se incautó el alcohol y no volvieron a comprar. Volvió a pasar lo mismo otras dos veces y el jefe contrajo una deuda de un millón con un tipo de Moscú que tenía pozos de petróleo aquí. Así que Misha y otras posesiones pasaron a él sin que yo pudiera hacer nada.

—¿Y el tipo de Moscú?

—Ha vuelto. Perdió los pozos en beneficio de un diputado de la Rada. Lo pusieron de patitas en la calle.

—¿Cómo se llama?

—¿De verdad quiere saberlo?

—Sí.

Lyosha meneó la cabeza.

—Ilya Kovalyov, alias Esfinge. Tiene un banco en Moscú. El del Gas Comercial. Ya sabe lo que eso significa.

—Dinero.

—Significa su propio servicio de inteligencia, su propio ejército. Comprar a quien quiera, acabar con quien le disguste... Ya sabe que le han estado buscando, como ellos dicen.

—Lo sé.

—¿Y sigue yendo por ahí tan tranquilo?

—Quiero encontrar a Misha.

—¡Eso es auténtico amor!

Lyosha se puso tenso cuando entraron otros dos hombres con uniforme de camuflaje en silla de ruedas.

—¡Hola! —dijo uno, deteniéndose en la mesa y clavando la mirada en Viktor— ¿Ha llamado a Potapych?

—Estará aquí dentro de una hora.

—Entonces vamos a tomar café.

—Venga al bar —dijo Lyosha en voz baja; allí le dio un trozo de papel con su número de teléfono—. Llame o pásese por aquí.

Viktor plegó la silla y la llevó a su sitio. Hizo un gesto de despedida con la cabeza y salió bajo la atenta mirada de los de la silla de ruedas, uno de ellos con una pierna y el otro sin ellas.

## II

Esa tarde Andrei Pavlovich se sentó con Viktor en el salón y pidió que les trajeran una botella de tinto de Borgoña y queso, lo cual auguraba una primera sesión de trabajo con el candidato. Su intuición le decía que, en líneas generales, Andrei Pavlovich era un hombre bueno, o cuando menos, un hombre de palabra, que le había permitido moverse por Kiev con libertad. En cuanto a los pasaportes, pronto le daría uno para el viaje a Moscú. Gracias a Andrei Pavlovich, había encontrado a Lyosha y había averiguado cómo seguir adelante en la búsqueda del pingüino. Tenía muchas cosas a su favor. El áspero vino tinto y el queso curado crearon un ambiente acogedor y de mutua confianza.

—Mañana —empezó Andrei Pavlovich— vienen de Moscú los asesores de imagen. Debe usted escucharlos. Si algo no le gusta, dígamelo.

—Lo haré.

—Habiendo trabajado en un periódico, ya sabe de política.

—No hasta el punto de escribir artículos.

Pavlovich hizo un gesto de desdén con la mano.

—Lo que usted escribía era política, política en acción. Lo que yo necesito manejar es la política de las promesas... ¿Me sigue? Una carrera política empieza por las promesas. De manera que vamos allá. ¿Qué prometo?

—¿A quién?

—A la gente, a mi electorado.

Viktor se puso a pensar en las pocas cosas que había sacado en claro de los manifiestos.

—Dinero para los pobres, comida para los que pasan hambre, rebaja de impuestos y comodidades para los que comen bien.

—No vaya tan rápido —le interrumpió Andrei Pavlovich, que pidió papel y bolígrafo y se lo trajeron al instante.

—Dinero para los pobres —repitió mientras escribía—. Los que pasan hambre necesitan comer... Los que comen bien... ¿Pero cómo sabemos quiénes son unos y quiénes son otros?

—Los que comen bien es figurativo —se apresuró a explicar Viktor—. Los ricos es otra forma de decirlo.

—Espere. Esos son los inconvenientes de la simplificación. Comer bien y ser rico no es exactamente lo mismo. Los ricos, salvo que hagan dieta, suelen comer bien. Pero los que comen bien no siempre son ricos. ¿Adónde nos lleva eso?

—¡A que hay más gente que come bien que ricos!

—Lo cual los hace más importantes para nosotros, porque los ricos se votan a sí mismos.

—Y no necesitan ninguna promesa —dijo Viktor, contento de verle tan receptivo y empezando a pasárselo bien él también—. Una vez elegido, no se puede dejar de prometer, es imposible.

—Eso lo veremos, pero sé lo que quiere decir. Vamos a repasar. Primero, lo que se promete a los pobres. Nadie va repartiendo dinero por la calle. Eso lo sabe hasta el más tonto.

—Pero antes de las elecciones hay quienes lo hacen para asegurarse el voto. Diez hryvnas por persona como mínimo.

Andrei Pavlovich puso cara de sorpresa.

—Sobornos. Promesas, un manifiesto, ¡eso es lo que me hace falta!

—Promesas sobre economía: creación de puestos de trabajo, de nuevas empresas, créditos preferentes para empresarios jóvenes y prometedores...

—¡Eso es! —exclamó Andrei Pavlovich, poniendo el papel y el bolígrafo delante de Viktor—. Para que mañana a estas horas tengamos un manifiesto que comentar y quizá presentar a esos tipos de Moscú. ¡A saber qué clase de asesores de imagen son! Además, cobran un dineral.

—Cambie de peinado, compre corbatas, escriba sus discursos...

—¡Ah! Pero no vayamos a sobrecargarnos el cerebro. Vamos a jugar al billar, vivamos como Tolstoi, ¡un rato con el arado y después vuelta a la novela!

## 12

A la mañana siguiente una neblina lechosa envolvía los árboles, el patio y la ciudad. Había llegado el otoño, sin importarle un bledo los problemas que causaba.

Viktor estaba asomado a la ventana de su habitación, disfrutando de aquella aparente ausencia de vida. Sonia estaría contemplando la misma neblina y él no la había llamado por teléfono como había prometido.

Desayunó bien, a base de una lata abierta de aceitunas que había en la cocina y el salchichón que encontró en el frigorífico. La casa estaba en silencio, pero se encontró por el pasillo a Pasha, monitor deportivo (biathlon) y brazo derecho de Andrei Pavlovich.

—¿Hay algún teléfono por aquí? —preguntó.

Pasha le indicó uno con gesto altivo.

La línea estuvo sonando un buen rato hasta que oyó la voz de Sonia, un alegre «¡Tío Vik!» cuando la niña reconoció su voz.

—Creo que he encontrado a Misha.

—¿Dónde?

—Se ha ido a Moscú.

—¿A qué? —dijo en tono triste y sorprendida a la vez.

—A estar en un zoo.

—¿Cómo?

—Haciendo de pingüino.

—¿Cómo va a ser eso?

—¿Por qué no?

—Porque yo no puedo hacer de Sonia si ya soy Sonia.

—En un zoo es diferente, los pingüinos están allí para hacer de pingüinos y los elefantes, de elefantes.

Sonia se rindió; quedaron en verse dentro de una hora en la parada del autobús de al lado de su casa.

# 13

La neblina se había disipado hacia el mediodía, dando paso al pálido sol otoñal. En el Hydropark había un aire casi estival, como si allí el verano perdurara y fuera varios grados más caluroso que en ninguna otra parte. Cómo explicar, si no, la mayor cantidad de puestos de helados por kilómetro y la costumbre de empezar a pasear con un helado de frutas con chocolate en la mano.

—Estás más mayor —dijo Sonia al coger el helado.

—Tú también.

—Pues claro —sonrió—. Y la tía Nina también.

—¿Cómo es eso?

—Está siempre gruñendo y peleando con el tío Kolya.

—¿Por qué?

—No siempre vuelve a casa. Es de Odesa y sigue yendo allí, y promete que va a traer mejillones y se olvida.

—¿Y qué le promete a la tía Nina?

—Que no va a seguir yendo, pero luego se va.

—Y la tía Nina está harta.

—Sí. Le ha sacado la bolsa a la puerta.

—Así que lo estáis pasando en grande.

—No. Me ha prometido llevarme a la guardería y ponerme una niñera.

—¿Y no lo ha hecho?

—No.

—Hablaré con ella.

—Mejor la echas.

—¿Por qué?

—Se suponía que tenía que sacarme de paseo, para eso la cogiste cuando papá se fue y me dejó contigo, pero hace mucho que no me saca. Ven, vamos a coger una barca.

Fueron hasta el puente Paton, con Viktor a los remos y Sonia chupándose los dedos una vez que se hubo tomado el helado. Iba sentada en la popa contándole su vida cotidiana y dándole nuevos motivos para su sentimiento de culpa. Sonia le daba pena y estaba enfadado con Nina. No por la llegada de Kolya, el de Odesa, sino porque Sonia, aunque era pequeña, no había olvidado para qué estaba allí Nina, y Nina, sí. ¿Qué hacer? ¿Echar a Nina y a Kolya y volver a empezar Sonia y él solos? Imposible de momento. Sonia estaría mejor mal atendida que completamente sola. El piso era suyo. Él tenía la última palabra.

—¡Ponte serio con ella! —dijo Sonia de pronto—. Que se ubique en su sitio. Y echa al tío Kolya. Ella no lo va a hacer. Le tiene miedo.

—¿Aunque le saque la bolsa a la puerta?

—La última vez la volvió a meter cuando él se puso a gritar.

—Así que grita.

—Y le pega en el culo y le hace llorar.

Viktor descansó, dejando los remos sobre el agua.

—¿Te han hecho algo malo alguna vez?

—No me molestan, salvo cuando se pelean... o se olvidan de dejarme comida.

—Hablaré con ellos —dijo Viktor muy serio.

Y Sonia sonrió, más tranquila.

# 14

Cuando Andrei Pavlovich volvió a medianoche, Viktor ya tenía preparado un manifiesto de seis páginas. Al redactarlo había dado rienda suelta a su enfado e irritación contra Nina y Kolya y, cuando lo releyó, le sorprendió darse cuenta de que le convencía hasta a él mismo.

Andrei Pavlovich, al que se veía deprimido, tomó los papeles sin mucho entusiasmo, aunque en seguida se enfrascó en ellos.

—¡Buen trabajo! —acabó diciendo, con aspecto más relajado—. Mañana por la mañana llegan los asesores de imagen y nos pondremos a trabajar en serio. ¡Así que nada de salir por ahí! —Viktor asintió con la cabeza—. Está usted algo decaído hoy, ¿verdad?

Viktor le expuso la situación de su casa.

—Pobre, pero la culpa es solo suya —opinó Andrei Pavlovich—. «No admitirás en tu casa a ningún extraño, ni semi-extraño, ni semi-íntimo; Ley del Caracol, artículo 3.» —Viktor se encogió de hombros—. No juzgue a la gente y, si no, no se moleste. ¿Quién es el que de verdad le importa de esa gente?

—Sonia.

—De acuerdo. Pues mañana... No, mañana no, que estaremos ocupados, pasado mañana volverá usted a tener las llaves de su casa.

—Pero ¿y Sonia? No puede vivir allí sola.

—Ya se nos ocurrirá algo. Mientras tanto, quédese tranquilo.

## 15

A la mañana siguiente se presentaron los asesores de imagen en un jeep negro, ligeros de equipaje, con unas bolsas de deporte y tres cajas de cartón con «un ordenador último modelo, nuestro cerebro ambulante», según dijo su jefe, un treintañero llamado Zhora. Con él iban Slava, el experto en ordenadores, y los gemelos Sasha y Vova, más listos que el hambre, que apenas rebasaban la veintena. Slava, que debía andar por los cuarenta, era un hombre enjuto, cargado de espaldas y con gafas de miope, aunque conservaba el aspecto de un alumno brillante.

—¿No hay ordenadores? —preguntó Zhora asombrado, después de darse una vuelta por la casa para ver dónde instalarse.

—Cuando juego, lo hago en vivo —dijo Andrei Pavlovich.

—Pero ¿dónde almacena la información?

Andrei Pavlovich se tocó la frente con la mano. Zhora puso cara de decepción.

Les pareció aceptable el antiguo cuarto de los niños

del piso de arriba y los asesores subieron allí las bolsas y el ordenador. Viktor fue presentado como «hombre de confianza de Andrei Pavlovich» y Zhora lo trató con interés y respeto, le estrechó la mano y se lo presentó a los demás. Almorzaron juntos en el salón, a base de queso, salchichón, pan recién hecho y café. Andrei Pavlovich estuvo con ellos un rato y luego desapareció.

Después de comer, Viktor salió fuera con Zhora, que sacó un paquete de Gauloises y encendió uno.

—¿Lleva mucho tiempo aquí? —preguntó el asesor.

—No mucho.

—Pero está al tanto de todo.

—Ceo que sí.

—Su jefe, ¿cómo es?

—Está bien.

—¿Le gusta el dinero?

—Yo diría que no.

—Eso es bueno. ¿Cuánto le paga?

—Lo suficiente.

Zhora puso cara de aburrimiento.

—No se preocupe. Estamos peleando del mismo lado, usted y yo. Necesito saberlo para hacer bien mi trabajo. Cada cliente tiene sus cosas, sus rocas sumergidas... Es bueno saber...

—Ya le he dicho que mi jefe está bien.

—¿Algún adversario serio? —Viktor se encogió de hombros—. ¿Alguna guerra en perspectiva?

—¿A qué se refiere?

Zhora aplastó la colilla del Gauloises con la punta de su zapato de diseño con una fuerza innecesaria contra el suelo de gravilla.

—Me refiero a si hay algún accidente digno de mención.

—Únicamente un accidente de caza.

—¿Quién lo sufrió?

—El yerno de Andrei Pavlovich.

—Vaya, vaya... —Zhora se quedó pensativo un momento—. Esa clase de cosas me ayudan a ir más deprisa, le compensaré por ello.

—Lo celebro.

Aquella conversación sobre estar «peleando del mismo lado» dejó a Viktor con mal sabor de boca. Pero las elecciones, tal como ahora se celebran, son una verdadera guerra. Ya no se trata de la mera conquista de un territorio, sino de eliminar a la oposición, como en los grandes negocios, a la hora de elegir un candidato.

—¿Pasando el rato? —preguntó Andrei Pavlovich cuando se encontró con Viktor al salir de la casa—. Haga una visita a nuestros asesores de imagen. Tienen su manifiesto.


Ahora había una mesa con un ordenador donde antes reposaba la cama plegable. Slava estaba ocupado con las conexiones y Zhora echado en el sofá con el manifiesto de Viktor.

—¿Tiene el visto bueno del jefe? —preguntó.

—Sí.

—¡Es muy bueno! Lo metemos en el ordenador, lo imprimimos, hacemos carteles... Y otro que tenemos, ya de paso.

—¿Cómo?

—Tengo unos cincuenta manifiestos en el ordenador: de partido, sin partido, de esto, de lo otro... Pero sus ideas me resultan muy novedosas. Un cliente nuestro se presentaba hace poco a alcalde de Gomel y nos vino con unas promesas de lo más sofisticadas. Pero allí son gente sencilla, así que le dije con toda claridad: prometa dinero, ese es el lenguaje que entienden. Así lo hizo y ahora es el alcalde de la ciudad. ¿Me comprende? El suyo es un manifiesto de categoría, como para Moscú o Kiev. ¿Él se presenta por Kiev, no?

—No lo sé seguro.

—¿No se lo ha dicho?

—No.

—¡Eso no es bueno! ¿Cómo está hoy?

—Está perfectamente.

Zhora se levantó, dejando a Viktor con Slava, que estaba trabajando con el ordenador. De los gemelos no había ni rastro.

—¿Es verdad que tiene cincuenta manifiestos en el ordenador? —preguntó Viktor.

—Y más.

—¿Puedo ver un par de ellos?

—Me temo que no. Es información con valor comercial. Los manifiestos cuestan dinero.

—Pero usted no los vende, ¿verdad?

—¿Cómo que no? —Se quitó las gafas y las limpió con un pañuelo—. No hay casi ninguno que podamos utilizar más de tres veces. Lo principal es desaparecer antes de que el candidato electo empiece a ponerlos en práctica.

—¿Por qué?

—No, no hablaba en serio. Pero una regla de oro del asesor de imagen es «No te quedes a ver el resultado». El cliente la toma contigo si pierde, o los rivales, si es que gana.

—¿Dónde están los gemelos?

—Zhora los ha mandado a no sé dónde.

# 16

—¿Qué tal con los asesores de imagen? —preguntó Andrei Pavlovich esa noche mientras jugaban al billar.

Cosa rara para una hora tan tardía, llevaba pantalones oscuros con la raya impecable, camisa blanca y pajarita.

—No estoy seguro.

—¿Son de fiar?

—¡No!

—Interesante. Y tiene usted razón —añadió después de una tacada—. Uno no se puede fiar de gente a la que paga mucho. Sobre todo cuando son tan aficionados al lujo. Hoy querían que les prepararan la mejor sauna de la ciudad. «Para quitarse el estrés.» ¿Ha visto usted algún indicio de estrés?

—No.

—No, pero se la he preparado. ¿Le gusta a usted la sauna?

—No he ido mucho.

—¿Le apetecería probar?

—Sí.

—Pasha, prepara la sauna —gritó por el hueco de la escalera.

Más tarde, cuando estaban sentados los dos desnudos y sudorosos en la confortable sauna habilitada entre la sala de billar y el garaje del sótano, Andrei Pavlovich vertió una jarra de líquido sobre los guijarros calientes y se esparció un aroma a lavanda.

—Cualquier actividad, ya sea el sexo, la ducha o el billar, tiene unas posibilidades de placer que no se revelan del todo hasta el final —dijo lánguidamente Andrei Pavlovich—. La sauna es insuperable. Cualquier actividad que uno se proponga a continuación es un jardín de las delicias de Aladino.

A las dos de la madrugada, otra vez con los pantalones de la raya impecable, la camisa y la pajarita, acudió a una cita, su particular jardín de las delicias.

—¡Mañana estaré como un limón exprimido!

Pasha se llevó a Pavlovich en el 4 × 4 y Viktor se quedó solo en casa, o al menos con la sensación de estar solo, pero sin ganas de dormir después de una sauna tan estimulante.

Dio la luz de la habitación, se echó en la cama y se puso a pensar en la Antártida, Bronikovski y Misha, y luego en la promesa que le había hecho Andrei Pavlovich de que le devolvería su casa. Por más esfuerzos que hiciera no sentía el menor remordimiento de conciencia ni compasión por Nina, ni siquiera por ser la sobrina de su llorado amigo, el policía Sergei. Lo único que le importaba era Sonia. «Ya se nos ocurrirá algo», había dicho Andrei Pavlovich, y Viktor estaba seguro de que sí. Así pasó el rato, pensando complacido en su libertad y en la comodidad de vivir en casa de Andrei Pavlovich hasta que venciera el plazo del contrato no escrito de su sencillo e impreciso trabajo.

Antes de dormir sacó la carta del banquero Bronikovski, que hasta entonces no había querido leer, con la sensación de que había llegado el momento de hacerlo por si había que actuar con urgencia.

Querida Marina:

Mil perdones. Estoy muy lejos y me voy a quedar aquí. El portador de la presente te lo contará todo. Tengo un par de cosas que pedirte, las últimas. Ve a ver a Fedya Sedykh y dile que yo no soy el causante de sus problemas. Fue Livochenko quien me acusó. No tengo por qué cargar con las culpas de otros. A mi madre dile simplemente que estoy en el extranjero, escondido, y que estaré así algún tiempo. A mi hermano puedes contarle la verdad, que, por desgracia, es que al recibo de la carta ya no estaré vivo. Aunque te parezca raro, me han atacado incluso aquí. A través de la comida. Por las noches duele mucho, pero por las mañanas estoy mejor. Ojalá esos desgraciados hubieran empleado algo más fulminante en lugar de hacerme sufrir. Perdona por volver a hablarte de mí. Tienes dinero para bastante tiempo. El portador de la presente te dará mi tarjeta de crédito y el PIN. Eso es todo. Un fuerte abrazo. A mi funeral van a acudir miles: todos ellos pingüinos rey, como suele decir el portador de esta carta, bromeando hasta el último momento.

Con todo mi amor,

Stanislav.

Viktor se quedó otra vez pensando en la Antártida, Bronikovski y una multitud de pingüinos deseosos de que volviera su hijo pródigo Misha para que su felicidad fuese completa. Cuanto antes se celebraran las elecciones, antes podría ponerse a buscarlo. ¡Por una coincidencia al mismo tiempo desgraciada y feliz iba a llevar la carta a Moscú, donde estaba Misha!

Poco después entró un coche a la finca y se oyeron voces por la ventana abierta. Eran los asesores de imagen y su chófer, que volvían de la sauna. Zhora parecía bastante animado.

A la mañana siguiente Viktor desayunó solo. A las nueve, Andrei Pavlovich, todavía con los pantalones oscuros, la camisa blanca y la pajarita, asomó la cabeza por la puerta, cansado pero sonriente.

—Hágame una buena taza de café —dijo al tiempo que desaparecía.

Volvió en seguida, esa vez en chándal. Tomó agradecido el café y le echó azúcar.

—¿Qué tal va la cosa? —preguntó.

Viktor se encogió de hombros.

—No les ha dado usted nada más para hacer.

Andrei Pavlovich sonrió.

—Ni nada menos. No se preocupe. Era por preguntar. Ahora su tarea principal es no quitarles ojo de encima. Tal vez aprenda cosas. Volvieron a una hora normal, ¿verdad?

—A eso de las cuatro —luego respiró hondo y añadió—. ¿Cuánto falta para las elecciones?

—Dos semanas.

—No es mucho.

—No se preocupe. Ya he estado viendo a mis electores. Ahora el problema son las dilaciones de mi adversario. No pega carteles, solo buzonea. Ni una palabra contra mí. No me gusta.

—A lo mejor es un tipo decente.

Andrei Pavlovich lo fulminó con la mirada.

—Las elecciones son una competición para ver quién hunde al otro. Él tiene que demostrar que yo no sirvo y yo tengo que demostrar que él no sirve.

—Pero eso no es lo que usted está haciendo.

—No es asunto mío —soltó—. ¡Tengo cuarenta hombres dedicados a eso! Lo que yo hago es no ensuciarme, llevar corbata, ir afeitado.

En ese momento se presentó Pasha con un cartel enrollado que entregó a Andrei Pavlovich.

—¿Sabe dónde se está imprimiendo esto? —preguntó Pavlovich con una mueca de cólera.

—En Belaya Tserkov.

—Menudos idiotas. ¿Y ahora qué?

—¿Puedo verlo? —pidió Viktor.

El cartel mostraba a un hombre de mirada algo desdeñosa, con el pelo muy corto, y corto también de luces, que prometía la vulgaridad de solucionar en cinco años el problema de la vivienda a base de inversiones públicas.

—¿No lo entiende, verdad? —dijo Andrei Pavlovich—. ¡Las fotos, Pasha! Eran fotografías ampliadas de un hombre parecido al adversario de Andrei Pavlovich.

—¿Es su hermano?

—¡Es él!

Al comparar las cicatrices de la mejilla derecha y la nariz partida de boxeador de las fotos con el perfil clásico del cartel, Viktor comprendió el motivo de la cólera de Andrei Pavlovich.

—Tiene media hora para sugerir algo, Pasha —dijo muy seco Andrei Pavlovich—. Y usted, Viktor, despierte a nuestros asesores de imagen. ¡Tienen media hora para decidir cómo volver a poner esa puñetera cicatriz!

Dicho esto, salió dando un portazo.

—¡En menudo lío nos hemos metido! —soltó Pasha—. ¿Cómo vamos a saber dónde lo están imprimiendo? Nosotros no somos la Seguridad del Estado.

—Voy a despertar a Zhora —dijo Viktor poniéndose en pie.

—¡Déjese ahora de Zhora! —repuso Pasha muy serio—. ¿Cómo lo ve usted?

—Podríamos volver a ponerle la cicatriz de un porrazo.

—Mire, a usted le pagan por pensar, el de los músculos soy yo. Así que póngase a ello.

Viktor echó un vistazo a las otras fotos y le llamó la atención un retrato con la cicatriz y la nariz perfectamente visibles, además de una expresión de animal acorralado que desentonaba con la sonrisa satisfecha de Hollywood del retrato hecho con aerógrafo.

—¿Podría traerme un café? —dijo.

Y Pasha, al ver el problema en vías de solución, se dirigió a la cocina.

Antes y después. ¡Eso era! La técnica de los anuncios de detergentes de la tele podía aplicarse a los rostros igual que a las camisas.

—¿Ya se le ha ocurrido algo? —preguntó Pasha al traer el café.

—Creo que sí, ¡y sin nuestros asesores de imagen! Basta con ampliar una foto horrible con la nariz partida y la cicatriz, sobreimprimir el nombre de alguna marca de cosméticos y pegar la foto al lado del cartel.

Andrei Pavlovich tardó en captar la idea, pero cuando lo hizo se quedó encandilado, con idéntico fervor que un Joven Pionero.

—Cosméticos —dijo pensando en voz alta—, en eso hay dinero. Alguien podría incurrir en gastos para que nuestro amigo saliera elegido. Pasha, telefonea a Potapych. Que averigüe si le financia de verdad alguna empresa de cosméticos. ¡Buen trabajo! —añadió, dirigiéndose a Viktor—. ¿Siguen durmiendo los asesores de imagen?

Viktor asintió con la cabeza.

—Por cierto... —Pavlovich se metió la mano en el bolsillo—. La llave de la nueva cerradura. Tiene usted la antigua todavía, supongo—. Viktor se le quedó mirando, sin saber qué decir—. Encontrará a Sonia y a la tal Nina, ya contratada formalmente como niñera suya, y contenta de serlo.

—¿Y Kolya?

—Disfrutando de mi hospitalidad. No aquí, en otro sitio. Siguiendo un «tratamiento educativo». Yo de usted miraría a fondo por la casa cuando fuera para allá, por si se hubiera dejado algo. Traficaba con drogas duras entre Kiev y Odesa y luego se pasó a los explosivos de plástico. El precio se ha quintuplicado gracias a las elecciones.

—¿Cuándo puedo ir?

Andrei Pavlovich miró el reloj.

—Dentro de dos horas. Pasha le llevará en coche. ¡No para vigilarle, sino para protegerle! —añadió con una carcajada al ver la cara que había puesto Viktor—. Necesito su cerebro.

# 17

Calle del Ejército Rojo, plaza Tolstoi, un breve embotellamiento de tráfico, luego un cuarto de hora de carretera hasta torcer después del punto de recogida de basuras y los patéticos palomares del solar donde, hacía menos de un año, Viktor, Sonia y el policía Sergei habían sacado a pasear a Misha por la nieve, con la participación de un simpático perro vagabundo.

Tuvo por un momento la extraña y vaga sensación de haberse zambullido en el pasado con escafandra y traje de buzo. Y de que, si sentía miedo, le bastaba con tirar de un invisible tubo de aire conectado con la realidad para que lo izaran, le quitaran la escafandra y le dejaran volver a respirar y decidir si quería verdaderamente descender al pasado.

Se detuvieron justo delante de la casa. No era la primera vez que Pasha había estado allí.

—Esperaré en la caseta del transformador —dijo.

Titubeó al ver el timbre, aunque llevaba las dos llaves en la mano. Si lo tocaba, abrirían Sonia o Nina y, aunque la casa era suya, le dejarían pasar como si fuera una visita.

Por lo tanto, llamó al timbre al tiempo que abría con llave. Lo primero que vio fue un plato de leche para la gata que arañaba.

Sonia, que llevaba un vestido vaquero con rosas bordadas, se asomó al pasillo.

—Hola —dijo él.

—Hola.

—¿Estás sola?

—No.

Se descalzó, se asomó al cuarto de estar y se quedó de una pieza al ver el papel pintado rosa, los paños verdes en las butacas y el sofá y el mantel de la mesa, también rosa con vivo de ganchillo. Lo levantó un poco y se alegró al ver que la superficie pulida de siempre le devolvía la sonrisa.

—¿No te gusta? —preguntó Sonia desde la puerta.

—No.

—No le gustan los cambios, Nina —dijo Sonia abriendo la puerta de la habitación.

Nina estaba sentada en albornoz, triste y con los ojos húmedos, encima de una cama doble que ocupaba el lugar de la anterior cama individual. Mordiéndose los labios, respondió con un movimiento de cabeza al «¡Hola!» de Viktor.

—¡Parecéis dos gatos! —soltó de pronto Sonia.

—Ve a jugar con tu gata —dijo Viktor.

—Ha salido.

—Pues vete de todas formas.

Se fue dejando la puerta abierta. Viktor la entornó.

—¿Qué tal? —preguntó él rompiendo al fin el silencio.

—¿Qué tal? —repitió ella entre lágrimas—. ¡Todo lo que tengo, toda mi felicidad, destruida en media hora, pisoteada!

—¿De qué estás hablando?

—¡No te hagas el inocente! Tú lo has organizado. Lo sé. Ya me habían avisado, pero yo como una idiota no hice caso.

El cinto que ceñía el albornoz ponía en evidencia que había ganado peso. Él no tenía ganas de discutir ni de hablar, y al verle de pronto triste y distante, Nina se calló.

—No, perdona... No debí haber dicho eso —se retractó al cabo de un rato—. Pero me asusté mucho cuando vinieron ayer. Y como dije entonces, lo acepto, aquí no hay nada que yo reclame ni quiera.

—De acuerdo, pero podrías hacer té.

Nina fue a la cocina y él miró por la ventana el solar con el punto de recogida de basuras y los palomares. A la izquierda alcanzaba a ver un trozo de la verja de la guardería donde había enterrado su primer hámster cuando era pequeño. Hacía frío. Faltaba un mes hasta que pusieran la calefacción y a duras penas llegara hasta el cuarto piso. La puerta se abrió. Él se volvió.

—Dice la tía Nina que ya está el té.

Al menos la cocina estaba prácticamente igual.

—¿Dónde está Sergei?

—¿Quién?

Señaló con la cabeza el sitio donde había estado la urna con las cenizas de su amigo el policía.

—En el balcón. Estorbaba.

—Ponlo donde estaba.

Ella volvió a meter la urna, la limpió con un trapo de cocina y la colocó en la repisa de la ventana, junto a la cocina, y luego fue a sentarse en el taburete bajo que anteriormente había servido de mesa para ponerle la comida a Misha.

—Deberías registrar bien la casa y asegurarte de que todo lo de Kolya está metido en una bolsa —dijo Viktor—. Si está envuelto, déjalo envuelto, podría ser peligroso.

—No tenía ni idea —musitó ella.

—Sonia te ayudará, ¿verdad, Sonia?

—Claro que sí.

—¿Qué tal andas de dinero?

—No me queda mucho —dijo Nina nerviosa—. Entre la decoración, comprar los muebles y la dacha...

—¿Qué dacha?

—En Osokorki, a orillas del Dnieper. Te gustará.

No dijo nada, pero al ir a levantarse Viktor dio con el pie a algo de cristal. Miró debajo de la mesa y vio varias botellas vacías de champán y vodka.

—Quita eso —soltó dirigiéndose a la puerta—. Telefonearé esta noche.

Antes de reunirse con Pasha pasó a recoger su bolsa de casa de la señora Tonia.

—A tu inquilino se lo llevó la policía. ¿Qué había hecho?

—¿La policía? ¿De uniforme?

—Una policía especial. Iba a entrar en casa cuando cayeron sobre él. Lo echaron al suelo boca abajo igual que en la tele.

—¿Vio usted todo?

—Vivo justo enfrente, así que creo que no me perdí nada. Vinieron en dos coches una hora antes y esperaron. Estaba claro que algo iba a pasar.

## 18

La tarde se fue en comentar el plan de Viktor con los asesores de imagen. Slava lo apoyó en seguida y Zhora no paró de ponerle peros, o bien porque su orgullo profesional estaba herido, dado que la idea no se le había ocurrido a él, o bien porque había alguna otra cosa que le molestaba. Pero Andrei Pavlovich siguió en sus trece y Zhora, en vez de arriesgarse, acabó por dar su brazo a torcer; aunque luego se puso a explicarle a Slava que el *morphing* y la impresión llevarían más tiempo de lo que él creía. Andrei Pavlovich y Viktor vieron la maniobra, pero no dijeron nada hasta que, cerca de la medianoche, Zhora y los gemelos salieron en taxi a un local nocturno, dejando al gafoso Slava que siguiera quemándose las pestañas.

—¿Puede hacerlo para mañana? —preguntó Andrei Pavlovich mirando de cerca el retrato ya escaneado en la pantalla.

—Lo puedo intentar —dijo con voz apagada.

—¿Para las cuatro o las cinco, digamos? —insistió Andrei Pavlovich, dejando un billete de cien dólares encima del teclado.

—Tal vez antes —respondió Slava guardándose el billete en el bolsillo.

—Vamos a jugar al billar —dijo Andrei Pavlovich volviéndose hacia Viktor—. Ya lo ve —añadió cuando no podían oírlos—. ¡El dólar invertido en tecnología a su debido tiempo es el motor del progreso!


La partida quedó suspendida en cuanto Pasha anunció muy serio que Potapych estaba al teléfono y que quería hablar con Andrei Pavlovich.

—Vamos a oír una cinta —dijo Andrei Pavlovich al regresar; y al poco rato estaban recorriendo en coche un trayecto bastante considerable.

Como las calles estaban vacías y se suponía que nadie iba a meterse con un Mercedes 4 × 4 a toda velocidad, Pasha condujo a sus anchas por las calles Arytoma y Frunze, para acabar torciendo a la izquierda, después del Stadium Spartak, en dirección a una residencia particular. Se detuvieron ante unas altas puertas de hierro.

—Encienda las luces —dijo Andrei Pavlovich.

Acto seguido dieron la luz en el patio, se abrieron las puertas y entraron.

Un hombre en traje de faena de camuflaje los llevó hasta la casa, donde un robusto sesentón en jeans y sudadera azul marino los hizo pasar a un salón con muebles de caoba.

—Pon la mesa, Masha —ordenó; y luego se volvió hacia Viktor y Pasha—: Sus hombres pueden esperar aquí mientras nosotros hablamos.

Masha entró con el carrito de comida, Pasha le ayudó

a poner la mesa y sacaron del bar una botella de brandy, dos de vodka y vasos.

Al cabo de un rato volvió Andrei Pavlovich con gesto serio y cansado, seguido de cerca por su sonriente anfitrión. Los invitó a sentarse a la mesa y empezó a servirles coñac.

—A mí no, nada hasta después de las elecciones —dijo Andrei Pavlovich, y le dieron agua mineral.

No reinaba un ambiente precisamente festivo. Pasha interrogó a su jefe con la mirada antes de aceptar el segundo coñac. Viktor solo tomó uno, igual que su anfitrión.


Viktor se quedó dormido en el trayecto de vuelta a Goloseyevo. Pasha lo despertó cuando llegaron y salió del coche bostezando y con la única idea de seguir durmiendo en su habitación, aunque se espabiló nada más oír a Andrei Pavlovich:

—Haga café para todos. Esta noche no dormimos —dijo antes de ir a darse una ducha de agua fría.

Pasha subió al cuarto de los niños a ver qué tal iba Slava y volvió con la noticia de que casi había terminado. Eran las dos y media en el reloj de pared de la cocina.

Andrei Pavlovich entró en albornoz y con un radiocasete.

—Bien —anunció con su humorismo particular—, declaro la reunión de esta noche como sesión del comité revolucionario. ¿Ha tomado café todo el mundo?

Enchufó el radiocasete.

... acusar es lo que buscamos, acusar de verdad, ¿vale?

Sí, pero ¿cómo? ¿Sin un puñetero ordenador y sin un personal tan perrunamente fiel?

La fidelidad sale cara, nada más. Usted elija a su hombre, tráigale a lameo, es hombre muerto.

Andrei Pavlovich desconectó el aparato y volvió a su café.

—Bonita charla la de nuestros asesores de imagen.

—¡Son unos hijos de puta! —exclamó Pasha, y al recibir una mirada burlona, rectificó—: ¡Son unos puñeteros canallas!

—Esta cinta me ha costado un ojo de la cara —confesó Andrei Pavlovich—, pero nos lo ahorraremos en gastos de imagen.

Se volvió hacia Pasha.

—Llame a Tolik para que recoja a esa gente del local nocturno, no les deje dormir y llévelos al Depósito para que Viktor y yo los entrevistemos mañana. Coja también sus cosas y traiga un buen experto en ordenadores para mañana por la tarde.

Antes de salir, Pasha se mojó la cara con agua fría.

Eran las ocho pasadas cuando Viktor se fue a la cama. Durmió hasta tarde, al principio con el sueño pesado y la cabeza cargada, pero a eso del mediodía ya soñaba que estaba en el Dnieper, solo y angustiado, dando vueltas a un agujero en el hielo. El hoyo estaba bordeado de huellas de pisadas, y esperaba en vano que por él saliera no solo Misha, sino también su amigo el policía Sergei. Para darle mayor dramatismo a la escena, tampoco había nadie pescando alrededor, únicamente las manchas oscuras de los agujeros en el hielo.

Se despertó todavía cansado y sorprendido de no oír nada de ruido. Recordó que había prometido llamar a Sonia y Nina, pero el reloj le dijo que ya se estaba pasando la hora de comer.

A solas en la cocina, se sirvió salchichón, queso y mantequilla del frigorífico y se hizo té en vez de café.

En la mesa del salón vio el nuevo retrato del adversario de Andrei Pavlovich con el siguiente letrero:

MEJORA TU IMAGEN CON
COSMÉTICOS GRAZZIOLA.

Eso le animó y, mientras comía, dio vueltas a algunas ideas para la campaña de Andrei Pavlovich. La esposa del Presidente dirigía un fondo de ayuda a la infancia y eso le hizo pensar en otra posibilidad, que no era terriblemente original, aunque los electores tampoco es que pidieran originalidad. Lo que les atraía eran las cosas reconocibles a primera vista. Como la preocupación por la beneficencia. Eso decía más de la personalidad del candidato o del diputado que cualquier gestión o actividad política. Con la «beneficencia» se abría la puerta a posibles repartos, con independencia de que fuesen merecidos o no.

Tenía que pensar en una propuesta para Andrei Pavlovich. Después podría comprar espacios publicitarios en la prensa y ganar popularidad.

Se acordó del Café Afgano de la calle Tatar y de los jóvenes discapacitados —demasiado jóvenes para haber luchado en Afganistán— que allí se reunían. La verdad era que no había visto más que tres y uno de ellos era Lyosha, que había perdido las piernas aquí, en Kiev. De todas formas, su doble condición de jóvenes y discapacitados los hacía lo suficientemente infortunados y dignos de merecer la atención pública.

Andrei Pavlovich volvió poco antes de las cinco, con cara de no haber dormido, pero animado, distendido, sin bostezar y muy ufano. Los asesores de imagen le habían contado su vida. Zhora y los gemelos habían montado una lotería fraudulenta en Zhitomir; y Slava, el experto en ordenadores, era un pobre diablo de Kursk. Habían decidido aprovechar las elecciones para sacar tajada. Entre sus objetos personales había una pistola automática con silenciador, cocaína y un teléfono móvil que podía utilizarse también como micrófono oculto.

—¿Qué va a hacer con ellos?

—A Slava le dejaré marchar. Los otros van a sufrir. Todavía no he decidido cómo. Iremos mañana a visitarlos.

A Viktor le pareció que era el momento oportuno para hacerle una sugerencia que se le había ocurrido.

Andrei Pavlovich mostró interés.

—¿Cuántos discapacitados? ¿Cuánto cuestan las piernas artificiales?

—Averiguaré cuántos hay. Tal vez Pasha pueda enterarse de los precios.

Andrei Pavlovich asintió con la cabeza. Estaba totalmente a favor de preocuparse por la beneficencia. Fue a acostarse, dejándole dicho a Pasha que le despertase al cabo de dos horas.

## 20

Se compró un paraguas barato contra los chaparrones en los Almacenes Universales de la calle Kreshchatik. El ajetreo de la zona le brindó una agradable distracción ante la poca ilusión que le hacía visitar a Lyosha en el Café Afgano. Le acometió el deseo de volver a ver a Svetlana para ir con ella de noche a la guardería. Pero se impuso la realidad, o más exactamente, su sentido de la realidad, por lo que abrió el paraguas, se dirigió a un paso subterráneo de peatones, paró un coche y en un cuarto de hora estaba subiendo por la rampa del café, que esa vez estaba más concurrido.

—Cógete una silla para que no me duela el cuello de mirar hacia arriba —dijo Lyosha—. ¿Te apetece un café?

—Pues sí.

—Eh, Bigotes, ¿qué pasa con mi cappuccino?

—Marchando.

La idea de Viktor fue acogida con frialdad.

—Preguntaré a la gente —dijo Lyosha con voz apagada—. ¿Pero qué va a sacar de nosotros ese candidato tuyo? ¿Nuestro voto?

—Ni más ni menos que unas fotos y un artículo en la prensa cuando se entreguen las piernas artificiales, si la idea cuaja. Así los electores se conciencian.

—Nunca pensé que acabarías metido en política.

—Es justo al revés. Me he visto atrapado, pero pronto me libraré.

—¿Ah, sí? —repuso Lyosha en tono de duda—. Pues espera, voy a ver qué dice el jefe, aprovechando que está aquí.

Volvió al poco rato.

—En principio —dijo—, el jefe está de acuerdo, pero quiere algo a cambio. Las piernas artificiales son como los trajes de fiesta, no se llevan a diario. Tú consíguenos una mesa de billar baja y ese hombre tuyo podrá repartirnos todas las piernas artificiales que quiera, siempre que no tengamos que ponernos esos puñeteros armatostes.

Viktor soltó una carcajada.

—Estáis de suerte, es muy aficionado al billar.

—Díselo y me cuentas. Toma esta tarjeta, he cambiado de número, va también el móvil. Dame un toque. Tendremos que vernos, con tu jefe y el mío, aquí. El día de la votación no está lejos. ¿Te apetece un coñac? —Levantó el vaso y añadió—: ¿Sabes una cosa? Recuerdo aquellos entierros nuestros como la mejor época de mi vida. Quizá no lo entiendas... Pero ¡brindemos por el pasado! Siempre es mejor que el presente...

—Y peor que el futuro.

—¿Quién sabe?

Se tomó el coñac de un trago.

—¿Qué marca es? —preguntó Viktor paladeando el suyo.

—Martell. Un gesto de ayuda humanitaria. Una vez me hizo soñar que andaba otra vez. Cuando me desperté, todavía me dolían las piernas... En fin, bébetelo y lárgate, esta gente es más bien anti piernas artificiales.

## 21

En cuanto volvió, con la sensación de que merecía un elogio por su buena gestión, a Viktor lo metieron en el 4×4 y se vio atravesando Kiev a toda velocidad en compañía de Andrei Pavlovich y Pasha, ambos igual de taciturnos.

—¡Pare! —ordenó de pronto Andrei Pavlovich—. Vamos a echar un vistazo usted y yo, Viktor.

Estaba en la Avenida de la Victoria, enfrente de los animales de piedra que flanquean la entrada al zoo del que Viktor había rescatado a Misha.

—Olvídese del zoo, hemos venido a ver esto otro.

Era una valla publicitaria con los retratos manipulados del adversario de Pavlovich, incluido el eslogan.

—¿Qué le parece?

—¡Da resultado!

—Muchas gracias por una idea tan jodidamente buena. Y tome esto —dijo Andrei Pavlovich dándole un fajo de billetes de cien dólares—. Sigue, Pasha.

—¿A dónde vamos ahora? —preguntó Viktor.

—Al Depósito. ¿Qué tal con sus discapacitados?

—Se les ha ocurrido una contraoferta.

—¿Es cara?

—Quieren una mesa de billar a la altura de jugadores en silla de ruedas.

—No hay problema. Tengo que cambiar la mía. Se la pasamos a ellos, le cortamos las patas...


El Depósito estaba dentro de una finca particular, en un desvío de la carretera de Pushcha-Voditsa. Estaba rodeado por una alta valla metálica coronada por espirales de alambre de espino y consistía en un hangar de metal y un edificio de ladrillo de tres plantas, con ventanas de las que salía una luz cálida y acogedora.

Un hombre en traje de faena de camuflaje abrió las imponentes puertas metálicas y anunció su llegada por un interfono. La puerta del edificio se abrió con un zumbido y les recibieron tres hombres con un atuendo parecido.

Se llevaron aparte a Andrei Pavlovich para mantener con él una conversación en voz baja y, al poco rato, los bajaron por unas empinadas escaleras a un amplio pasillo profusamente iluminado, con puertas herrumbrosas en ambos lados a intervalos regulares.

—¿Quién va primero? —preguntó el que los acompañaba.

—Los gemelos —dijo Andrei Pavlovich.

Acto seguido, Pavlovich y Viktor dejaron a Pasha fuera y entraron a una celda con dos bancos de madera, una mesa y un cubo por retrete. Los gemelos estaban esposados juntos y se habían incorporado, con pinta de haberse despertado con el ruido metálico de la puerta.

—¿Qué tal están mis pajaritos enjaulados? —preguntó Andrei Pavlovich—. ¿Alguna queja?

Ellos negaron con la cabeza.

—¿Con quién estabais hablando en la sauna?

—Zhora le conoce, nosotros no.

—Pues entonces iremos a preguntarle.

Encontraron a Zhora en la puerta de al lado, visiblemente magullado y encadenado a una argolla de la pared, tan baja que le obligaba a arrodillarse.

Andrei Pavlovich se acuclilló ante él.

—¿Recuerdas todavía con quién estuviste hablando en la sauna? El tiempo se acaba, igual que el dinero para tu banda. Mi dinero, cincuenta dólares al día. No tiene sentido desperdiciarlo. Ya es bastante malo haber infringido la Ley del Caracol. Pero negarse a hablar es aún peor.

—¿Ley? ¿Qué ley? —murmuró Zhora.

Andrei Pavlovich se irguió despacio, meneando la cabeza. Buscó una respuesta en Viktor, pero este estaba más o menos dormido.

—Listo para darle la despedida —dijo al que los acompañaba—. Ponedlo hasta arriba de droga y echadlo al Dnieper... La ignorancia de la Ley no excusa de su cumplimiento.

Permanecieron un rato fuera, escuchando los gritos de Zhora, y luego volvieron a entrar.

—El Padrino —confesó Zhora.

—El que está trabajando para el Boxeador. —Zhora asintió con la cabeza—. Está bien. Siento haberte causado problemas.

—¿Y la ley? ¿Qué ley es esa? —graznó Zhora.

—Se aplica el artículo cinco. Por entrar en casa de alguien con propósito de echarlo, el castigo es morir ahogado.

La puerta de hierro volvió a cerrarse con estrépito.

—Nada de drogas, simplemente lanzadlo una noche por el Puente Sur —ordenó Andrei Pavlovich al que los acompañaba—. Y si llega a la orilla, mejor para él.

—¿Y los gemelos? —preguntó Pasha cuando volvían.

—Grábales bien a fuego la idea de que la próxima vez que aparezcan por Kiev será la última para ellos. Que vayan a dárselas de listos a Zhitomir o a Moscú. El lugar idóneo, Moscú...

Pasha conducía un jeep por la desierta carretera Novo-Gostomelsky a 180 kilómetros por hora. Cerca de la policía de tráfico regional redujo la velocidad; no por la policía de tráfico, sino para no salirse de la carretera al entrar en la rotonda.

Viktor dormitaba en el asiento trasero. El jefe se mordía los labios muy concentrado. Cuando el coche llegó a la Plaza Internacional le ordenó a Pasha que girara hacia Vinogradar.

—¿Al «punto de recepción de pedidos»? —preguntó Pasha.

Andrei Pavlovich asintió y volvió a sumergirse en sus pensamientos.

## 22

Eran las tres de la tarde cuando Viktor despertó. Por la ventana se veía el cielo azul y un sol brillante de veranillo de mediados de noviembre.

Se encontró con Pasha por las escaleras y le preguntó qué pasaba.

—El jefe se ha ido a la cama una hora. Usted debe quedarse en casa, sin salir.

Viktor preparó café, lo llevó a la mesa de la cocina y después fue a coger el teléfono que sonaba en la sala de estar.

Era una presentadora de televisión, quería explorar la posibilidad de un debate entre Andrei Pavlovich y su adversario en el Canal Nacional 1. Viktor le dijo que en ese momento no podían atenderla y que ya le llamaría Pavlovich más tarde.

Volvió a tomarse el café y, cuanto más lo pensaba, menos le gustaba la idea de un debate por televisión. En el fragor del combate dialéctico con el Boxeador podía llegarse perfectamente a las manos.

Andrei Pavlovich lo vio claro en seguida.

—Podría usted sugerir que nos acompañaran nuestros más estrechos colaboradores. Todos los del Boxeador tienen el mismo buen aspecto que él.

—Ese sería un buen golpe. De todas formas, en esta última semana debemos insistir en la publicidad.

Andrei Pavlovich marcó un número en su móvil, preguntó qué tal iba la campaña de captación de votos, escuchó y luego repitió a Viktor lo que le habían contado.

—Se han distribuido doscientos mil manifiestos; se han repartido noventa mil raciones a pensionistas; se han confeccionado listas de personas necesitadas y legitimadas para pedir ayudas económicas si salgo elegido; se han entregado aulas de ordenadores a tres escuelas, y muchas otras cosas menos espectaculares. Sin olvidar lo de las piernas artificiales. ¿Será suficiente?

—Sí, estoy seguro —dijo Viktor mucho más aliviado.

—Mientras tanto, sugiera a esa señora de la tele que me saque haciendo entrega de las piernas artificiales.

—¿Eso quiere decir que ya las tenemos?

—En el garaje. Cuatro embalajes que nos ha enviado una organización benéfica sueca.

—Pero no les hemos tomado medidas.

—No da tiempo. Aparte de que les iba a importar un bledo. Coja las que estén bien y las otras las deja aquí.

—¿Y la mesa de billar?

—Eso ya lo hemos resuelto. Póngala en un camión y envíesela.

Media hora más tarde, después de lavarse y afeitarse, Viktor telefoneó a la señora de la televisión, que aceptó encantada filmar la entrega de las piernas artificiales y hacerse así un hueco en los noticiarios. Una hora después, se presentaron cuatro hombres fornidos con un camión con toldo y cargaron la mesa de billar y los embalajes de piernas artificiales.

Viktor se sentó al lado del conductor y salieron en dirección al Café Afgano.

# 23

Siete días antes de las elecciones

Cuando quedaba aún media hora para el acto de entrega, abrió los embalajes un hombre muy pequeño que apestaba a vodka y cebolla, a quien Pasha había dado diez dólares. Viktor miró para otro lado hasta que el tipo terminó y a continuación inspeccionó el contenido, envuelto en plástico de burbujas y cinta adhesiva. El juego de rodilla que desenvolvió le pareció demasiado pequeño y se dio cuenta de que era de niño. ¡Y todos los demás también! La documentación en inglés que acompañaba los embalajes dejaba claro que se trataba de una donación de la organización Salvad a los Niños de Ruanda, de Salzburgo. ¡A saber cómo habían ido a parar a Kiev!

Se volvió angustiado hacia Pasha, que estaba explicando al que había abierto los embalajes lo que tenían que hacer con las patas de la mesa de billar. El tipo ponía cara de susto y asentía con la cabeza sin ninguna convicción. No tenía experiencia haciendo cosas como la que le estaban proponiendo.

Al enterarse del tamaño de las piernas artificiales, a Pasha le entró pánico; Viktor, en cambio, no perdió la calma.

—Las volvemos a meter en las cajas y se las entregamos embaladas —propuso.

Los de la televisión se retrasaron un poco y Andrei Pavlovich tardó más de un cuarto de hora. Al final se optó por filmar la llegada de los embalajes al Café Afgano, para lo cual había que volver a sacarlos con la intervención del apestoso desembalador de antes, y hubo que hacer tres viajes para cargarlos. Al final, un Andrei Pavlovich pulcro, afeitado y bien trajeado, con el pelo cano reluciente de laca, estrechó la agradecida mano del joven encargado sin piernas del café. También estrechó la mano de Lyosha ante las cámaras. Dirigiendo al camarógrafo, un tipo grueso con un chaleco lleno de bolsillos, había una mujer alta y de piernas largas con una sonrisa atractiva, pero con un aire de ave de rapiña que echaba para atrás. Una vez cubierta la media hora de filmación, Viktor le entregó un sobre y ella le extendió sonriente su tarjeta.

—De todas formas, no queríamos esos puñeteros armatostes para nada —dijo Lyosha al entrarse de que las piernas artificiales eran de niño—. Lo mejor es que os las llevéis. Lo importante era la mesa de billar.

Como Andrei Pavlovich no quiso hacerse cargo, se decidió tirarlas en el vertedero que cubría una ladera encima de la calle Nagornaya. El descargador de Pasha les echó una mano.

# 24

**Seis días antes de las elecciones**

Esa vez Nina cogió el teléfono.

—¿Cómo estáis?

Le sorprendió la calidez de su respuesta.

—Deberías volver. Sonia ha estado preguntando por ti.

—¿Está ahí?

—No, está fuera con la niña del piso de al lado.

—Me pasaré dentro de un par de días.

Pensó en la gran amabilidad de Nina mientras se tomaba el café. A lo mejor tenía miedo de que la echase.

Andrei Pavlovich había salido con Pasha a primera hora. Llegó la asistenta y se puso a fregar el suelo. Después se presentó el experto en ordenadores que había llamado Pasha para inspeccionar el de los asesores de imagen. Viktor le llevó al cuarto de los niños y luego volvió a la cocina. La soledad y el relativo silencio le gustaron. Se alegró de que esa mañana no lo necesitaran. Reflexionó sobre la Ley del Caracol de Andrei Pavlovich. De momento, él, Viktor, estaba a cubierto en la concha de una casa muy sólida. Tenía calma, tranquilidad y una vida sin sobresaltos. Fuera había mucha agitación, y duraría aún otros seis días. Pasado ese tiempo, los caracoles afortunados recibirían nuevas conchas, conchas de diputado, acordes con su grado de inmunidad oficial, mientras que los que no habían tenido suerte tendrían que marcharse y volver a esconderse y actuar como si no hubiera pasado nada...

Viktor miró el solitario patio de gravilla con huellas de neumáticos y las lilas florecidas de la valla. Había un cielo azul diáfano. Pasó una pequeña golondrina volando bajo y luego se lanzó hacia arriba, señal inequívoca de que iba a llover.

Se fijó en el experto en ordenadores, que había pasado camino del patio, donde ahora fumaba un cigarrillo que miraba con inquietud. Sacó el móvil, marcó un número, habló en tono apremiante, escuchó, asintió con la cabeza y luego aplastó el cigarrillo contra el suelo de gravilla y volvió a entrar en la casa.

El experto en ordenadores salió de nuevo al poco rato, esta vez con la chaqueta puesta, el maletín en la mano y mucha prisa por marcharse de allí.

Viktor se encontró con el ordenador encendido en el antiguo cuarto de los niños. Como no le decían mucho los nombres de los archivos, eligió uno al azar y salió la imagen de un diputado de la Rada particularmente activo en el último Consejo Supremo, abogado y reconocido asesor gratuito en cualquier materia, desde la privatización de los codiciados terrenos de una antigua granja colectiva hasta la compra de un solar para montar un pequeño negocio. Había varios iconos y haciendo clic en ellos podían verse los modelos y las matrículas de los coches que usaba, su dirección, los nombres y direcciones de sus dos chóferes y sus rutinas diarias. Cuando se disponía a hacer clic en PARIENTES Y AMIGOS lo dejó, al acordarse de la caja fuerte del despacho de su difunto Jefe. El Jefe, que entonces estaba escondido y a punto de huir de Ucrania, le había enviado a recoger unos billetes de avión. Cuando fue a por ellos descubrió horrorizado un montón de necrológicas anticipadas que había escrito para el periódico por encargo de su superior, ¡todas ellas con el visto bueno y la fecha de su futura publicación!

Por lo visto, el ordenador había almacenado muchos más detalles de los que hubiera podido reunir cualquier marido celoso cuya mujer le estuviera poniendo los cuernos con el diputado. Y allí estaba todo, listo para su utilización con fines electorales aún sin concretar.

Viktor sintió la necesidad de darse un baño y se fue, sin apagar el ordenador.

Según bajaba, oyó que entraba un coche.

Era Pasha, con la noticia de que Andrei Pavlovich llegaría tarde. No tenía ganas de compartir con él sus angustias. Tal vez Pasha estuviera ya familiarizado con los trucos y métodos de las campañas electorales, pero él no tenía ninguna necesidad de eso. Es más, estaba particularmente agradecido a Andrei Pavlovich por no haberle implicado directamente en la campaña. El Depósito era una muestra de lo que significaba estar implicado. Se preguntó a cuántos habría creído él merecedores de ser encerrados allí en esta campaña. Se trataba de algo parecido a lo que en su momento había ocurrido con los destinatarios de sus necrológicas anticipadas.

—¿Crees que va a necesitarme? —preguntó a Pasha.

—Lo dudo. Tiene varias reuniones electorales. La última en una sauna de fuera de la ciudad donde no creo que vayas a hacer falta.

—Entonces voy a salir a que me dé un poco el aire.

—Eso es lo que debes hacer —le animó Pasha.


Llegó a la guardería de Svetlana poco antes de las seis y preguntó dónde podría encontrarla. Se llevó una sorpresa al oír la respuesta.

—Está aquí hasta las dos. Da música hasta la hora de comer y luego vigila la siesta.

Volvió desconcertado a la calle Kreshchatik. Miró en un café, pero salió en seguida, desanimado por tantos rostros desconocidos. ¿Qué le estaba pasando? ¿Era fatiga? ¿La sensación de un peligro inminente? ¿Las cosas peligrosas que sabía?

*«La cuestión es que, si algún día alguien le explica todo, no será más que porque tanto su trabajo como su vida ya no valdrán nada»*, le había dicho su bien informado y difunto Jefe, dando por hecho que *«cuanto menos sepa, más vivirá usted»*. Pero el caso era que él, Viktor, seguía vivo, algo que el Jefe, tan omnisciente, no podía haber previsto, puesto que no tenía ningún Misha que le cediera su plaza de avión.

Un joven alto y flaco con un bote de Nescafé a los pies cantaba una canción popular ucraniana en un paso subterráneo y Viktor le echó una hryvna. Siguió andando y el joven dejó de cantar, lo cual le hizo pensar que habría hecho mejor en dar esa hryvna a cualquiera de las muchas mujeres mayores apoyadas en la pared que, en vez de cantar, extendían las manos sarmentosas.

## 25

A las siete y media Viktor estaba en la puerta de su casa sin saber cuál de las dos llaves emplear, pues le producía el mismo disgusto presentarse como invitado inesperado que como dueño mal recibido. Acabó por llamar al timbre y Nina abrió al instante, como si le hubiera estado observándole por la mirilla.

—Me alegro de que hayas venido —dijo indicándole que pasara.

No supo si creerla, pues ya no estaba convencido de que fuera sincera, pero se alegró al ver salir a Sonia de la cocina. Conocía mejor a Sonia, había estado más tiempo con ella. La sonrisa de Sonia era de verdad.

—¿Quieres un poco de puding? —preguntó levantando la vista hacia él—. La tía Nina lo ha traído para la gata y a ella no le gusta. Pero a mí sí.

—De acuerdo.

—Cómetelo todo y te contaré un secreto.

Le dolió que no preguntara por Misha. ¿Se habría olvidado de él?

Después de la cena, patatas fritas y puding, servido

todo deprisa y casi quemando, pasaron al cuarto de estar. Sonia sacó una carpeta de aspecto oficial, la abrió y se la pasó a Viktor.

Dentro había dibujos, pero no los que él esperaba. En todos salía el mismo pingüino pequeño, blanco y negro, bajo un encabezamiento escrito por la mano insegura de Sonia:

PERDIDO
PINGÜINO MISHA
5000 HRYVNAS DE RECOMPENSA
LLAMAR AL...

—La recompensa es verdad, la va a pagar la tía Nina —insistió Sonia, al ver que Viktor se había puesto triste de pronto—. Solo tenemos que pegarlos por las farolas. Por ese dinero conseguiremos cinco pingüinos en seguida, o eso dice Nina, incluso de Moscú. Lo más difícil va a ser saber cuál es él. Pero yo lo voy a saber al momento. ¿Me vas a ayudar a pegarlos?

—Por supuesto.

Esa tarde Nina estuvo poco habladora, pero le miraba con melancólica calidez, como queriendo dar a entender que aquello seguía siendo un hogar, que ya no existían Pasha, Andrei Pavlovich ni la villa de Goloseyevo y que el único problema era la desaparición de Misha.

—¿No te puedes quedar? —se atrevió a preguntar Nina cuando llegó la hora de irse.

Él se puso tenso y suspiró.

—Pero fuiste tú el que desapareció. Fuiste tú el que se marchó. Fue terrible quedarnos solas Sonia y yo.

—Para mí no ha sido terrible —intevino Sonia—. Ha sido terrible para ella. ¡Ayer lloraba!

Nina le reprochó esa confidencia con una mirada de disgusto.

# 26

**Cinco días antes de las elecciones**

Fue una noche de tormenta. Viktor se levantó cada dos por tres a ver los rayos por la ventana de la habitación, pensando en Sonia y Nina, en Nina llorando, en los treinta carteles del pingüino perdido y en el ordenador de los asesores de imagen. Le había comentado a Pasha el extraño comportamiento del experto, pero sin mencionar que él había entrado en los archivos. ¿Debería decirle a Andrei Pavlovich que lo había hecho? Cuando despertó a la mañana siguiente ya no había truenos, sino un alboroto en el piso de abajo. Se dio la vuelta contra la pared y decidió no hacer caso.

Cuando bajó por fin a desayunar, vio a Andrei Pavlovich sentado en el salón, pálido y ojeroso.

—¡Bonita noche, y luego encima esos cabrones! —dijo de mal humor, indicando a Viktor que tomara asiento en una silla—. ¡Maldito ordenador! Los de Seguridad del Estado, una multitud de agentes, nos han caído encima como una tonelada de ladrillos. ¡Y yo no tengo nada que ver! ¡Jamás he tocado esa cosa! ¡Putos asesores de imagen! ¡Voy a meterle la cabeza en el váter al imbécil que me los recomendó! ¡Y hay que ver cómo hablan esos mierdas de la Seguridad del Estado! «¡Una huella digital y ya está!» Vamos a tomar un whisky.

Viktor cogió unos vasos de cristal tallado y una botella de Black Horse.

—¿Hielo?

—No, seco. Y otra puñetera cosa: Seguridad pide una lista de visitantes en las tres últimas semanas. De todas formas, dentro de cinco días me elegirán y se van a ir todos a la mierda.

—Pero yo sí que he entrado en el ordenador —reconoció Viktor.

Y le contó a Andrei Pavlovich lo que había visto en él.

—¡Qué tonto! De todas formas, ni usted ni yo podíamos saberlo. Voy a ver qué puede hacer nuestra gente para tapar todo esto.

## 27

Cuatro días antes de las elecciones

Aunque Andrei Pavlovich había salido a dar una vuelta
por Kiev en el 4 × 4 en un intento por resolver los problemas, los indicios no eran nada buenos. Dos guardaespaldas taciturnos estaban patrullando y vigilando fuera
de la casa. Viktor, observado por ellos con indiferencia
cada vez que entraba en la cocina a hacer café, se fijó en
que hablaban por el móvil con alguien, probablemente
con Pasha.

A las cuatro de la tarde, desde la entrada sonó el claxon de un Chrysler plateado, que entró seguido de un
Mercedes 4 × 4. Viktor observó a los siete recién llegados
desde la ventana de la cocina y los reconoció sin problemas. Los cuatro con pinganillo eran guardaespaldas; la
pareja discretamente vestida, los chóferes, y el tipo aci-
calado con cara de niño, gabardina larga y zapatos de
diseño de punta cuadrada era el pez gordo. Este último
se dirigió a los hombres de Andrei Pavlovich, que le escucharon respetuosamente. El que llevaba el móvil hizo

ademán de marcar, pero, como no pudo, entró a telefonear al salón. Viktor lo oyó todo desde la cocina.

—Pasha, dile al jefe que vuelva ya, Kapitonov está aquí.

Veinte minutos después llegó Andrei Pavlovich, bajó del coche y se reunió con Kapitonov en el Chrysler. En ese momento sus cuatro guardaespaldas se apostaron en los laterales del vehículo, mirando a todas partes.

—¿Qué pasa? —preguntó Viktor a Pasha cuando entró en la cocina.

—Nada bueno. Están apretando. Se masca un trato. Algo gordo. Alguien va a ser traicionado.

Los guardaespaldas de los pinganillos, con impermeables idénticos, montaron guardia durante dos horas alrededor del Chrysler de ventanillas ahumadas. Asaltado por el mal pensamiento de que tal vez fuera a él a quien iban a traicionar, y como no tenía ninguna posibilidad de escapar inmediatamente, Viktor se retiró a su habitación y se puso a contemplar el anochecer. Llegaba el zumbido del tráfico desde la Avenida del 40º Aniversario de Octubre y, más cercano, el graznido de los cuervos, pero ni una voz humana. Cuando oyó arrancar los motores, bajó a la cocina y se asomó a la ventana. Pasha estaba cerrando las puertas después de que hubieran salido el Chrysler y el 4 × 4 negro. El patio estaba vacío.

—¿Contemplando la inmensidad del mundo? —preguntó Andrei Pavlovich mientras le daba una palmada en el hombro—. Pasha está preparando la sauna. Vamos a ir a sudar un rato. Pero antes eche un vistazo a esto.

Era una tarjeta de identidad azul a nombre de Andrei Pavlovich, Ayudante del diputado Dimitri Vasilievich Kapitonov. La fotografía llevaba el sello del Consejo Supremo. La firma autorizada llevaba fecha de dos semanas más tarde.

—Así que ese soy yo —dijo Andrei Pavlovich guardándola en el bolsillo—, un hombre a sueldo y en peligro de convertirme en cabeza de turco. De todas formas, dentro de una hora, ¡a la sauna! Es una orden del Ayudante del diputado Kapitonov —añadió con una sonrisa triste.

—¡Sube como un cohete, cae igual que una piedra! —comentó Andrei Pavlovich mientras tomaban cerveza en la confortable habitación con paneles de madera anterior a la sauna.

—Yo contaba con su victoria —dijo Viktor, pensando que quizás ahora sería más difícil que le ayudase a buscar a Misha.

—He pecado de presuntuoso por querer ser un caracol de dos cabezas. Y entonces ha venido uno auténtico y me ha cortado por la mitad.

—¿Un caracol de dos cabezas se parece en algo a un águila de dos cabezas?

Andrei Pavlovich soltó una carcajada.

—El tema es que las águilas no tienen concha y el caracol de dos cabezas tiene dos: una para el vulgar criminal y otra para el vulgar funcionario del Estado.

La sauna estaba a una temperatura agradable y se sentaron en el banco de arriba. Andrei Pavlovich vertió agua sobre las piedras calientes y todo se llenó de vapor. Viktor sintió que se le quemaban las fosas nasales y la garganta y se puso un banco más abajo.

—¿No está usted hecho a prueba de fuego? —preguntó Andrei Pavlovich.

—Necesito aclimatarme.

—Igual que al frío de la Antártida —hizo una pausa y preguntó—: Hay que mantener en orden la casa y echar a los extraños, ¿verdad? —vertió más agua—. Yo de usted, me quedaría sumergido un tiempo.

—¿Que esconda la cabeza?

—Usted verá. El puesto de segunda fila y muy vulnerable de ayudante del ayudante del diputado Kapitonov es suyo, si lo quiere. Aunque con escasa protección. Así que por ahora es mejor que se vaya a Moscú, allí no le persigue nadie.

—Entonces, ¿sigue habiendo problemas con el ordenador?

—No exactamente. El material se mantiene en secreto de momento. No está claro quién ni cuándo lo sacará a la luz. Quizá se le pase la fecha de caducidad. Quizá no... En fin, vamos a tomar una cerveza.

Con el descenso de la temperatura, los procesos mentales de Viktor revivieron, aunque siguió con su aletargamiento físico. Andrei Pavlovich estaba hablando de su hija y de su hijo de tres años, a quien Viktor había tomado por Misha en el cementerio. Ambos estaban en ese momento en Chipre, por razones de seguridad mientras durase la campaña electoral. En contrapartida, aunque Pavlovich casi lo había olvidado a causa de los problemas del momento, un Volga del ejército conducido por un chófer había chocado con una furgoneta en la Avenida del Parque. Habían muerto los dos ocupantes del Volga, uno de los cuales era el hombre que había matado por error al marido de su hija.

—¿Fue un accidente de verdad?

—No los hay más auténticos —sonrió Andrei Pavlovich.

Después de otro par de botellas de cerveza subieron a sentarse al salón, Andrei Pavlovich con su albornoz a rayas de tigre y Viktor envuelto en una toalla de felpa. Pasha dijo que les llevaría café. Fuera estaba oscuro y llovía.

Sonó el teléfono del pasillo y, poco después, Pasha trajo los cafés y la noticia de que habían llamado unos amigos para decir que les tomarían las huellas digitales por la mañana.

Acabaron con el café y Viktor fue a vestirse.

Andrei Pavlovich le entregó un sobre con los dos pasaportes y dólares.

—Puede irse. Pasha le llevará donde quiera. Ah, y tenga esto.

Era una tarjeta de visita adornada con el tridente de Ucrania, el sello del Consejo Supremo y la leyenda «Ayudante del Diputado».

—Si necesita ayuda en Moscú, pregunte por Bim en el Restaurante Pekín. Salúdele de mi parte.

## 28

En su despedida hubo calidez y naturalidad. Su estancia con Andrei Pavlovich no había sido por su voluntad y, sin embargo, tampoco había estado encarcelado o condenado a trabajos forzados. Ahora tenía que ir a Moscú, donde no tendría una concha tan segura y confortable para protegerle. Pero lo importante, lo único importante, era encontrar a Misha y devolverlo a la Antártida. Y después de eso, ¿empezar a vivir? ¿Para Sonia y para él? ¿Qué haría para ganar dinero? Eran preguntas que, por el momento, podían esperar. Ya saldría algo. Tenía futuro, sin duda, y la vida se lo iría desvelando.

Pasha dejó a Viktor en la entrada de su casa de la época de Khruschev, lo agarró de la mano, le dijo un significativo «¡Defiéndete!» y se marchó.

Viktor echó la cabeza hacia atrás y miró las ventanas de su casa. Estaban a oscuras, igual que todas las demás, incluso las de la señora Tonia.

Se quitó la chaqueta y se descalzó en el descansillo, siguió en calcetines hasta la cocina y dio la luz. Dejó sobre la mesa la bolsa de viaje con los dos pasaportes, la tarjeta de crédito y la carta del banquero y sus dólares.

Hizo té, se sentó junto a la ventana y contempló la urna con las cenizas de su amigo Sergei, debidamente colocada en la repisa de la ventana junto a la cocina de gas. Se acordó del día en que habían ido de picnic al Dnieper helado y había envuelto a Misha en una toalla para que no cogiera un resfriado. De pronto sintió la necesidad de beber algo más fuerte, miró en el armario, encontró una botella empezada de Smirnoff y cogió un vaso.

Recordó la noche en que se había sentado allí mismo a escribir un mensaje a Nina y Sonia diciéndoles que volvería cuando se calmasen las aguas. Tal vez debiera volver a hacerlo y dirigirse a la estación.

Dio un respingo al oír un inesperado chirrido de la puerta. Misha tenía la costumbre de empujarla con el cuerpo y entrar tranquilamente mientras Viktor escribía sus necrológicas. Al volverse no vio un fantasma, sino la cara de dormida de Sonia asomada a la puerta.

—¿Por qué no estás en la cama? —preguntó.

—¿Por qué no estás tú? —dijo ella al entrar.

Tenía un pingüino bordado en la chaqueta del pijama.

—No voy a quedarme mucho tiempo, tengo que marcharme.

—Pero prometiste que me ayudarías a pegar los carteles.

—¿Nina está durmiendo?

—Toma algo que le hace dormir. Como se queda hasta tarde viendo la tele, le duelen los ojos.

—¿Qué toma?

—Eso.

—¿Vodka?

—No sé lo que es, pero le hace dormir.

Se sirvió un poco más, incómodo por la mirada de Sonia.

—¿Tú también tomas esto para dormir?

—No.

Se levantó, vació el vaso en el fregadero y volvió con cara de esperar un elogio.

—¿A dónde tienes que ir? —preguntó la niña parpadeando de sueño.

—A Moscú.

—Vamos a hacer primero lo de los carteles.

—Si quieres, podemos hacerlo ahora que no hay nadie por ahí.

—Sí, vamos.

—Pues lávate la cara y vístete. Pero sin hacer ruido. No despiertes a Nina.

Al poco rato salían de casa, Sonia con la carpeta de los carteles y Viktor con el tubo de pegamento.

—La calle Shcherbakov es muy animada, iremos allí.

Echaron a andar por la ciudad desierta y dormida; pasaron por la guardería a la que había ido de pequeño, así como por su antiguo colegio en el nº 27, mientras Sonia miraba a todas partes y levantaba la vista al cielo, como si nunca hubiera visto la ciudad de noche. Una vez en la calle Shcherbakov, pegaron el primer cartel en una parada de trolebús. Más adelante encontraron un póster electoral.

—Vamos a poner uno aquí —dijo Viktor señalando el retrato del oponente de Andrei Pavlovich, y Sonia pegó un pingüino encima de sus rasgos aerografiados.

El aire de la noche era estimulante. Estaba contento de pasear con Sonia y hacer algo para encontrar a Misha, aunque no estuviera en Kiev. Cuando diera con él en Moscú, se lo llevaría a Sonia para que lo abrazase y jugase con él antes de mandarlo en un avión a las regiones australes.

Pusieron tres carteles en otras tantas paradas de trolebús y, cuando se disponían a hacerlo sobre otro póster electoral, la sirena de una ambulancia rompió el silencio. La siguieron con la mirada hasta que se perdió de vista.

Sonia le dio un cartel de la carpeta, él puso pegamento en el reverso y se lo devolvió a ella, y en ese momento se detuvo junto a ellos un reluciente BMW rojo del que bajaron tres jóvenes, uno de ellos con una rasqueta.

—¿Qué estáis haciendo ahí? —preguntó una voz.

—Pegar avisos de un pingüino perdido —dijo Sonia con calma.

El hombre la alumbró con la linterna y se echó a reír.

—Parecía que estabais pegando carteles —respondió el hombre antes de volver con sus compañeros, que ya estaban rasgando y raspando los carteles de Andrei Pavlovich y su adversario.

—¿No raspará los nuestros, verdad? —preguntó Sonia.

—No tengas miedo. Tu pingüino está a salvo. ¡No se presenta a las elecciones! —dijo el hombre de la rasqueta.

Una vez terminada su obra, volvieron al coche y fueron a la siguiente valla publicitaria.

—¿Qué ha querido decir? —preguntó Sonia, y él trató de explicárselo.

Cuando llegaron a la estación de metro de Nivki, ella
ya estaba bostezando y la llevó a casa. Antes de acostarse
le dio los cinco carteles que habían sobrado y Viktor le
prometió que los pondría en la Plaza Roja de Moscú.

## 29

Un sol de mediodía lo saludó a su llegada a Moscú. Tenía ojos de no haber dormido; a lo largo de la noche le habían despertado varias veces los policías de fronteras o los de aduanas, era difícil saber si rusos o ucranios, ya que todos hablaban en ruso, pidiéndole con bastante educación el pasaporte o información sobre el tamaño de su equipaje. Por suerte, el pasaporte polaco estaba a salvo en un bolsillo del pantalón, junto con la tarjeta de crédito, los dólares y la arrugada carta a la viuda del banquero Bronikovski. Los pantalones habían pasado la noche enrollados debajo de la almohada, mientras el pasaporte ucraniano, tapado por un periódico, se había quedado sobre la mesita del compartimento. De ahí el aspecto desaliñado y algo abatido con que echó pie a tierra.

—¿Maletero? —gritó un tipo colorado, sano y fuerte, que pasó empujando su carretilla—. Diez rublos la carga.

Viktor negó con la cabeza, se echó la bolsa de deporte al hombro y se quedó plantado, con la mirada perdida, abrumado por las cuestiones prácticas de la tarea que tenía por delante. Dónde dormir, cuánto tiempo quedarse, cómo recuperar a Misha cuando lo encontrase. Lo mejor sería empezar por la entrega de la carta de Bronikovski; era lo más fácil, solo debía llamar al número que ponía en el sobre. A continuación, podría buscar a Bim, el amigo de Andrei Pavlovich. Una vez aclarado esto, echó a andar por el andén con los demás viajeros, vigilados por hombres de las Fuerzas Especiales con chaleco antibalas.

Telefoneó a la viuda del banquero y, como saltó el contestador automático, dejó el mensaje de que volvería a llamar a las seis. Después cambió veinte dólares y se tomó de pie una ración de pollo frito en un bistrot, mientras contemplaba a los viandantes. Ayudó a pasar el pollo con una Pepsi y luego se detuvo en un kiosko de prensa. Todo parecía estar bien, incluso el ambiente de la estación parecía tener un efecto tranquilizador, hasta que de pronto volvieron los hombres de las Fuerzas Especiales, mirando a todo el mundo, directos a por dos hombres de tez oscura, probablemente azeríes, que estaban en la cola de los perritos calientes. Harto ya de tantas Fuerzas Especiales, salió de la estación, se montó en un trolebús en la primera parada que encontró y, apoyando la frente en la ventanilla, contempló un Moscú prácticamente irreconocible desde su última visita ocho años atrás. Recordaba los puestos de albóndigas, las tiendas de cervezas, la estación de metro Octubre y el hotel Kosmos, cerca de la Exposición de los Resultados de la Economía Nacional y el Anillo de los Jardines. En ese momento estaban en el Anillo. Antes parecía inmutable, pero ahora estaba irreconocible. Hasta las ventanas de las casas eran diferentes. «¿He estado aquí alguna vez? ¡Nunca!», dijo para sus adentros.

Se apeó en la siguiente parada y siguió a pie. Se estaban formando nubarrones y avivó el paso por la fuerza de la costumbre, como para conjurar la lluvia a cubierto bajo algún tejado. Titubeó por un momento al ver el rótulo de un puesto de albóndigas, evocador de los viejos tiempos, aunque siguió adelante como impulsado por la energía acumulada durante el viaje en tren.

Le sorprendió que la lluvia fuera tan fría y, como solo llevaba puesta una cazadora, miró a su alrededor y en la acera de enfrente localizó, bajo un letrero anticuado, un café o cantina donde podría guarecerse y sentarse a tomar un té por poco dinero.

Cruzó la calle. El Club Café, con una multitud de adolescentes en la puerta, resultó ser un café Internet con gente joven sentada delante de los ordenadores y bebiendo Coca-Cola.

Apostado detrás del mostrador, absorto en su pantalla, había un joven gordo, con gafas de diseño. Tenía a mano la caja registradora, la cafetera, el microondas, Coca-Cola, Pepsi y otras bebidas con gas en botellas de plástico.

—¿Hay té? —preguntó Viktor.

—De sobre.

—Pues té, por favor.

El gordo se levantó de mala gana.

—Cuarenta y cinco rublos —dijo al ponerle el té a Viktor—. Ordenador número nueve.

—¿Cómo se usa Internet?

—¿Pero de dónde viene usted?

—De Kiev.

El gordo esbozó una sonrisa y luego le dio unas explicaciones claras y sencillas.

Una vez a solas, Viktor tecleó «pingüino», hizo clic con el ratón y le salieron quinientos veinte resultados. Como no tenían mayor interés, probó con «Antártida» y la salieron más de doscientos. Luego, como para comprobar la paciencia y aguante del ordenador, tecleó «Bronikovski» y solo salieron ocho resultados, de los cuales el tercero, un extracto de la *Gaceta Criminal*, resultó ser el bueno. Bronikovski, por entonces presidente de su propio banco, había desaparecido cuando se le acusaba de haber evadido ilegalmente treinta y dos millones de dólares al extranjero. Un director se había ahorcado y a otro lo habían hallado muerto en un bosque con señales de haber sido torturado. Revuelto por los detalles sangrientos en los que se había regodeado el periodista, Viktor pasó los quince minutos que le quedaban comiéndose con los ojos a las bellezas semidesnudas de Moscú y pensando en Svetlana.

Ya no llovía tanto, pero él no se dio ni cuenta.

# 30

Con claro acento moscovita, la viuda de Bronikovski le había explicado cómo llegar a su piso de la Avenida Kutuzov, le había dado la clave de entrada y le había advertido de que tendría que vérselas con el conserje. El tono animado de su voz contrastaba con las noticias que él le traía. La carta iba a conmocionarla, pero ya no podía echarse atrás.

El conserje era el típico miembro de las Fuerzas Especiales, con porra de goma, grilletes, spray de gas lacrimógeno y pistola automática al cinto, aunque estaba por ver si tenía gas y balas.

—¿A quién va a ver? —preguntó.

—A Bronikovski, apartamento 26.

Echó un vistazo general a Viktor y su bolsa de deporte, le miró a los ojos con desconfianza, le preguntó qué llevaba en la bolsa y luego se metió en la garita y cogió el teléfono.

—Ascensor de la izquierda, sexto piso —dijo al salir al cabo de un minuto.

Dentro y fuera del ascensor había carteles en inglés. El de prohibido fumar se leía bien, pero el anuncio de venta de un Land Rover sin gastos de aduana por diez mil dólares, puesto por algún forastero, costaba más.

Una vez en el sexto piso, lo primero que vio fue la gran puerta de roble con pomo de bronce de la casa del banquero, con cámara de vídeo para visitantes. Llamó al timbre.

Abrieron la puerta. Una mujer coreana lo invitó a entrar.

Estuvo a punto de entregarle la cazadora, pero se lo pensó mejor y la colgó él mismo.

—He venido a ver a Marina —dijo.

—Soy yo —contestó la coreana con una sonrisa deslumbrante.

El salón era amplio y con grandes muebles de caoba. En el centro había una gran mesa redonda con doce sillas.

—¡Olia! —llamó ella.

Apareció el arquetipo de doncella rubia y de cara ancha, de piernas largas, en uniforme negro con un pequeño delantal blanco.

—¿Café, té, chocolate caliente?

—Café, gracias —dijo Viktor.

Se sentaron en sendas butacas mirando a un ventanal con la persiana a medio bajar.

Viktor le entregó la carta.

Mientras ella leía, él miró alrededor y vio un par de fotografías de Marina y su marido a bordo de un gran yate en algún rincón del Mediterráneo. Luego se fijó en ella. Ya no sonreía, estaba absorta en la carta y movía un poco los labios. Al final la dejó encima de la mesa junto a unas revistas y se quedó un rato contemplándola.

Viktor puso la tarjeta de crédito junto a la carta. Cuando ella alargó la mano para cogerla, vio que tenía las uñas pintadas de negro, a juego con el traje y los zapatos. La esmeralda que lucía en el dedo corazón de la mano izquierda alegraba su fúnebre aspecto.

—Debe usted beber algo conmigo —dijo de pronto con un aplomo casi masculino.

—Traiga el carrito con las bebidas —le ordenó a Olia cuando llegó con el café para Viktor y un zumo de naranja para ella.

Una vez que Olia hubo dejado el carrito, Viktor optó por el coñac. Se sentía incómodo bajo la mirada oblicua de Marina, que tenía los ojos oscuros. Ella pidió whisky y luego le indicó a Olia que podía irse.

—¿Fuma usted? —preguntó.

Viktor dijo que no.

—Tendrá que soportar que yo lo haga —dijo ella encendiendo un cigarrillo largo y fino. Viktor apuró el coñac—. Sírvase, y póngame a mí otro. ¿Es esto todo lo que mi marido le dio?

—Sí.

—¿No había nada para nadie más?

Viktor habría preferido marcharse, pero le pareció una cobardía dejarla sola digiriendo las noticias que le había traído. Seguramente se vendría abajo. Una eslava se habría puesto a proferir alaridos y sollozos y habría necesitado primeros auxilios o consuelo. La reacción de Marina no concordaba con las noticias que había recibido. ¿A qué venían aquellas dudas sobre lo que le había dado su marido? ¿Por qué no mostraba interés en lo que había hablado con él?

—¿No había nada más, nada para otra mujer? —preguntó clavando la mirada en él como una cobra en su presa.

—No, le juro que no había nada más —respondió apenas en un susurro.

—¡Asqueroso cabrón!

—Será mejor que me vaya —dijo él levantándose.

—¿Tiene adónde ir?

—No.

—Pues quédese. Olia le hará la cama en el estudio de mi marido... Entonces solo habló de mí, ¿no?

—Solo habló de usted y lo que le he dado es todo lo que él me entregó.

—Vamos a tomarnos otro.

Esa vez brindaron.

—¡Por la amistad! —dijo ella; luego fue a la zona del despacho y volvió con una estilográfica y varias hojas de papel—. A ver si sabe hacerla —añadió señalando la firma de su marido en la tarjeta de crédito.

Él la miró perplejo.

—Vamos, inténtelo.

Era bastante corriente, así que al poco rato ya lo había conseguido.

—Eso es —dijo ella tomándose el whisky de un trago—. Ahora siéntese y descanse. Vuelvo en un cuarto de hora.

Tenía sed, así que anduvo mirando entre las botellas del carrito, vio una de tónica y se la tomó muy a gusto.

Miró por la ventana la riada del tráfico, aunque desde allí arriba no se oía nada. Volvió a la butaca y, por cambiar, se sirvió una generosa cantidad de ouzo, que se bebió de dos tragos.

Marina ya no volvió de negro, sino de verde oscuro; con una blusa y falda larga, y las uñas de un verde reluciente y todavía sin secar del todo. Había sustituido la esmeralda por un sencillo anillo de oro parecido a una alianza matrimonial. Unos zapatos verde oscuro completaban el atuendo.

—Vámonos —dijo soplándose por última vez las uñas antes de coger la tarjeta de crédito.

Al salir les estaba esperando un Lexus verde oscuro con un chófer de aspecto anodino y de mediana edad, con un elegante traje oscuro. Viktor se sentó detrás con Marina y salieron por la Avenida Kutuzov.

Viktor sintió frío y quiso ponerse la cazadora, pero una mirada de Marina lo disuadió. Lo que servía para la Antártida o para un peregrino involuntario de la época post-soviética no era adecuado cuando uno iba sentado en un Lexus junto a una mujer atractiva. Moscú era mucho más animado y colorido de noche que Kiev el día anterior. Al final se detuvieron. El chófer les abrió la puerta. Estaban en el restaurante Praga.

Había una mesa reservada para dos en el piso de arriba. Trajeron el menú y la carta de vinos en carpetas de piel. Una rubia elegantemente vestida había reconocido a Marina al pasar. Marina sonrió y volvió a concentrarse en el menú. El camarero esperó.

Viktor era el que no podía concentrarse con aquellos precios. *Hors d'oeuvre* a más de cincuenta dólares. Por ese dinero podría haber cenado más a gusto con Svetlana, sin sémola ni tener que pagar nada después.

—¿Qué va a tomar? —preguntó Marina.

Él volvió poco a poco a la realidad, como un nadador cuando ha estado a punto de ahogarse.

—Ya pido yo por usted —decidió la mujer.

El camarero escuchaba con atención.

—Una docena de ostras. Pasteles de caviar negro. Filete *à la mexicaine aux galettes*. Y para mí, ensalada de salmón y luego perdiz marinada y brochetas de hígado de pollo, con verduras.

Consultó la carta de vinos y pidió un Burdeos tinto *premier cru* de veinte mil rublos, es decir, la friolera de unos ochocientos dólares. Viktor se entretuvo pensando en cuánto se pagaría en Moscú por un entierro con pingüino, hasta que llegaron las ostras con medio limón.

El camarero que servía el vino se puso a su lado, le enseñó la etiqueta, descorchó la botella y le sirvió un poco en el vaso.

—Pruébelo —dijo Marina—. Si no le gusta, pedimos otro.

El vino era a todas luces mejor que el Merlot de Moldavia, pero, como tenía dudas de que mereciera la pena pagar aquel precio, pasó el vaso y la responsabilidad de decidir a Marina.

Esta se echó a reír, bebió, asintió con la cabeza y el camarero lo sirvió.

Viktor logró abrir las ostras, pero se llevó un chasco al comprobar que el limón no mejoraba su sabor.

—Debería haber pedido vodka para tomarlas —dijo animado por el coñac que había bebido antes y como reacción a lo ostentoso del restaurante; se alegró infinitamente de que Marina pidiera al momento una botella.

Dio buena cuenta de las ostras con vodka mucho antes de que les llevaran los pasteles de caviar.

—¿Tiene usted hijos? —preguntó ella.

—Una hija adoptiva. Su padre era amigo mío. Lo asesinaron.

Sus ojos oblicuos mostraron interés.

—¿Qué edad tiene?

—Va a cumplir seis —dijo, incapaz de recordar cuándo era su cumpleaños—. ¿Y usted, tiene hijos?

—No. Puede que un día los tenga. Quién sabe.

Durante la comida Viktor averiguó que había nacido en Ucrania, de padres norcoreanos dedicados allí al cultivo de sandías. Se había casado con Stanislav en Donyetsk, donde había estudiado contabilidad y él había montado una empresa de inversiones con unos amigos. Quebró, se trasladó a Moscú y allí fundó un banco comercial. Que también había quebrado ahora.

Terminó el vino, tomó después un poco de vodka, pidió la cuenta y le pasó la tarjeta de crédito a Viktor.

La rubia del principio se acercó a la mesa y echó a Viktor una mirada insegura antes de dirigirse a Marina.

—Me alegro de saber que todo va bien —sonrió maliciosa—. Luego vamos a ir al Metropol, ¿queréis venir?

Marina negó con la cabeza.

—Llámame por teléfono alguna vez.

El camarero trajo la cuenta, que ascendía a 58 230 rublos. Viktor imitó la firma de Bronikovski. Marina dejó veinticinco dólares de propina.

El Lexus los trasladó a casa de Marina, donde se sentaron en el salón a tomar el fuerte, aromático y, al menos en opinión de Viktor, desagradablemente estimulante café que les preparó Olia.

—¿Nunca ha probado a leer los posos del café? —preguntó Marina dando la vuelta a la taza—. Venga a ver.

Lo que mostraban eran dos siluetas desnudas de hombre y de mujer, en actitud claramente sexual.

—Vamos a la cama —dijo Marina.

Siguió una noche de hacer el amor sin descanso y, después del desayuno, más de lo mismo, interrumpido solo para bañarse juntos en un gran baño triangular.

Durante la cena, como si se hubiese acordado de algo importante, Marina se levantó, fue al escritorio, sacó un fajo de billetes de cien dólares y metió buena parte en un sobre que cerró a continuación.

—El chófer le llevará a ver a cierta señorita, una tal Kseniya. Dígale que Stanislav dejó este sobre para ella. No le cuente más que la verdad, que ha muerto y todo eso, pero no le hable de nosotros. No se entretenga. El chófer le estará esperando. Y yo también.

# 31

Pese a lo tardío de la hora, el tráfico no había disminuido.

—¿Falta mucho? —preguntó Viktor.

—Diez minutos, está fuera del Anillo.

Al fin llegaron a una torre de pisos.

—Planta quince, piso ciento treinta y siete —anunció el chófer.

Viktor salió y agradeció el cálido chaquetón que llevaba. No había portero automático ni conserje, nada más que un ascensor con una luz de emergencia, tufo a tabaco y las paredes desconchadas y pintarrajeadas con las obscenidades de costumbre. Llegó a la planta quince.

Llamó al timbre y miró el reloj. La una y media.

—¿Quién es? Voy a llamar a la policía —se oyó una voz asustada.

—Vengo de parte de Stanislav.

Se abrió la puerta y apareció una joven con cara de dormida y una bata por encima del camisón, descalza sobre el linóleo marrón y acompañada de un bull terrier.

—Pase.

Viktor cerró la puerta al entrar, se descalzó y la siguió a la cocina. El bull terrier desapareció en la oscuridad.

Era una cocina pequeña, con el grifo goteando sobre una pila de cacharros sin fregar y tres macetas de aloe en la repisa de la ventana.

—Me pidió que le diera esto.

—¿Es que le ha pasado algo?

—Me temo que sí. Ha muerto.

—¿Es dinero? —preguntó llorosa.

Él asintió con la cabeza.

—Él no me habría enviado dinero. Jamás lo he necesitado... ¿Le apetece un té?

Sin esperar respuesta, despejó y limpió la mesa y puso la tetera a calentar. Viktor se volvió, sorprendido, al sentir pasos en el pasillo. Kseniya salió inmediatamente.

—Todo va bien, mamá. Solo es alguien que ha venido a verme. Vuelve a la cama, por favor —oyó que decía.

—He tenido que traérmela —explicó cuando volvió—. No puede valerse por sí misma. Esclerosis, le duelen mucho las articulaciones... ¿Es usted de Moscú?

Viktor le explicó quién era y le dijo que había conocido a Stanislav solo de pasada.

—Qué lástima. Era un buen hombre. Solo que ingenuo. Se creía que todo se arreglaba con dinero. Me compró un piso en Arbat y, como no quise mudarme, dijo que iba a llevarme al psiquiatra —contó mientras miraba una fotografía de Bronikovski a caballo.

—Me prometió que me enseñaría a montar y me regalaría un pura sangre árabe, siempre en plan de gran señor. Cuando se fue yo estaba embarazada, pero todo quedó en nada.

Se oían los lamentos del perro en el pasillo.

—¿Por qué tiene un perro tan grande?

—¿Bosik? Estaba abandonado. Es un encanto. ¿Tiene usted hijos?

¿Por qué le preguntaba lo mismo que Marina?

—Una hija adoptiva.

—¿Y dónde está?

—Con la niñera.

—Creo que yo también voy a adoptar a alguien. Un niño. Aunque sin Stanislav, va a ser duro... Siempre creí que acabaría abandonando a su... ¿Ha sido ella quien ha enviado el dinero?

Viktor no dijo nada, no tenía por qué. Ella fue a la ventana, contempló la oscuridad y apagó el gas.

Iba a decirle algunas palabras de consuelo, pero creyó mejor no hacerlo. Ella estaba dolida como ninguna mujer iba a estarlo por él.

Le habló de Misha para distraerla. Se preguntó si ella conocería a un banquero a quien llamaban Esfinge, propietario de un zoo privado. Resultó que no, pues no se había movido en esos ambientes, ni en ningún otro, y le extrañó que los banqueros tuvieran nombres graciosos como los gánsteres o los perros. El suyo, por cierto, estaba armando un buen jaleo en el pasillo en ese momento.

Kseniya escuchó con interés lo que él le contó de Misha y le molestó que Sonia no tuviera a su amigo. Se le endureció la mirada al reparar en el sobre con el dinero.

—No quisiera tomar nada de ella... Pero mamá necesita medicinas. Tiene cáncer.

Viktor pensó que era hora de irse. En el pasillo se encontró con que Bosik estaba mordisqueando un zapato suyo.

—¡Suéltalo! —gritó Kseniya abalanzándose a por el zapato para devolvérselo a Viktor—. ¡Cuánto lo siento!

Viktor se marchó muy abatido y con el zapato izquierdo francamente estropeado.

El conductor del Lexus tenía la luz dada y estaba leyendo un libro. Viktor se sentó detrás y salieron a toda velocidad por una calle vacía saltándose los semáforos en ámbar.

—Podría haber problemas —dijo por encima del hombro el conductor, refiriéndose a los dos jeeps que los seguían.

Cuando Viktor se giró para mirar, uno se les cruzó, obligando al Lexus a dar un frenazo, mientras el otro se les aproximaba por detrás, maniobra que el conductor podría haber evitado al tener mejor coche.

La puerta del último vehículo se abrió y bajó un tipo en chándal azul con aspecto de duro.

—Ya lo llevamos nosotros —le dijo al conductor—. No se preocupe y dígale a la jefa que tampoco se preocupe. —Luego se volvió hacia Viktor—. Fuera.

No tuvo más remedio que obedecer.

## 32

Viktor abrió los ojos en la más absoluta oscuridad y quiso levantarse, pero fue físicamente incapaz. Abrió la boca y gritó «¡Ah!» para saber si estaba soñando o aquella pesadilla era de verdad. Pasó bastante tiempo hasta que pudo oír el sonido. Probó otra vez con idéntico resultado, solo que esa vez tardó más de un minuto en oír el sonido. Sentía un picor en la mano. Levantó la cabeza para ver qué era. Por lo menos había esperanza. Podía mover la cabeza. Lo único que faltaba era averiguar dónde estaba y qué había pasado.

Una almohada. Estaba en una cama. De pronto recordó: dos hombres en chándal azul y otro con una sudadera. Mientras los hombres en chándal lo sujetaban, el tercero le había puesto una inyección en una vena del pliegue del codo. Todavía le dolía. Es más, era un dolor punzante, como si algo obstruyera la vena. Y en la cabeza un eco muy lejano y repetido, como si resonara en una infinidad de puntos.

—¿Le vio usted muerto con sus propios ojos? ¿De dónde ha sacado esa tarjeta de crédito? ¿Qué está haciendo aquí? ¿Le vio usted muerto con sus propios ojos?

La oscuridad fue aclarándose. Paredes. Una habitación pequeña. Una ventana por la que se veía que era de noche. Se abrió una puerta que formó un rectángulo de luz. Levantó la mano para taparse los ojos y volvió a sentir el dolor de la inyección.

—¿Cómo estamos? —preguntó una voz que le resultaba familiar.

Bajó la mano y vio los ojos oblicuos de Marina, que vestía una bata de color granate. «Se habrá pintado las uñas de granate», pensó él, pero no era así, las tenía de su color natural.

—¿Cómo he llegado aquí?

Otra vez tardó mucho en oír sus propias palabras. Ella acercó una silla a la cama.

—Le trajeron de vuelta.

—¿Qué pasó?

—Me figuro que se lo llevaron para interrogarle. ¿Qué es eso que tiene en la mano?

Le hizo abrir los dedos, miró el papel que llevaba agarrado y se echó a reír.

—Es la cuenta de nuestra cena. Alguien debió pensarse que Stanislav había vuelto y dio la voz de alarma. Ya ve usted lo peligroso que es imitar la firma de alguien que ya está muerto.

Su fría indiferencia ante la muerte de su marido contrastaba con la reacción que había mostrado Kseniya.

—¿Qué tal estaba ella? —preguntó Marina como si le hubiera leído el pensamiento.

—Llorosa.

—¿Lloró mucho?

—No.

—¿Cogió el dinero?

—A regañadientes. Ya sabía que no procedía de Stanislav. Según ella, él no le habría dado dinero.

—¡Qué tonta! ¿Quiere tomar algo?

—Me apetecería un coñac.

Ella sacó coñac y vasos. Él se incorporó con esfuerzo y bebió.

—Así que estaba usted al tanto de todo.

—Cómo no estarlo, si él le enviaba el chófer con comida. ¡A algún lugar al otro lado del Anillo! Imagínese, nuestro Mercedes S600 estacionado fuera de la torre gris donde vive ella, para que todo el mundo lo viera. Si le hubiera puesto un piso en la calle Tverskaia, más cerca del banco, para hacerse una escapada a verla de vez en cuando... Me ponía en ridículo.

—Le había ofrecido un piso en Arbat, pero ella no lo aceptó. Tal vez fuera amor auténtico.

—Más bien descanso auténtico. Una pueblerina cálida e ingenua, ¡el sueño del viejo banquero agotado! Sin pretensiones. Sin exigencias. Con una inmensa gratitud por haberse fijado en ella. ¡Y ya está bien de hablar de él!

Le entregó la tarjeta de crédito de su marido, que conservaba el calor de haberla llevado en el bolsillo de la bata.

—Quédesela. Yo ya tengo mi propio dinero. No necesito el suyo.

Viktor cogió la tarjeta, pero no tenía dónde ponerla, ya que estaba desnudo.

—Le desnudamos entre Olia y yo y ella ya habrá lavado sus cosas. Así que, en cuanto se recupere, puede volver a Kiev.

—Antes tengo que encontrar a mi pingüino. Con esta tarjeta debería bastarme para comprarlo.

—Y si no, llámeme.

# 33

A la mañana siguiente lo despertó la calidez de unas manos que lo exploraban, y él correspondió.

—¿Sabes una cosa? Con un poco de gimnasio y masaje se podría sacar partido de ti —dijo Marina—. No te pasa como a mi marido, que le fallaban las fuerzas, aunque tampoco eres precisamente una caja de fuegos artificiales.

La despedida fue muy emotiva.

—Llámame siempre que vengas a Moscú —dijo ella abrochándose la bata al ir a cerrar la puerta.

Mientras bajaba en el ascensor, tuvo la sensación de ser un cosmonauta de regreso a la tierra, una vez cumplida su misión como conejillo de indias. Lamentó la parte negativa de verse explotado así, que se acentuaba por la incomodidad en el zapato izquierdo.

Se abrieron las puertas del ascensor y, tras saludar con la cabeza al conserje | guardia de seguridad, Viktor salió del edificio. La avenida Kutuzov era una continua riada de coches en ambos sentidos. El reloj marcaba las once y media. Pronto sería hora de comer y el sitio indicado era el restaurante Pekín, con el objetivo de recabar la ayuda de Bim, el amigo de Andrei Pavlovich. No era probable que pudiera verse a solas con el banquero que estaba buscando y, aunque así fuera, siempre estaría a tiro de sus guardaespaldas. Necesitaba a alguien que hablara en su nombre, alguien del estilo de Andrei Pavlovich.

# 34

El restaurante Pekín estaba abarrotado, en su mayoría de caucasianos. Viktor colgó la chaqueta en el respaldo de la silla, se sentó y buscó con la mirada un camarero a fin de evitar una espera prolongada. En seguida se le acercó un joven de aspecto oriental con una carta y le sugirió que sería mejor y más rápido pedir el menú del día en vez de *à la carte;* Viktor le hizo caso, consciente de que estaba en Moscú.

Dio buena cuenta de una sopa agridulce, escupiendo en el plato las hebras inmasticables de bambú. Le siguió un *porc à la Sé-Tchuen* con arroz y después té con jazmín. Una vez satisfecho el apetito, volvió a pensar en lo que le había llevado allí.

—¿Dónde puedo encontrar a Bim? —preguntó al oído del camarero tras inclinarse discretamente hacia él.

—Él le buscará —fue su tranquila respuesta—. ¿Desea alguna cosa más?

—No, gracias.

Se tomó el té con jazmín y observó a los cuatro hombres de la mesa de al lado, que disfrutaban de una comida de trabajo regada con vodka. Sus dedos gruesos, hasta el punto de resultar enfermizos, estaban cubiertos de anillos y sugerían la posibilidad de una muerte prematura.

—¿Me buscaba usted? —dijo un hombre de aspecto agradable con un vulgar traje gris al tiempo que se sentaba a la mesa de Viktor.

—Andrei Pavlovich me dijo que acudiera a usted si necesitaba ayuda.

Bim sonrió.

—¿Qué tal está?

—Le iba bien como candidato a diputado. Ahora que se ha quedado en ayudante de diputado, no tanto.

—No hay que preocuparse. Cada época de la vida es un tapiz distinto, pero no por ello menos rico. ¿Cuál es su problema, entonces?

—Es una larga historia.

Bim asintió con la cabeza y Viktor le contó la historia de Misha, los funerales con pingüino y su forzoso viaje a la Antártida, pasando por alto su trabajo como redactor de necrológicas. Cuando le habló del Esfinge, hizo una pausa para dar a Bim tiempo de pensar.

—Ya no existe el Banco Comercial del Gas. Pero su pingüino pertenecerá legalmente al Esfinge. No se le puede arrebatar. Aunque tal vez se le pueda comprar o canjear por una chica guapa. Habrá que negociar. Déjelo en mis manos. Buscaré una cita con él, o con sus muchachos si se trata de alguien demasiado importante y poderoso, para esta misma tarde.

Consultó su Rolex.

—Pásese por aquí a eso de las ocho. Cenará por cuenta de la casa y, luego, si todo ha ido bien, nos iremos en coche.

Viktor tomó la calle Tverskaia hacia la Plaza Roja con paso alegre y animoso, indiferente a la fina llovizna, a pesar de que ya empezaba a calarle el zapato roto.

Cuando la llovizna se convirtió en aguacero, se metió en un bar a tomarse un coñac. Olvidándose de sus cuitas, contempló maravillado la limpieza y el orden que reinaba en el local. Cuando por fin escampó, siguió su camino y entró en una zapatería cuyos precios astronómicos lo enfurecieron.

# 35

Volvió al restaurante Pekín con el pie dolorido, pero con sensación de alivio. Bim estaba junto a una palmera del vestíbulo, fumando un purito que, al ver a Viktor, aplastó contra la palmera y guardó en una cajita de madera.

—Por aquí —dijo llevándole a una mesa con sendos rótulos de «Reservada» y «No fumadores»—. Y mejor cuelga eso en el guardarropa —añadió cuando Viktor fue a dejar la chaqueta encima de la silla—. La cena viene en seguida. ¿Qué va a beber?

—Coñac, gracias.

En seguida se presentó un camarero entrado en años a tomarles nota. Bim volvió a encender su purito.

—¿Va a venir el banquero?

—No tan deprisa. Por cierto, saludos de parte de Andrei Pavlovich. Debe usted pasarse a verlo cuando regrese.

—¿Qué tal está?

—Bien, otra vez en libertad —la respuesta llegó envuelta en una bocanada de humo del puro.

—¿Le detuvieron, entonces?

—¡No, qué va! En libertad porque el diputado del que era ayudante estiró la pata mientras estaba con una prostituta al día siguiente de las elecciones.

Viktor se quedó con la mirada perdida, sin saber a qué atenerse ante tal golpe de suerte. Bim sonrió y en ese momento llegaron su vodka anisado y el coñac de Viktor.

Acababan de tomarse el primer vaso, dejándose de formalidades y brindis, cuando un hombre mayor, enjuto y con la cara bronceada de un modo nada natural, se sentó a su mesa sin decir palabra. Llevaba ropa cara y elegante y estaba claro que no quería aparentar la edad que tenía. Saludó a Bim en silencio y a continuación se volvió atentamente hacia Viktor, mientras se ajustaba sin necesidad alguna la pajarita azul que lucía sobre una camisa blanca y se desabrochaba los botones forrados de piel de la chaqueta, antes de cruzar la pierna y apoyar el codo derecho sobre la mesa.

—Me llamo Eldar Ivanovich y soy todo oídos.

—Cuéntele todo lo que me ha contado a mí —dijo Bim con suavidad, como un maestro de escuela.

Viktor volvió a contar sin mucho entusiasmo la historia de su pingüino, resumiéndola para no hacerla fatigosa.

—¡Ah! —exclamó Eldar Ivanovich cuando terminó—. Ahora ya sé a qué he venido.

—Eldar Ivanovich era el liquidador del Esfinge —explicó Bim—. Usted pregunta y él responde. Yo me quedaré aquí callado con mi vodka anisado.

—Es muy sencillo —dijo Eldar Ivanovich—. Parte de sus propiedades, los bienes raíces, siguen estando en Moscú, pero no el zoo donde estaba su pingüino. Ese se lo llevó Khachayev.

—¿Quién es? —peguntó Viktor temeroso de que se aplazara aún más el resultado de sus pesquisas.

—Khachayev es el que dejó en la estacada al Esfinge. Era dueño de un casino. El Esfinge y él tenían negocios comunes, pero el Esfinge sufrió un revés. Más tarde, cuando las cosas se pusieron mal para Khachayev, lio el petate y se marchó a Chechenia.

—¿Es ahí donde está Misha ahora?

—No podría asegurarlo del todo. Está en alguna parte del norte del Cáucaso y son muchas las posibilidades de que sea en Chechenia. Y eso es todo en lo que puedo ayudarle. A menos —añadió con una sonrisa maliciosa— que quisiera usted ir hasta allí.

Chechenia, pingüino, pingüino, Chechenia... No sabía decir por qué, pero no le cuadraba. Viktor se sirvió vodka y se lo bebió bajo la imperturbable mirada de los otros dos.

El camarero mayor les llevó una enorme fuente de arroz y unos platos de carne, gambas y pescado. Le puso a cada uno un cuenco de cerámica y en medio un convoy metálico de salsas y especias que tomó de la mesa de al lado. Bim se sirvió una porción de arroz y le echó encima carne y salsa de soja, terminó su vodka anisado y pidió otro. Viktor pidió más vodka y se puso a comer con el ánimo por los suelos.

La conversación ganó en fluidez a medida que comían y bebían. Eldar Ivanovich reconoció que se había hecho la cirugía estética y que estaba siguiendo un tratamiento de baños de sol para cuidarse la piel. Bim hizo una demostración práctica de un cóctel llamado «Choque fronterizo» a base de vodka, salsa de soja y medio limón.

Viktor tomó uno, pero no le hizo ningún efecto particular, bien por su estado de ánimo, bien por el cansancio que arrastraba.

—Le voy a decir una cosa —soltó Bim tras unos cuantos «Choques fronterizos»—. Si se hubieran llevado a su hermano o a su hijo a Chechenia, lo entendería, iría a buscarle como haría cualquier ruso. Pero hacer semejante esfuerzo por un pingüino no es ni de valientes ni de rusos... Así que, en vez de eso, ¿por qué no brindamos por la victoria de las tropas rusas?

—No lo entiende usted, puesto que no se lo he contado —objetó Viktor, que ya empezaba a estar algo bebido—. Le hicieron un transplante de corazón. El donante fue un niño. Estaba todo preparado para que volara a la Antártida y terminase allí sus días. Pero yo le quité el puesto en el avión.

—¡En fin, ahora lo entiendo todo! —exclamó Eldar Ivanovich intercambiando una mirada de complicidad con Bim—. Ya que no estamos hablando de drogas, déjeme decirle algo: Chechenia queda mucho más a mano que la Antártida. Puedo llevarle allí en un par de noches, si eso es lo que quiere. Pero ¿es así?

Viktor suspiró. La conversación fue tomando derroteros cada vez más disparatados. No tenía sentido seguir hablando de Misha y lo mucho que significaba para él. Eldar Ivanovich se lo pensó un momento y a continuación marcó un número en el móvil.

—Arthur, hijo, ¿tienes algo que hacer esta noche? Entonces pásate por aquí. El Pekín. Escuche, Viktor —dijo volviéndose hacia él—, tiene un minuto para decidir. Un sí sensato por su parte y, con Bim por testigo, me encargaré de hacerle llegar a Chechenia para que busque a ese pingüino suyo con el corazón transplantado. Eso si antes no le pegan a usted un tiro.

Hablaba en serio, aunque a Viktor le costó algún tiempo hacerse a la idea. El malicioso destello de la mirada de Eldar Ivanovich le infundió una súbita y desesperada determinación y, a falta de pocos segundos, dijo en voz baja:

—Sí.

—¡Y Bim y yo que nos creíamos que éramos los únicos hombres de verdad que quedaban! —dijo Eldar Ivanovich mientras preparaba otro «Choque fronterizo»—. Le aconsejo que en la próxima media hora beba hasta quedarse sin conocimiento. Es mejor que tomar somníferos o ponerse un chute. Así que ¡brindemos por la liberación de su pingüino y la victoria de las tropas rusas!

Chocaron los vasos.

Viktor no sabía si todo daba vueltas o es que él era incapaz de sostenerse. Dejó el vaso vacío y se agarró a la mesa con ambas manos, lo cual le permitió mantener el equilibrio y tranquilizarse. Eldar Ivanovich estaba preparándole otro «Choque fronterizo». Bim pidió al camarero té y agua mineral.

Cada vez le costaba más mantener los ojos abiertos, aunque por el momento lo estaba consiguiendo y conservaba el restaurante dentro de su campo visual, solo que iba haciéndose más y más reducido y las mesas y los camareros iban poco a poco desapareciendo. Vio acercarse a la mesa a un joven con cazadora de piel. Eldar Ivanovich habló aparte con él, señalando a Viktor un par de veces. No se enteró de lo que pasó a continuación, porque los ojos se le cerraron. Los sentidos fueron quedándosele embotados hasta dar paso al aturdimiento provocado por el alcohol. Apoyó la cabeza sobre el mantel, al lado del cuenco de arroz y gambas con salsa.

El de la cazadora marrón bebió un poco de vodka, llamó por el móvil y al poco rato se presentaron unos hombres con el pelo al rape para llevarse a Viktor mitad andando, mitad a rastras.

—Tiene la chaqueta en el guardarropa —les dijo Bim—. Encontrarán la ficha en el bolsillo.

## 36

Se le escapaba por completo lo sucedido en las seis horas siguientes. Cada vez que lograba abrir los ojos ante alguna brusca sacudida, lo veía todo borroso y desdibujado. Le dieron a beber algo amargo en un vaso desechable y volvió a caer en las profundidades de las que había estado luchando por salir.

Mientras tanto, el minibús, un vehículo típico de morro chato de la empresa de automóviles Pavlovo, seguía adelante a ritmo lento y monótono, con las ventanillas cubiertas por las consabidas cortinillas de felpa de los antiguos trenes de largo recorrido y dos faros que alumbraban débilmente la carretera. Dentro, a oscuras, iban doce hombres de distintas edades, todos dormidos. Otros dos, provistos de sendos termos de té con narcótico, se ocupaban de que siguieran así.

Al acercarse al cartel de PUESTO DE INSPECCIÓN DE VEHÍCULOS DEL ESTADO 300 M, el conductor retiró la placa SARATOV-NOVOCHERKASK que llevaba a los pies y la puso en el parabrisas. Pero el kiosko sobre pilotes de la IVE estaba a oscuras, con los agentes durmiendo o ausentes.

Por la izquierda despuntaba el alba de un nuevo día.

—A veinte kilómetros hay un bosquecillo donde hacer un alto —dijo uno de los hombres despiertos al conductor.

Viktor volvió en sí en medio de un silencio absoluto, mitad sentado, mitad tumbado en un asiento doble tapizado. De la docena de pasajeros, algunos seguían durmiendo. Al otro lado del pasillo un hombre mayor estaba comiendo carne en lata, indiferente a que Viktor se hubiera despertado.

El conductor había desaparecido. Estaban estacionados en un bosque. Se oían pájaros. Se levantó, fue hacia la puerta abierta y se asomó.

Los rayos de sol se filtraban por entre los pinos. Hizo visera con la mano y lo invadió una sensación paralizante de irrealidad. ¿Dónde demonios estaba? Aparte de Bim, Eldar y lo que habían hablado del Esfinge, no se acordaba de nada. Echó mano a los bolsillos. Los pasaportes y la tarjeta de crédito seguían en su sitio. Salió fuera.

Cerca había tres hombres con cazadoras de piel, sentados alrededor de una fogata donde asaban champiñones ensartados en unas ramitas.

Volvió a la parte delantera del autobús y leyó la placa indicativa del destino. Luego observó a un pequeño caracol que trepaba por una brizna de hierba, hasta que la dobló por su propio peso y volvió al suelo.

Novocherkask estaba cerca de Rostov. Ambas poblaciones estaban en el norte del Cáucaso.

—¡Venga aquí! —le llamó uno de los hombres de la fogata.

Se acercó y le dieron una lata de carne, una cuchara de aluminio y un cuchillo de caza.

—No hay pan.

Viktor se sentó en el suelo, abrió la lata con el cuchillo y comió.

Sonó un móvil junto a la fogata y uno de los hombres se lo puso al oído y habló en una lengua que Viktor no reconoció.

En ese momento su compañero del otro lado del pasillo bajó del autobús, tiró la lata vacía entre los árboles, se limpió la boca con la manga de la chaqueta acolchada, miró al sol con los ojos casi cerrados y luego fue a reunirse con Viktor.

—¿Tiene hora, muchacho?

—Las doce y media.

El viejo asintió con la cabeza, se sentó a su lado en la hierba y miró a los tres que estaban comiendo los champiñones ensartados.

—¿Ha estado allí antes?

—¿Dónde?

—En Chechenia.

Negó con la cabeza. Le hubiera hecho preguntas sobre la región, pero se decidió a no hacerlo para disimular su ignorancia.

—¿Y usted?

—No —el viejo miró alrededor—. Necesito agua... He tenido que vender la vaca y matar los dos cerdos para pagar el viaje. Así que puedo morir contento. He decidido engañarles —bajó la voz hasta el susurro— ocupando el puesto de mi hijo. Me han prometido soltarle si les pago. Pero yo no tengo para pagar un rescate, eso sí que lo saben ellos. Malditos parásitos —hizo un gesto hacia la fogata—, me han sacado los hígados. A mi vieja no le quedan más que unas pocas patatas para vivir.

Viktor estaba abstraído en la contemplación de dos pequeños caracoles que persistían en su inútil ascensión por una brizna de hierba. Le preguntó quiénes eran los hombres de la fogata.

—Dos son chechenos. El conductor es ruso, igual que nosotros.

—¿Los demás van a Chechenia?

—Eso es, muchacho. Algunos van en busca de desaparecidos, otros confían en negociar una rebaja... A mí me han aceptado como gesto de buena voluntad. Primero me dijeron que no podía ir hasta noviembre, pero luego cambiaron a esta otra fecha. Y usted, ¿a quién tiene allí, a un hermano?

—No —dijo Viktor mirándole a los fatigados ojos azul marino—, un amigo.

Se le ocurrió que había estado esperando un milagro de la entrevista con Bim y Eldar Ivanovich, igual que cuando era pequeño y su padre le decía que cerrara los ojos y luego que los abriera. Al abrirlos esta vez había quedado asombrado por la magia de Bim y Eldar Ivanovich. Porque, si por él hubiera sido, no habría ido a Chechenia en busca de Misha. Tal vez hubiera buscado otra forma de hacerlo. Y le daba vergüenza solo de pensarlo, ya que debería haber actuado sin vacilar.

Uno de los caracoles que subía por la brizna de hierba derribó al otro y siguió subiendo hasta que Viktor lo derribó a su vez.

—Ojalá encuentre a su amigo —dijo el viejo levantándose.

—¿Puedo preguntarle cómo se llama usted?

—Matvei Vasilyevich. Voy a mear.

Viktor terminó la lata de carne, devolvió la cuchara y el cuchillo de caza, dio las gracias al hombre que se los había dado y le preguntó cuándo se iban.

—Cuando oscurezca.

—¿Queda mucho?

—¿No se lo han dicho? —preguntó el hombre sin el menor asomo de acento extranjero.

—No.

—Ya veo que viene usted por Eldar, ahora le cuento... Me llamo Rezvan.

Según le dijo, iban a Achkhoy-Yurt, donde llegarían en dos días. Los siete controles de carretera no eran problema. Hacían el mismo recorrido todas las semanas. Tenían amigos en la policía rusa que compartían el mismo interés por favorecer la libre circulación. En Achkhoy-Yurt entraría en acción la Cruz Verde. Eran buena gente, chechenos preparados para seguir la pista de los desaparecidos, muertos y prisioneros, colaborar en las negociaciones y lo que hiciera falta.

—La última vez conseguimos salvar a seis pagando un solo rescate —añadió Rezvan orgulloso—. Aunque es verdad que luego perdimos a uno. Fue culpa suya. No le habrían avisado. La cosa está fatal en las montañas. ¿Les ha dado una foto?

—¿Una foto?

—Del que está buscando.

Viktor hizo caso omiso de la pregunta.

—¿Podré volver con usted?

—Puede elegir, pero somos los más baratos. La policía rusa cobra 300 dólares en helicóptero.

Volvió a sonar la sintonía musical y Rezvan sacó el móvil y se apartó.

Viktor regresó al minibús, corrió la cortinilla de felpa, apoyó la cabeza en la ventana y se quedó dormido.

# 37

Prosiguieron el viaje en cuanto oscureció. Iban sin luces en el interior y a Viktor no tardaron en cansársele los ojos de mirar los faros que venían en sentido contrario. Como había dormido durante el día, estaba desvelado y aturdido. Además, tenía cada vez más hambre. El compañero checheno de Rezvan se le acercó con el termo de té con narcótico. Viktor no quiso tomar, aunque lo lamentaría después, ya que era preferible dormir, aunque fuera de ese modo, a permanecer despierto a deshoras.

Matvei Vasilyevich estaba durmiendo con la cabeza apoyada en la ventanilla. El más afortunado de todos los pasajeros era un hombre alto y apuesto con anorak, que iba tumbado en el asiento de atrás, dando unos sonoros ronquidos, mientras los demás iban adormilados sin poder tumbarse del todo. Al final Viktor acabó cayendo en un estado de duermevela en el que apenas oía el ruido del motor, los ronquidos de los demás pasajeros, las frases en checheno y los breves comentarios dirigidos al conductor. Al rato, por fin, se quedó dormido.

El autobús se detuvo en la cuneta con las luces de emergencia dadas. Al poco rato se presentó un Volga. Dos hombres en traje de faena de camuflaje descargaron dos pesados sacos en el minibús y, luego, a medida que el Volga se alejaba, volvieron con sendos Kalashnikov.

Dieron la luz dentro, los chechenos zarandearon a los que seguían durmiendo para despertarlos, sacaron del saco un uniforme de camuflaje, se lo echaron a Viktor sobre las rodillas y le dijeron que se lo pusiera. El conductor sustituyó la placa donde ponía el destino por otra donde ponía MdSE en rojo, igual que en el uniforme de Viktor. Todos los pasajeros tenían un aspecto más o menos parecido, menos Matvei, que seguía siendo el mismo, con el rostro enjuto y surcado de arrugas, por mucho uniforme del MdSE que llevase.

Una vez completada la transformación, el minibús reanudó la marcha, con los dos recién llegados ocupando el asiento de atrás. Delante se veían las luces de alguna población. Por la carretera no circulaba prácticamente nadie.

# 38

Entre una cabezada y otra, Viktor fue oyendo una conversación distante, primero en ruso y después en un impenetrable checheno, hasta que se vio a bordo de un yate, mecido mar adentro por una suave brisa. De pronto arreció el viento, la embarcación se quedó clavada y él se dio contra el asiento delantero. El autobús había dado un frenazo.

Los hombres de los Kalashnikov habían desaparecido. Rezvan iba solo en el asiento del copiloto hablando con su compañero, que iba al volante. Ya no estaba el conductor ruso.

La estrecha pista de tierra que atravesaba el bosque no era para vehículos, aunque para gran asombro de Viktor, el minibus circulaba sin problemas, incluso cuando el motor sonaba como si fuese a dar la última boqueada. Ya había luz. El sol brillaba por encima de las frondosas laderas de las montañas y los escasos rayos que llegaban a tocar el suelo del bosque parecían, por esa razón, tanto más brillantes.

Al llegar a un breve tramo llano, el conductor se detuvo y miró el reloj con gesto de alivio.

Rezvan sacó un walkie-talkie, habló por él, esperó y, tras recibir respuesta entre no pocas interferencias y hacer un gesto con la cabeza al conductor, se dirigió a los pasajeros.

—¿Qué prefieren, los ojos vendados o té con narcótico? Es para que si caen en manos de la policía rusa no tengan que estrujarse el cerebro recordando por qué árbol o peñasco han pasado.

Aunque lo expresaron de diversas formas, entre los pasajeros hubo unanimidad en contra del té con narcótico. Rezvan sonrió.

—Mejor, porque se nos ha acabado. Tengan sus cosas preparadas en el asiento de al lado.

El conductor repartió unas tiras de tela negra y les dijo que se las pusieran unos a otros sin hacer trampas. Viktor vendó los ojos a Matvei Vasilyevich y luego a sí mismo. El minibús siguió adelante.

# 39

En cada una de las cinco o seis paradas siguientes, Rezvan repetía a todo el mundo que siguiera con los ojos vendados, a medida que iba llamando a los que debían recoger sus cosas y apearse al llegar a su respectiva parada. Fuera se oían siempre voces en checheno y, en una ocasión, gritos y el rugido de un camión o un vehículo acorazado de transporte de tropas.

Los nombres que Rezvan había ido llamando eran bastante corrientes. Medvedyev, Pishchenko, Kartashov, Polenin, Dmiterkin y otros de los que Viktor ya no se acordaba.

Pasaron más de tres horas hasta la siguiente parada, todo el tiempo cuesta arriba. Trató de adivinar cuántos quedaban en el autobús. Unos tres o cuatro, sin contarle a él. Lamentó no haberle preguntado el segundo apellido a Matvei Vasilyevich.

Apoyó la cabeza en la blanda cortinilla de felpa y volvió a quedarse dormido.

El autobús se detuvo.

—Usted y Vasilishin —llegó la voz de Rezvan—. ¡Déjeselo puesto, en pie y fuera! —añadió al ver que Viktor se llevaba la mano a la venda.

Palpó la bolsa de deporte, que ahora pesaba más por su ropa, y echó a andar tambaleante hasta que una mano lo sujetó para ayudarle.

—Dos pasos al frente —ordenó una voz con acento de Moscú, y él obedeció.

—Uno de los de Eldar —oyó decir a Rezvan.

# 40

El ruido ensordecedor de las palas de un helicóptero hizo que Viktor, recostado en un árbol, levantara la cabeza, si bien no pudo ver nada. Vasilishin estaba sentado junto a él; le oía respirar, aunque estaba en silencio. La venda en los ojos aguzaba los demás sentidos; sobre todo notaba la molestia que le causaba el zapato izquierdo mordisqueado, que le hacía rozaduras en los dedos de los pies. Se acercaron dos o tres voces de hombre que luego se alejaron; le sorprendió que una de ellas hablase indistintamente ruso con acento de Moscú y checheno.

Se quedó adormilado hasta que lo despertaron tres helicópteros que pasaron volando sobre ellos uno tras otro. ¿O era solo uno dando vueltas? Después se hizo el silencio, roto más tarde por el crepitar de una fogata.

—Pueden quitarse la venda.

Entornó los ojos al volver a ver la luz y se encontró con que era de noche y que su compañero era Matvei Vasilyevich. Le tendió la mano y el otro se la estrechó con fuerza.

Había dos hombres sentados junto a la fogata, uno alto con el pelo al rape y otro más bajo, con aspecto de nativo del Cáucaso, que estaba removiendo una olla.

—Comemos y luego seguimos adelante —dijo el del pelo al rape—. De día no podemos, con los de uno y otro bando intentando matarnos o los de las Fuerzas Especiales echándonos los reflectores desde los helicópteros... Vengan a sentarse.

Así lo hicieron, y un aroma a carnero hervido les abrió el apetito.

El del pelo corto se llamaba Petya y era de Zagorsk, circunstancia que trataba de disimular imitando el acento moscovita que, en el silencio de la noche de Chechenia, sonaba tan raro y fuera de lugar como para exponerse a recibir un balazo en cualquier momento.

Maga, el otro, era un daguestano de Khasavyurt, que estaba allí, según explicó con acento bien distinto del moscovita, por dinero.

—¿Mucho dinero? —preguntó Viktor.

—Algo, pero no para buscar a nadie.

Sacaron el carnero hervido de la olla y se lo comieron con unos panecillos secos.

Antes de marchar, Petya pateó las brasas de la fogata y orinó sobre ellas para rematarlas.

Siguieron por una tortuosa pendiente hasta la cima de una montaña pelada, iluminada por la luna. Petya y Maga caminaban a buen paso y Viktor procuraba seguirlos, apretando los dientes porque el zapato izquierdo le hacía cada vez más daño. Volvió la vista atrás y vio que Matvei Vasilyevich tenía problemas para seguirlos.

El camino se transformó en seguida en una estrecha vereda con una pared rocosa vertical a la derecha y, a la izquierda, el vacío, por lo que había que andar con cuidado.

Viktor iba detrás del falso moscovita y se le vinieron a la cabeza Kiev y la Ley del Caracol, que tal vez estuviera infringiendo en algún artículo (posiblemente el de haber abandonado la concha protectora de Bim sin saber cuál sería el resultado, aparte de quedarse sin concha). Aquí se aplicaban leyes diferentes y todavía tenía que aprenderlas.

Caminaba a paso vivo, olvidándose de momento del dolor del pie, igual que se había olvidado de Matvei Vasilyevich.

Llegaron a un pueblo destruido. Maga los llevó entre las ruinas a las pocas casas que seguían intactas.

—¿Llevo al viejo a Duda? —preguntó Maga a Petya.

—Y luego ve a casa de Arbi.

—Buena suerte —dijo Matvei Vasilyevich estrechando la mano a Viktor.

A Viktor le dio pena que se fuera. No sabía por qué, pero había pensado que seguirían juntos.

—Vamos —dijo Petya.

Echaron a andar por una calleja cuesta abajo hasta una casucha perdida entre las ruinas. Por la chimenea salía humo. Petya le dijo a Viktor que le esperase y entró.

Mientras contemplaba el humo, fue notando cada vez más el frío y sus efectos en las manos, la cara, los pensamientos y el aliento.

Durante el vuelo a Argentina el piloto había anunciado: «Estamos a diez mil metros. La temperatura del aire es de cuarenta y cinco grados bajo cero. Si desean ir aclimatándose, pueden abrir las ventanillas». La carcajada había sido general. Hubo muchas risas gracias al champán. ¿Cuál era la altitud y la temperatura del aire ahora?

La puerta chirrió. Petya le hizo señas para que entrase.

# 41

Asignaron a Viktor un rincón separado por una manta de pelo de camello, con una cama improvisada y dos colchones a rayas al pie de un ventanuco. En la mesilla había una vela que iluminaba paredes y techo. En la pared se veían dos platos de cobre y una foto con un crespón negro de un joven con el uniforme del ejército soviético.

El anciano checheno dueño de la casa no hablaba ruso y, después de mostrarle a Viktor su rincón y señalarle la cama, se marchó.

Viktor dejó caer la bolsa en la alfombra raída, se sentó en la cama y aguzó el oído. Del otro lado de la manta de pelo de camello, en la que se veía un tigre pardo, llegaban murmullos y ruidos. Se asomó y vio al viejo mirando dentro de un armario abierto. En la cómoda había una vela y en las paredes colgaba un gran número de fotografías en viejos marcos de madera. La oscuridad impedía saber de qué eran.

—Buenas noches —dijo Viktor con suavidad.

El viejo se giró sobresaltado y meneó la cabeza.

A la mañana siguiente lo despertó alguien que aporreaba la puerta de la casa. La brillante luz del sol se colaba por el ventanuco. Se puso los pantalones y, sin calzarse, salió de su rincón. El viejo, en bata gris y botas negras, estaba con Maga, hablando con la puerta abierta.

—Puede lavarse aquí —dijo Maga dirigiéndose a él.

Pasó de lado entre ambos, apresurándose para no sentir el frío del suelo, en dirección a un lavabo azul con una palangana esmaltada. Una vez que se hubo lavado la cara y hecho gárgaras con agua fría, miró en busca de alguna toalla, pro no había ninguna.

El frío era intenso, a pesar del sol radiante, de manera que volvió a la casa, se secó la cara con la manta de pelo de camello y se puso la camisa y la guerrera del MdSE.

Maga le hizo señas para que saliera.

—¿Tiene alguna foto?

—No hacen falta. No puede haber más que un pingüino en toda Chechenia.

Maga lo miró perplejo. Repitió la pregunta varias veces, convencido de que Viktor no le había entendido, y al darse cuenta de que no era así, terminó meneando la cabeza con desgana.

—¿Dónde lo vamos a buscar?

—Lo trajo de Moscú un empresario que se llama Khachayev, así que donde esté Khachayev, estará él.

—Esto no es un pueblo ruso donde todo el mundo se conoce, ¿sabe? ¿Cuánto está dispuesto a pagar?

La pregunta lo pilló desprevenido.

—Mucho.

—Haré lo que pueda, aunque los pingüinos no son mi especialidad.

—¿Cuál es su especialidad?

—Nosotros tenemos nuestra Cruz Verde, un poco como la Cruz Roja de ustedes, solo que es privada. Seguimos la pista a muertos y prisioneros y ayudamos a negociar. Tenemos tarifas más o menos fijas.

—¿Cómo llegó Petya aquí? —preguntó Viktor de pronto—. ¿Desertó?

—Con un cartel de «Desaparecido». Mire, veré lo que puedo averiguar sobre el tal Khachayev. Si no lo consigo, se acabó. Tengo que ganarme la vida. ¿Necesita usted algo?

—Unas botas. Tengo los zapatos rotos.

# 42

Viktor pasó dos días en su rincón, saliendo solo para lavarse o hacer sus necesidades. El viejo le llevaba panes redondos, tasajo y queso de las dos cabras que tenía. Maga le aconsejó que no se dejara ver más que lo imprescindible.

La conversación con el viejo era imposible, incluso por señas. Viktor intentó sonsacarle algo a través de las fotografías de la pared, pero fue en vano. El viejo no tenía el menor interés en ello. Lo único que Viktor averiguó era que estaba durmiendo en la que había sido la cama de su hijo pequeño. Había muerto mientras cumplía el servicio militar, pero no había trascendido cómo ni dónde.

Maga regresó al cabo de dos días con una bolsa grande de lona, aunque no pesaba mucho. Se sentó al lado de Viktor y sacó un par de botas negras y sucias para que se las probara.

Eran duras y tenían restos de arcilla amarilla en las suelas. El siguiente par le quedaban grandes, pero eran pasables. Probó a andar con ellas. La izquierda le rozaba un poco, pero podía arreglase poniéndose algo encima de los calcetines.

—Perfecto —dijo—. ¿Cuánto es?

La pregunta mereció una mirada de disgusto.

—Considérelo un regalo. Su propietario no llegó a gastarlas.

—¿Lo mataron?

—Aquí no es frecuente morir por causas naturales. —A continuación, en un tono más bien de fracaso que de éxito, añadió—: Estoy detrás de Khachayev. Pero es inabordable. Tiene treinta guardaespaldas. La única carretera que hay está expuesta a tiroteos. No se dedica a los prisioneros. No ve a nadie. No hay más que una posibilidad. Tiene un negocio aquí. Podría conseguirle trabajo en él. Estos dos o tres últimos meses ha andado escaso de mano de obra.

—¿Qué clase de negocio?

Maga se encogió de hombros.

—No lo sé. Petróleo seguramente. O gas. Tendrá que ir a verlo.

—Lo haré.

Maga lo miró con amargura.

—¿Ah, sí? Entonces tendrá que pagar por anticipado. De normal yo cobraría quinientos dólares por el trabajo de esta semana.

—¿Por hacer qué?

—Peguntar, negociar. El viejo que venía con usted le ha dado quinientos dólares a Petya para localizar a su hijo.

—Déjeme un momento para pensarlo.

Maga levantó la manta para salir y se puso a hablar con el viejo, como si se estuviera quejando a juzgar por el tono.

Viktor miró a ver cuánto le quedaba en la bolsa de deporte. Quinientos setenta dólares.

Llamó a Maga.

—Aquí tiene doscientos dólares para empezar. Ahora hábleme de Khachayev.

—Acaba de volver de Moscú, donde tiene un casino y varias joyerías.

—Quiero saber cosas de aquí.

—Lo que dijo al llegar es que había venido a ganar dinero, no a combatir. Sus negocios empezaron al inicio de la guerra. Los supervisaba su hermano pequeño, pero ahora lo han mandado a Turquía y lo lleva todo Khachayev. Apoya tanto a los rusos como a los chechenos y ha declarado una zona de exclusión. Un *perímetro* o algo así, donde los de fuera no pueden llevar armas.

—Querrá decir una franja.

—Será eso. Nadie se atreve a ir allí. Dice que al que vean con armas le pegan un tiro sin mirar de qué nacionalidad es.

—Pues usted decía que podía conseguirme un trabajo allí.

—Puedo intentarlo.

—¿Qué hacemos entonces?

—Le llevo y le dejo en algún sitio mientras yo negocio. Lo hago bien. Pero hacer de guía y negociar cuestan lo suyo.

—¿Cuánto?

—Quinientos o seiscientos.

—Ha dicho que el precio normal eran quinientos o seiscientos, así que le daré otros trescientos.

—De acuerdo, démelos.

—Cuando me haya llevado allí.

Maga negó con la cabeza.

—Si le matan por el camino tengo que registrarle los bolsillos para cogerlos... Eso no está bien. Parecerá un robo. Démelos ahora. No le voy a engañar. Hasta le voy a decir en qué bolsillo los llevo, por si es a mí a quien matan.

—De acuerdo —dijo Viktor.

## 43

Maga pasó a recogerlo a las seis de la tarde.

—Yo dejaría eso aquí —dijo al ver la abultada bolsa de deporte lista en el suelo—. Seguro que al viejo le sirve para algo.

Viktor estrechó la mano al viejo, le dio las gracias e intentó explicarle que le dejaba la bolsa de regalo. Maga lo tradujo, metiendo cosas de su propia cosecha. Entonces el viejo le regaló a Viktor dos trozos de toalla roja con la enseña olímpica y medio oso olímpico. Señaló las botas de Viktor y dijo algo que Maga tradujo como: «¡Que Alá te guarde!».

Estaba empezando a anochecer, aunque el cielo seguía resplandeciente. Mientras atravesaban el pueblo devastado, Viktor reparó en la ausencia de tendido eléctrico.

—Nunca lo ha habido —explicó Maga—. Ni gas, ni teléfono, ni escuela. Lo único que querían era que bajáramos de las montañas a vivir aquí.

—¿Por qué no lleva armas?

—Para tener más posibilidades de salir con vida. Hay gente que no dispara si vas desarmado. No soy de la guerrilla. Soy un civil pacífico, eso es. La prueba es que no tengo armas. Tampoco rusas.

Al llegar a la estrecha vereda se detuvieron. Maga levantó la vista al cielo y meneó la cabeza.

—¿Pasa algo?

—El viento. Nos podría tirar.

—Si no hace viento.

—Pero lo va a hacer. Vamos de todas formas.

Y murmurando para sí en ruso o en checheno, echó a andar por la vereda.

El cielo nocturno era más y más negro y las estrellas daban más luz que la luna, cada vez más amarilla. Había que mirar por dónde se pisaba, aparte del peligro añadido del desprendimiento de piedras.

—Dentro de diez días vuelvo a casa —anunció de pronto Maga.

—¿A Daguestán?

—A Khasavyurt. Llevo dinero, veo a mis padres, que sepan que sigo vivo. Todavía tengo tres hermanas por casar y mis padres no están nada bien, ¿entiende lo que le quiero decir? El único sitio donde comprar medicinas es Makhachkal y cuestan una fortuna... —De pronto se detuvo a escuchar—. ¡Al suelo! ¡Péguese a la roca!

Viktor obedeció mientras pasaban dos helicópteros que alumbraron los árboles.

—¿A quién buscan? —preguntó Viktor sin querer saber la respuesta realmente.

—A Basayev, Nagayev, Raduyev y otros chantajistas. ¿Es usted de Moscú? —añadió poniéndose en pie.

—No, de Kiev, aunque vengo de Moscú.

—¡Menudo sitio! ¡Yo he estado allí!

—Ahora no es lo mismo, sobre todo para los del Cáucaso. No hacen más que pedir los papeles y acosar.

—¡Pues conmigo que no cuenten! ¡Pero vaya chicas! La mía tiene unos ojos preciosos. ¿En Kiev es igual?

—No —dijo Viktor pensando en Marina.

—Ya ve por qué los chechenos odian a los rusos. Las mujeres chechenas no tienen mucho que mirar, envejecen pronto; en cambio, en Moscú están las bellezas de Rusia...

# 44

Al alba se levantó un fuerte viento del que ni siquiera el cálido uniforme del MdSE protegía, así que al llegar a un pueblo se refugiaron en un granero de madera.

—Voy a descansar y luego seguimos —dijo Maga—. Quédese aquí.

Había varias palas y un gran montón de leña apilada. Por el suelo había paja desparramada.

—Es una pena que no podamos hacer una fogata —comentó Maga—. De todas formas, no tardaré mucho. Ya estamos prácticamente allí.

Puesto que se quedaba solo, Viktor procuró dormir, pero no lo consiguió. Estaba amaneciendo, pero la ventana sucia apenas dejaba pasar la luz. El vendaval le impedía ver. Como estaba incómodo sentado entre la leña, no hacía más que ir a la puerta y asomarse, aunque no veía más que una cerca de madera con árboles detrás.

Tratando de encontrar postura en el suelo notó algo duro. Al meter la mano entre la paja y las astillas, encontró el frío y engrasado metal de un Kalashnikov y, al seguir explorando, el áspero contacto de unas granadas de mano.

—¿Todavía sigue ahí? —llegó la voz de Maga. Viktor le dejó entrar—. ¡Todo bien! ¡Le he vendido como esclavo! Podemos irnos, le están esperando.

—¿Qué es eso de «como esclavo»?

—Así es como lo hacen aquí. Los hombres chechenos no trabajan, lo hacen esclavos en su lugar. Si yo les hubiera ofrecido a usted sin cobrarles, no se habrían fiado de mí. Le habrían tomado por agente de la Seguridad rusa.

—¿Cuánto ha sacado por mí?

—Un buen precio, no se preocupe. Doscientos veinte dólares. Al principio me ofrecían cien, pero conseguí que subieran. Son tacaños.

—¿Qué es exactamente lo que tengo que hacer?

—Ya lo verá. Va a ir donde Khachayev, que es lo que usted quería. Allí está todo en calma, no hay tiroteos en su perímetro. Le he traído algo que llevarse a la boca.

Se pusieron a comer tasajo y panecillos redondos junto a la ventana sucia.

—Hay un Kalashnikov y granadas escondidos aquí —comentó Viktor.

—¿Dónde?

—Debajo de la paja.

—Dígaselo al jefe, así confiarán más en usted —dijo Maga animoso; luego se lo pensó mejor y añadió—: No, no lo haga. Me los llevaré y a lo mejor se los vuelvo a vender.

Salieron después de comer. Fueron por una pista forestal en silencio y en la más completa oscuridad durante tres horas. Al llegar a una carretera tuvieron que buscar por dónde continuaba la pista. El terreno comenzó a empinarse y a ponerse cada vez más tortuoso. Viktor le pidió a Maga que fuera un poco más despacio.

—Ya no falta mucho, menos de un kilómetro.

Llegaron a una gran tubería y la siguieron, esa vez cuesta abajo.

—¿Qué es esto?

—Petróleo, el Oleoducto de la Amistad. En una hora habremos llegado allí.

—¡Pero si había menos de un kilómetro!

—Más o menos.

En realidad pasaron otras dos horas antes de que llegaran a una gran P blanca pintada en el oleoducto e hicieran un alto.

—Lo ve... ¡P de Perímetro! —dijo Maga, que cogió algo de metal y dio dos golpes en la tubería—. Vamos a sentarnos ahí.

«Ahí» era un árbol donde, sorprendentemente, había un banco.

No tuvieron que esperar mucho hasta que apareció un joven barbudo con una cazadora acolchada, que inspeccionó a Viktor primero sin linterna y después con ella.

—Será mejor que le entregues el arma —dijo señalando a Maga—. Si no...

—No tiene —contestó Maga levantándose y extendiendo la mano para recibir algo.

Mi precio, pensó Viktor.

—Mucha suerte —le deseó Maga, y dio media vuelta para seguir el oleoducto.

# 45

Viktor, que a duras penas podía mantener los ojos abiertos de cansancio, siguió al de la cazadora acolchada, Seva, otro ruso dado por «desaparecido».

—Voy a llevarle a que le vea Aza y luego podrá dormir un poco —dijo sobre la marcha—. Hoy no trabajamos. No hay materia prima.

Se adentraron en un bosque y llegaron a una cabaña de madera. Seva empujó la puerta para abrirla, dejó pasar primero a Viktor y luegó llamó a una de las puertas que daban al pasillo.

—¡Aza! ¡Otro más para trabajar! —exclamó.

Se abrió la puerta y salió un hombre rechoncho y calvo con un chándal azul marino. La cara redonda, la nariz abultada. Los ojos pequeños y las cejas pobladas procedían del Cáucaso, no de Chechenia. Bostezó, miró de reojo a Viktor y luego se volvió hacia Seva.

—No va armado, ¿verdad?

—No. Está muy cansado. Necesita dormir.

—Ahí puede hacerlo —dijo señalando con la cabeza la puerta del otro lado del pasillo—. ¿Has ventilado lo de Dzhangirov?

—Y le he puesto queroseno.

—Podrían traer un cliente mañana por la noche. Ha venido un ruso —dijo Aza antes de volver a su cuarto y cerrar la puerta, no sin antes echar otra mirada a Viktor.

En el pequeño cuarto de Viktor había dos camas toscas con sendos colchones y mantas rojas. Al pie de la ventana había una mesita y en el centro una pequeña estufa de metal con un humero que llegaba hasta el techo.

# 46

Viktor se despertó, todavía fatigado, al sentir un olor extraño. El cuarto estaba caldeado y a oscuras, no se oía más que la estufa, cuyo resplandor se reflejaba en el suelo a través de la rejilla. La otra cama estaba vacía. Y de no haber sido por el fuerte olor que impregnaba el ambiente, podría haber sucumbido a la ilusión de que era todo muy confortable. Podría tratarse de queroseno.

Se calzó las botas, pero volvió a quitárselas para envolverse los pies en las tiras de tela que le había dado el viejo checheno. Se abrió la puerta y entró Seva, precedido del haz de luz de una linterna.

—¿Ha dormido bien?

—Sí, pero ¿a qué huele?

—A queroseno casero. Tenemos un barril lleno. Producto checheno. Es bueno para los mosquitos, pero provoca dolor de cabeza. No se preocupe, pronto va a dejar de olerlo. Durante el invierno no hay mosquitos. Y ahora ¡a trabajar!

—¿Qué tengo que hacer?

—Mantener la calefacción.

El cielo estaba nuboso y no había estrellas. Una leve brisa apenas perceptible a ras de suelo agitaba las copas de los árboles.

—¡Espléndido! ¡Justo el tiempo que necesitamos! —dijo Seva—. No se hace usted idea de la suerte que tenemos.

Viktor siguió a Seva guiado por la linterna en la oscuridad, agachado, tanteando y mirando si había raíces cuando y donde el otro le decía, hasta que llegaron a un cobertizo grande. Seva quitó el grueso candado, abrió la puerta de par en par «para ventilar un poco» y Viktor pudo ver que el oleoducto era mucho menor que el que habían seguido Maga y él.

—Este está conectado con el oleoducto principal —explicó Seva alumbrándolo con la linterna; hasta que enfocó una pintada de color blanco: ¡QUE TENGA UN BUEN VUELO!, y escupió disgustado—. Me había olvidado de borrarla. Dzhangirov pillaba unas cogorzas fenomenales y escribía cosas. Sostenga esto, me queda un poco de pintura.

Sacó una lata del cobertizo, arrancó una rama de abeto y se puso a tachar la pintada mientras Viktor sostenía la linterna.

—¿A dónde conduce el oleoducto desde aquí? —preguntó Viktor.

—Entra en el cobertizo y sale por el tejado. Venga, le voy a enseñar las válvulas de control.

Prendió una cerilla y encendió varias velas puestas en latas pequeñas y diseminadas por el suelo, sobre una mesa y en un rincón. El cobertizo era amplio, unos veinte metros de largo y otros tantos de ancho. La tubería entraba a la altura del techo y estaba conectada a una enorme bobina de hierro cubierta de válvulas y relojes de medición. Después de la bobina pasaba a un gran tambor reductor montado sobre unas patas de hierro y luego, después de otra válvula, iba disminuyendo gradualmente hasta un diámetro de cincuenta centímetros, antes de ramificarse en una docena de tuberías menores, soldadas al final de un enorme cilindro que descansaba en el suelo igual que un tosco cohete espacial. El final estaba cerrado, pero se podía abrir, incluso quitar, como una puerta. El tamaño de la instalación era impresionante, aunque su finalidad era un misterio por el momento.

—Mañana es viernes, así que manos a la obra —dijo Seva.

Dirigido por él, Viktor accionó las pesadas ruedas de las válvulas mientras Seva hacía de ingeniero, yendo de un reloj a otro con la linterna.

—Un poco más. Un poco más. Un poco para atrás. Así.

La bobina se puso en funcionamiento y silbaba de un modo alarmante, como un cohete a punto de estallar. Seva señaló la última válvula, donde la tubería se ramificaba.

—¡Un error en este punto y adiós! —susurró con la mirada en el reloj. Una vez terminada la operación de ajuste, retrocedió y respiró hondo—. Debe descansar un minuto después de esto —añadió nervioso.

No era momento de hacer preguntas.

Seva, visiblemente alterado todavía, abrió una portezuela en la parte que parecía un cohete, prendió un rollo de papel y lo echó dentro, como si fueran las fauces de alguna bestia temible. Siguió un potente estallido y Seva pegó un bote con la agilidad de un gimnasta, dio otro suspiro de alivio y después cerró la portezuela y miró el reloj.

Viktor tocó el cilindro, esperando que estuviera caliente, pero no era así.

Seva se puso hablador y le explicó que lo que estaba calentando era un cilindro interior, pero que también se calentaba el de fuera, tanto que cuando nevaba la hierba seguía verde en cincuenta metros a la redonda.

La temperatura iba aumentando dentro del cobertizo.

—Lo calentamos veinte minutos más, después bajamos la potencia y esperamos al cliente —dijo Seva.

# 47

En veinte minutos se registró un considerable aumento de la temperatura. Al ver que Viktor iba a quitarse la cazadora, Seva se lo impidió, abrió de golpe la puerta y, después de ajustar la última válvula, sugirió que salieran a que les diera el aire.

Seva encendió un cigarrillo y Viktor se fijó en el denso humo que salía por la chimenea, que se dispersaba y se desvanecía en seguida a causa del viento. Seva dio una última calada, aplastó la colilla con el pie y se fue con la linterna en busca del cliente. Como no sabía muy bien a qué atenerse, Viktor se escondió entre los árboles y desde allí vio a dos hombres con una alfombra enrollada a hombros. Entraron en el cobertizo detrás de Seva.

—¡Eh, Viktor! —gritó Seva desde la puerta; y cuando este salió de entre los árboles, añadió—: ¡No se escaquee si no quiere acabar como Dzhangirov!

—¿Cómo acabó?

—No es asunto suyo. Sigamos.

Al final del horno, sobre una manta, descansaba el cadáver de un hombre, pero no podía saberse si era ruso o checheno porque tenía la cara destrozada. Los hombres que lo habían traído eran chechenos.

—Tome esto para no quemarse —ordenó Seva dándole a Viktor unas manoplas como de boxeador.

Agarraron cada uno de una de las dos manijas de la puerta exterior del horno, tiraron y, después del golpe de aire caliente, Viktor vio la puerta de otro cilindro, que era sin duda en el que entraban los chorros del calentador.

—Una, dos, tres y tiramos —avisó Seva.

Tiraron y con el calor llegó un olor inconfundible.

—Echadlo dentro —dijo Seva a los chechenos, que, tras algún titubeo, agarraron el cadáver para echarlo de cabeza—. ¡Quitadle las botas! —Uno de los chechenos se las quitó y las tiró a un rincón—. Volveremos a mirar en un par de horas —añadió Seva cerrando ambas puertas y abriendo la válvula.

Una vez fuera, sacó una pesada pitillera de plata, tomó un cigarrillo y lo encendió.

—¿Puedo verla? —preguntó Viktor.

Tenía una inscripción:

EN AGRADECIMIENTO AL CAPITÁN KHVOYKO
POR LOS DESCANSOS PARA FUMAR
SUS COMPAÑEROS, GROZNY 1997

En el otro lado ponía lo mismo en georgiano.

—¿De dónde la ha sacado?

—De los rusos, por unos dólares. Nunca se sabe lo que le va a pasar a uno. Mire esto.

Le enseñó su reloj.

—¿Un Rolex?

—Y no esa birria china tuya. En la parte de atrás pone «Al idiota del director de la Fábrica de Tabaco por su cumpleaños. Sus colegas agradecidos». Ya lo ve, si trabaja duro, también usted se hará rico.

# 48

Las dos horas que duró la incineración del cadáver parecieron una eternidad. Viktor no dejaba de mirar el reloj, con la sensación de que el tiempo ya habría transcurrido, pero las manecillas se lo desmentían. De vez en cuando, por encima del ruido del horno, podían oírse el viento y los agudos gritos de las aves nocturnas. De pronto se escucharon pasos y apareció Aza con un libro de registro y un lápiz y se sentó a su lado.

—¿Tienes su nombre y fecha de nacimiento?

—Todavía no —dijo Seva prendiendo una cerilla para encender un cigarrillo—. Además, ¿para qué? Seguro que son falsos. Son los rusos los que siempre dicen la verdad.

—Me importa un comino que sea verdadero o falso. Eso es asunto suyo. Lo principal es conseguir el nombre y ponerlo aquí. En cualquier trabajo hay que llevar bien los papeles, especialmente en el nuestro.

—Entonces pregúntalo cuando vengan a por las cenizas —soltó Seva.

Los chechenos volvieron al cabo de un rato, se asomaron al cobertizo y, como no vieron a nadie, echaron una mirada alrededor y localizaron a los tres hombres sentados bajo los árboles.

Seva se puso en pie.

—Ya está. Denme el nombre y fecha de nacimiento.

—¿Para qué? —preguntó uno de ellos.

—Para el archivo. Es un requisito del Estado. Así, si viene alguien a mirar, verá que es aquí donde se les incinera y se quedará tranquilo.

—En fin, si es por eso, ahí tiene: Ilyas Zhadoyev, nacido en el 83, en Nizhniye Atagi —dijo el checheno sin apenas acento—. ¿Algo más?

—Basta con eso —respondió Aza abriendo el libro de registro.

Siguiendo instrucciones de Seva, Viktor cerró las válvulas en orden inverso. Abrieron el horno exterior, dejaron que se fuera el calor y luego abrieron el interior, donde el problema ya no era tanto el calor como el olor.

—¡El cubo! —ordenó Seva.

Viktor puso el cubo debajo de la abertura del horno interior y Seva vació el contenido del horno con una herramienta de mango largo.

«¡Qué poca cosa!», pensó Viktor acordándose de las cenizas de su amigo el policía Sergei, que Nina y él habían recibido como inesperado regalo. ¿Eso era todo lo que quedaba? ¿Dónde estaba lo que le hacía ser una presencia física, viva? ¿Dónde estaban sus experiencias, sus principios, sus alegrías?

Algo metálico cayó en el cubo.

—Recién pescado —dijo Seva, sacando un pequeño objeto de oro que se echó al bolsillo—. Su anillo.

Como una vez metidas en una bolsa las cenizas abultaban poco y los chechenos eran gente decente, antes de dárselas Aza hizo que Seva rellenara la bolsa con más cenizas que había en un bidón de petróleo de un rincón.

Aza recibió unos cuantos billetes; Seva y Viktor uno arrugado de cinco dólares.

—Los rusos ya deberían haber aparecido por aquí —dijo Aza al despedirse—. Pero quédense los dos a esperar y llámenme si vienen.

# 49

A la mañana siguiente Viktor se despertó con dolor de cabeza, causado tanto por haber dormido poco como por el omnipresente olor a queroseno. Para rematar, el olor de la cremación le había dejado un mal sabor de boca. En la otra cama estaba Seva, con la cabeza hundida en una almohada sin funda, roncando y dando gritos o hablando en sueños. Mientras lo veía dar vueltas en la cama de un lado para otro, Viktor se fijó en que tenía la cara manchada de hollín y, tras pasarse la mano por la suya, descubrió que él también.

No se oía otra cosa que el golpeteo monótono de la lluvia.

De pronto, otra vez lo mismo. Tres rusos con el cadáver de un compañero y una botella de licor, sombríos brindis en vasos de hojalata en honor del difunto, entierro en el horno y las dos horas de espera mientras se hacía el trabajo. Seva le había mandado a buscar a Aza y Aza había venido con el libro de registro. Pero, aparte de que el lugar de nacimiento del muerto era Kineshma, no recordaba más que el desembolso en rublos o dólares había sido tan tacaño que Seva los había despachado con el relleno normal de cenizas. Se presentaron más rusos, esta vez soldados, no reclutas, cargados con sacos malolientes. Mugrientos y sin afeitar, habían contemplado cómo Seva y él echaban los sacos al horno y luego se habían quedado a esperar, sudorosos en medio de aquel calor insoportable, y le habían obligado a quedarse a él también, que casi no podía respirar y no deseaba otra cosa que aire fresco. Al rato, por fin salieron del cobertizo y le dieron a Seva unos dólares y otra cosa que después contempló a la luz de la antorcha: tres anillos con sello y una sortija de señora con una piedra.

Los soldados no pidieron las cenizas.

—Lo único que quieren es deshacerse de los cadáveres chechenos —explicó Seva mientras añadía al bidón secreto las cenizas que había sacado con el hurgón.

El dolor de cabeza se le fue pasando, pero no así el regusto desagradable.

Buscó por la cocina algún cacharro para coger agua y se encontró con unos tazones esmaltados de Winnie the Pooh y unos platos con el rótulo PROPIEDAD DE LA GUARDERÍA y se preguntó qué tal estaría Sonia. ¿Seguiría pensando en él? ¿Y en Misha?

Abrió el armario alto y se llevó una sorpresa al ver que también hacía las veces de ropero. Había una barra con perchas de las que colgaban dos abrigos del ejército y un uniforme de policía. Había varios sacos pequeños con aspecto de haber sido almidonados, latas sin etiquetas y una botella de litro de aceite de girasol. Una de las bolsas contenía harina de avena y fideos. De repente le entraron muchas ganas de comer, cogió una cacerola y salió a por agua.

# 50

Pasaron dos semanas, al cabo de las cuales cayeron las primeras nieves. Los copos blancos le animaron, pues le recordaban los paseos con Misha el invierno anterior.

Ya se había acostumbrado al trabajo nocturno y todo lo que lo rodeaba. A intervalos cortos se oían explosiones y disparos de armas automáticas, mientras por encima de ellos sobrevolaban aviones y helicópteros del ejército. La guerra, igual que la incineración nocturna de cadáveres, continuaba sin descanso. La mayoría de las veces eran rusos los que les llevaban cuerpos, bien en sacos, bien con las cabezas cubiertas, y en un par de ocasiones llevaron los de dos chicas jóvenes.

Los chechenos eran más raros. Segun Seva, la cremación no figuraba en la tradición musulmana. Por lo tanto, los cadáveres que traían los chechenos eran de otros países y, si eran musulmanes, procedían de Arabia Saudí, Yemen o Turquía, adonde podían enviarse las cenizas para que las enterraran.

Chechenos y rusos daban solo propinas de unos pocos dólares, aunque estos últimos de vez en cuando también dejaban caer relojes y anillos de oro, y Viktor, consciente del valor que tenían por allí, estaba encantado de pasárselos a Seva. A veces, a eso del amanecer, cuando Aza ya se había retirado a descansar llevando consigo el libro de registro, Seva sacaba un crisol de hierro que tenía escondido al pie del árbol más próximo al cobertizo y un pesado lingote de oro de algún otro sitio. Ponía el tocho en el crisol, colocaba encima las últimas adquisiciones y lo metía en el horno.

—No quiero que nadie reconozca nunca ningún anillo ni joya —comentaba Seva—. El oro es más valioso que los dólares.

Había preguntas que le habría gustado hacerle, sobre sus planes de futuro, sobre cómo pensaba marcharse de allí y de Chechenia, pero Viktor no estaba de humor para hacérselas. El tiempo pasaba y él seguía sin saber nada de Misha ni de Khachayev. Había intentado sonsacarle algo a Aza en dos ocasiones, pero Aza no estaba por la labor.

—¿Para qué quieres saber cosas de Khachayev? —le había preguntado.

Viktor no se lo había dicho, porque prefería no hablarle de Misha. Era cuestión de esperar, se repetía. Khachayev era el jefe del crematorio, así que acabaría por aparecer por allí en algún momento.

Así que esperó, limitándose a vivir, trabajar y comer y beber en recipientes esmaltados que en otro tiempo fueron propiedad de la guardería. Los tazones y los cuencos tenían incluso un efecto positivo, porque le recordaban su infancia y, sobre todo, la noche que había pasado en Kiev con Svetlana y la sémola.

# 51

Seva, que siempre estaba animado, lo estaba el doble ese jueves, cuando Aza le comunicó una rebaja en la tarifa de la cremación. Viktor y Seva nunca llegaron a saber de cuánto era la rebaja, pero como empezó a haber más clientes, aumentaron las propinas.

Ese jueves Viktor se despertó antes que de costumbre para tenerlo todo listo para las doce. Se habían acostado pronto, después de haber acabado la última cremación a eso de las cinco. Los rusos les habían dado una botella de vodka y, cosa insólita, periódicos rusos recientes. Viktor se dejó caer en el banco del cobertizo y se quedó dormido, pensando en que se los leería todos, hasta la última palabra, al día siguiente. Tal vez incluso habría algo sobre Kiev. Sin embargo, el plan quedó en nada o, mejor dicho, quedó convertido en humo. Al llegar las primeras nieves, Seva y él madrugaban por turnos para poner más leña en la estufa. Ese día se había encontrado a Aza echando el último periódico a las llamas de la estufa del pasillo junto con algunos troncos. Encima de la estufa había puesto a hervir una cacerola de agua en la que, mientras Viktor lo miraba asombrado, echó dos paquetes de sal de un kilo y varias bolsitas de tela. Luego se puso a removerlo todo con un tenedor.

—¿Es para la comida? —preguntó.

—No —dijo Aza muy serio—. Con el invierno vienen los ratones. Los ratones chechenos son cien veces peores que los rusos, pero no les gusta la sal.

Siguió removiendo las bolsitas en el agua hervida y, después, señalando con la cabeza en dirección al cuarto de Seva y Viktor, añadió:

—No sigas su ejemplo. Es un avaricioso. Se cree que no lo sé. Pero sí que lo sé.

Y acto seguido dejó lo que estaba haciendo.

Fuera había nieve, un cielo azul oscuro y el aire perfumado con el penetrante aroma de las coníferas. Era como si toda la zona del crematorio hubiera sido desodorizada. Apareció Seva con esa sonrisa suya que solo el agotamiento era capaz de borrarle. El destino de los periódicos le traía sin cuidado.

—¿Qué tal un trago?

Viktor negó con la cabeza, pues no le apetecía vodka y quería disfrutar al fin del placer de respirar aire fresco.

—De acuerdo. ¡Una mente sana en un cuerpo sano! Dentro de tres días es mi cumpleaños.

—¿Cuántos cumples?

—Diecinueve.

—Eres un chaval.

—Pero te enseño a ti, que tienes la barba gris, cómo se hacen las cosas. ¡Y gano más de lo que tú hayas podido soñar jamás!

A las seis el sol se hundía detrás de la cima de la montaña, que era la señal para que Seva y Viktor se dirigieran al cobertizo; el horno empezó a rugir al cabo de media hora.

Los primeros en llegar fueron dos chechenos con un cadáver envuelto en un abrigo, seguidos a cierta distancia por otro hombre.

—¿Dónde está Aza? —preguntó uno.

—Todavía no ha venido —dijo Seva, y lo envió a buscarlo con un gesto brusco.

Los que habían traído el cadáver, tipos altos y fuertes con barba negra de tres días, se llevaron a Viktor al cobertizo.

—¡Abra el horno!

Viktor no se precipitó. Aquellos chechenos tenían un aire insolente que él no se había encontrado nunca. La mayoría eran sumisos, pero aquellos eran cualquier cosa menos eso.

—Tendremos que esperar a Aza.

—Mira, muchacho nuevo —dijo uno, amenazante—. Abre de una vez, no tenemos toda la noche.

Viktor abrió el horno. El cuerpo era el de un hombre de unos veinte años —lívido, demacrado, camisa de cuadros de franela, jeans y pendiente de oro—, claramente un civil y aparentemente ruso.

—¿Qué haces ahí como un pasmarote? ¿Es amigo tuyo o qué? —preguntó un checheno empeñado en deslizar el cadáver dentro del horno—. ¡Vamos, ponlo a toda potencia!

Viktor cerró las portezuelas interior y exterior y ajustó la válvula.

—Déle sus pertenencias al viejo que está ahí fuera. ¡Y tenga educación y humanidad! —añadió el mismo checheno dirigiéndose a la puerta.

—¿Nombre y fecha de nacimiento? —le preguntó Viktor.

—El viejo se lo dirá.

Entraron Aza y Seva, el primero con el libro de registro, como siempre, pero farfullando algo en azerí y muy irritado.

—El viejo de fuera te dirá cómo se llamaba —dijo Viktor.

—Ya nos lo ha dicho —contestó Seva por Aza.

Al oler el aire cálido y acre, Aza hizo una mueca y se marchó diciendo que volvería dentro de una hora.

—¿Qué bicho le ha picado?

—No le han pagado. Tal vez deberíamos entrar a por algo —dijo Seva sacando un paquete de cigarrillos de la guerrera de camuflaje antes de salir del cobertizo. Viktor le siguió, deseoso de librarse de aquel calor de sauna.

Mientras veía nevar, pensó otra vez en Kiev y en cómo esperaba Sonia el invierno y la nieve. Pensó también en Nina, esperando algo que él desconocía, pero que desde luego no era él. Esperaba un poco de estabilidad en su vida, un hombre al lado, un techo sobre la cabeza y un poco de dinero. Ah, y una dacha con huerta para plantar algo.

Se encogió de hombros, pero siguió pensando en ella, esforzándose en comprenderla, lo cual debería haberle resultado más fácil con la distancia que ahora había entre ellos. Pero no podía evitar seguir viéndola como alguien ajeno y fruto del azar. De no haber sido por el policía Sergei, ella nunca habría entrado en su vida. La nieve derretida le resbalaba por la cara.

—¿Es usted Viktor? —preguntó una voz conocida.

—¡Matvei Vasilyevich!

De pronto todo quedó claro.

—En fin, ya está —dijo Vasilyevich al cabo de un rato—. Yo había venido aquí a buscar a mi hijo vivo. Solo tenía dieciséis años, y le dan un arma para «asustar a los rusos» y él va y aprieta el gatillo... ¿Se puede llamar guerra a eso?

Viktor se encogió de hombros, haciéndose la misma pregunta. Él no había venido a combatir en ninguna guerra. No estaba allí por ninguna buena causa. Estaba allí por el destino, el del pingüino Misha, no el suyo.

—¿Ha encontrado a su amigo? —preguntó Matvei de pronto, como si le hubiese adivinado el pensamiento.

—No, pero lo encontraré.

El viejo asintió con la cabeza en señal de aprobación.

—Eso habla bien de usted —susurró—. Con amigos como usted, mi hijo aún estaría vivo.


Más tarde, mientras veían a Seva verter con un rastrillo el contenido del horno en un cubo, oyeron un sonido metálico. Se le iluminó la cara, aunque enseguida recobró la compostura requerida por la ocasión.

Viktor se acordó del pendiente de oro, pero ya no había ninguno.

—Espérenme al aire libre, yo sacaré las cenizas —dijo Seva.

Al poco rato entregó al viejo una bonita bolsa del *duty free* de Aeroflot en vez de la bolsa negra de plástico habitual.

El viejo la recogió y le dio a Seva dos billetes arrugados de un dólar. Seva aceptó uno y, como Viktor no hizo ningún movimiento, luego también el otro.

—¿Adónde va a ir ahora? —preguntó Viktor.

Pero la mente del viejo estaba muy lejos; tenía lágrimas en las mejillas y no veía ni oía nada.

—¿Adónde va a ir ahora? —repitió.

—No lejos de aquí. Hora y media siguiendo la tubería y luego todo recto. ¿Se le ocurre alguna idea sobre cómo voy a enterrarle? ¿En una tumba normal? Nosotros siempre usamos ataúdes. No practicamos la incineración.

—En una tumba —dijo Viktor, por no complicar aún más las cosas. Al fin y al cabo, todavía no había decidido qué hacer con las cenizas de Sergei. O quizá sí, en el sentido de que había decidido no hacer nada aparte de conservarlas cómodamente instaladas en la cocina, siempre a su disposición para charlar con ellas.

Matvei Vasilyevich lo abrazó. Seva se retiró respetuosamente.

—No se quede más de lo necesario —dijo el viejo—. Encuentre a su amigo y váyase. Aquí no va a haber paz.

# 52

La celebración del cumpleaños de Seva empezó a mediodía, con la idea de terminar antes del anochecer y luego poder recuperarse. En la mesa estaban la botella de vodka de los rusos, tres tazones de Winnie the Pooh, tres cuencos de patatas cocidas, tasajo y medio litro de mermelada de ciruela. Los dos últimos eran la aportación de Aza al banquete.

Seva sirvió un poco de vodka a todos y luego esperó.

—¡A tu salud! —dijo Viktor rompiendo el silencio.

Chocaron los tazones y, paradójicamente, a Viktor le sonó igual que cierto metal cayendo dentro de un cubo.

—Otra ronda —dijo Seva—. Es bueno. Casi tanto como el Smirnoff.

Bebieron y comieron, untando el tasajo en el tarro abierto de mermelada. Aza tomó la botella y sirvió a todos otro poco de vodka.

—¡Quien sirve la primera vez, sirve siempre! —protestó Seva.

—¡Otra superstición rusa! —se rio Aza—. ¡Como esa

tontería de que los gatos negros y los cubos vacíos dan mala suerte! Ya eres mayorcito. Tienes diecinueve años.

—La siguiente ronda sirvo yo o nos traerá mala suerte. A mí ya me ha pasado. Infringes las normas y, al día siguiente, un tremendo dolor de cabeza.

Aza hizo un gesto de asentimiento y levantó el tazón para brindar.

—¡Por que te hagas más sabio!

—¡Entonces, por la educación superior! —le corrigió Seva con una carcajada.

—Con un poco de educación y algo de astucia podrías hacerte el amo.

Seva no le contestó, pues tal vez lo hubiera dicho sin mala intención, y Viktor, temeroso de que la fiesta acabara en una trifulca de borrachos, sintió un gran alivio, e incluso le tomó el pelo al propio Seva.

El vodka y la comida se acabaron pronto, pero continuó el ambiente de fiesta. Seva lanzó una mirada inquisitiva a Aza y este captó el mensaje, fue a su cuarto y volvió con una botella de coñac armenio.

—Seguid bebiendo. Yo voy a dar una vuelta.

Seva abrió la botella y llenó hasta la mitad su tazón y el de Viktor.

—¡Nada de tragos pequeños! —dijo con una ancha sonrisa—. Como ves, he reservado los mejores brindis para el coñac. ¡Por el futuro!

Chocaron los tazones, lo que produjo otra vez el curioso ruido.

Seva se tomó el coñac de un trago, recorrió con la mirada la mesa vacía y, al ver el tarro de mermelada de ciruela, tomó un poco y se secó los labios con el dorso de la mano.

—¿Qué vas a hacer luego? —preguntó mirando a Viktor a los ojos.

—¿A qué te refieres?

—A luego, al futuro.

No le había contado a Seva cuáles eran sus intenciones y tampoco tenía ganas de hacerlo en ese momento. En cambio, daba la impresión de que Seva estaba dispuesto a revelar planes que hasta ese momento había mantenido en secreto.

—Yo voy a irme pronto de aquí —susurró mirando de reojo la puerta entreabierta—. He mandado dinero a mis padres y, no te lo pierdas, les ha llegado. Les he llamado por teléfono.

—¿Cómo?

—Por teléfono vía satélite. Tienen uno por aquí, solo que no es fácil llegar a él. Me van a llevar a casa. Ya está arreglado. Pero ni una palabra a Aza. Me delataría. Están en contra de nosotros, los azeríes.

—¿Quiénes te van a llevar? ¿Los chechenos?

—Los chechenos entregaron el dinero a mis padres, pero se quedaron con el veinte por ciento. Esta vez me han prometido ayuda los rusos.

La expresión de Viktor debió traslucir sus dudas, porque Seva se calló, aunque en seguida volvió a portarse con normalidad y sirvió el coñac que quedaba.

—Me importa un carajo que me creas o no. Porque voy a volver de la guerra con dólares y oro. ¿Y tú?

—¿Qué vas a hacer con el oro?

—Voy a hacer tres partes. Una para comprarme un piso de dos habitaciones. Otra para comprarme una novia. Y la tercera para comprarme una panadería. Se gana mucho dinero con una panadería y yo ya estoy acostumbrado al calor.

—La novia será uzbeka o kirguiz.

—No, gitana. No dejan que sus mujeres se casen con rusos. Pero por dinero sí. Se llama Maya y es una maravilla.

Viktor se lo imaginó con un gorro blanco sacando el pan recién hecho del horno. Cosas más raras se veían. Al pensar en pan le entró hambre.

—Bebamos ahora a tu salud —dijo Seva levantando el tazón—. ¡Toma mermelada!

—¿Conoces a Khachayev? —preguntó Viktor mientras se limpiaba la boca y devolvía el tarro casi vacío a la mesa.

—Le he visto un par de veces. Era su casa desde donde llamé por teléfono. Me llevaron para que le arreglara la tele. La otra vez fue cuando vino aquí. Habían asesinado a uno de sus compinches de Moscú.

—¿Cómo es?

—Es un buen hombre. No como los demás. Siempre dispuesto a beber y reírse. El típico moscovita. Su mujer es rusa, pero está en Moscú.

—¿Cómo es su casa?

—Una auténtica fortaleza. Hasta arriba de parientes y guardaespaldas. Me llevaron donde la tele, después a una habitación con balcón donde estaba el teléfono y luego de vuelta aquí. Ahora voy a ir a echarme un rato. Despiértame cuando se haga de noche.

Viktor se quedó con la sensación de que, si Seva hubiera visto a Misha, se lo habría dicho.

# 53

La mezcla de vodka y coñac hizo efecto, pero el sueño de Viktor se vio interrumpido mucho antes de que se hiciera de noche por un checheno bajo con una pelliza de piel de cordero que había venido en busca de Aza. Viktor le dijo que esperase y él se fue cojeando hasta el tronco de un árbol caído. Mientras trataba de dormir a pesar de los rítmicos ronquidos de Seva, llegaron voces hablando en ruso. Entre ellas la de Aza.

—Puedo canjear tres, quizá cuatro soldados rusos por Zara, coméntaselo —dijo el checheno.

—¿De qué le servirían? —respondió Aza—. Se dedica a negocios más limpios que tú. Consigue el dinero. Nada de soldados.

—Escucha, te lo suplico. ¡Zara es hermano mío! Hizo una tontería, vale, pero es joven.

—¡Fuera de aquí! No voy a decirle nada —soltó Aza.

—¡Eres un malvado, extranjero! —dijo el checheno en tono de hastío—. Nadie te llorará a la hora de tu muerte.

Viktor se incorporó, miró por la ventana y vio alejarse cojeando al checheno bajo la mirada de Aza.

Calentar el cobertizo como si fuera una sauna no alivió en nada el dolor de cabeza de Viktor y Seva.

—Estoy hecho una mierda —dijo Seva mientras comprobaba la presión del gas—. Vaya forma de acabar un cumpleaños. ¡Maldita mermelada de ciruela! Me doy por contento si no la echo.

Fuera el aire parecía más cálido, como si se hubiera levantado viento sur. A Viktor le sorprendió que hubiera desaparecido la nieve alrededor del cobertizo.

Seva alumbró el reloj con la linterna para ver la hora.

—Las seis y media y ningún cliente a la vista.

A la media hora se presentaron cuatro soldados algo borrachos y, al enterarse de que era el cumpleaños de Seva, le regalaron cigarrillos, otro reloj y, para gran alegría de este, pendientes de oro.

—El regalo de boda para mi pequeña gitana —dijo guardándoselos en el bolsillo del pantalón.

El cadáver que traían, pensó Viktor, era de alguien muy joven o muy bajo, no el del checheno cojo.

Un soldado sacó una botella de vodka de un bolsillo interior y echó un trago para probarlo.

—Auténtico —comentó, y le pasó la botella a Seva—. Tú primero.

A Seva le ofrecieron también una corteza de pan de centeno para que le diera un mordisco.

—Mira —dijo el soldado que estaba al mando—, los chicos ya saben cómo se hace, ellos lo echarán dentro.

—Antes tengo que encontrar a Aza —explicó Seva.

—¡Maldita sea, no! ¡Echa otro trago!

Viktor tuvo la sensación de ver movimiento en la bolsa, pero, justo entonces, se encontró con una cara redonda, sin afeitar, desdentada y sonriente que le plantó una botella de vodka abierta en las narices.

—¡Bebamos a la salud del amigo de Seva!

—¡Cállate! —rugió el soldado al mando—. Primero el trabajo. ¡Meted la bolsa en el horno antes de que aparezca ese puñetero azerí!

Los otros tres se quedaron boquiabiertos.

—¡Tú y tú! —especificó—. Ahí está el cobertizo, ¡adelante!

Levantaron la bolsa como si no pesara nada y se dirigieron al cobertizo. Seva hizo ademán de seguirlos, pero el soldado al mando se lo impidió ofreciéndole otro trago.

—Vas muy rápido. No hace falta. Esos volverán en seguida y entonces echaremos otro trago. Mejor que estés al margen —añadió con una carcajada.

—¿Qué hay del pago?

—Se paga por recoger, tío, y no vamos a recoger este puñado de cenizas. Véndelas o haz con ellas lo que quieras. Son todas tuyas —añadió con una carcajada.

Viktor se volvió y vio que habían cerrado las puertas del cobertizo. ¡Quienquiera que hubiera dentro de la bolsa estaba, como él se había temido, vivo! Se precipitó hacia el cobertizo.

Aunque estaba muy caliente, agarró la manija de la puerta exterior del horno en un esfuerzo por abrirla y, en ese momento, le rompieron un objeto de cristal en la cabeza y le resbaló vodka por la cara.

—¡Cabrón! —dijo una voz.

Después fue como caer en el vacío por un pozo sin fondo.

# 54

Cuando volvió en sí, sintió un dolor agudo en el pie. Abrió los ojos y trató de llevarse la mano a la sien derecha, que estaba vendada, pero no pudo. Le habían atado las manos a la espalda con tanta fuerza que tenía los dedos yertos. Estaba en el fondo de un pozo. Cambió de postura para descansar y sentir menos dolor. Levantó la vista y calculó que habría unos tres metros hasta la superficie.

Notó algo helado en la cara. Era nieve.

# 55

Estaba prácticamente congelado de frío cuando dos chechenos lo sacaron del pozo, lo dejaron tirado sobre la nieve delante de una casa de dos plantas y desaparecieron. Incapaz de volver la cabeza, alcanzó a ver un jeep ruso con dos Kalashnikov colgados del espejo retrovisor del conductor. Detrás de él oyó hablar en voz baja a unos hombres en checheno. Uno de ellos habló después por un walkie-talkie. Luego se hizo el silencio hasta que llegaron dos jóvenes chechenos y lo metieron a rastras en la casa, donde lo sentaron en un banco de madera mientras ellos se acomodaban en otro bajo la ventana. Entonces vio que no tendrían más de dieciséis años. Uno tenía la mirada fija en el suelo de madera y el otro jugueteaba con una Tula Tokarev automática.

Se abrió la puerta y apareció un checheno barbudo de unos cuarenta años, miró a Viktor y dijo algo en su idioma. Uno de los jóvenes salió de la habitación y regresó con una botella, la puso en los labios de Viktor y la inclinó. Por el hormigueo que le produjo en la boca debía de ser vodka casero o *chacha*.

—Tome un poco más. Tiene un poco de frío, ¿no? —dijo el checheno en un ruso perfecto.

Dio un sorbo. Empezó a aclararse, a tomar conciencia de sus ataduras y del vendaje en la herida de la cabeza, que le dolía tanto que no pudo evitar una mueca de dolor.

—¿Qué pasa? —preguntó el checheno acercando un taburete para sentarse frente a él—. ¿No le gusta?

—Es mi cabeza.

El checheno se levantó, le quitó la venda ensangrentada y examinó la herida.

—¡Vaya, vaya, vaya! ¡Pero si no le han hecho nada!

Le quitó la botella al joven y vertió vodka en la herida.

Viktor torció el gesto y gruñó.

—Sea valiente. Aguante.

Echó otra mirada a la herida y después pidió al joven que volviera a poner el vendaje.

—¿Cómo se le ocurrió enfrentarse con los rusos sabiendo que el cliente siempre tiene la razón?

—Estaban borrachos y a punto de quemar a alguien vivo.

—¿Vio quién era?

Negó con la cabeza.

—¿No estaba usted también borracho?

Volvió a negar con la cabeza.

—¿No estaban celebrando el cumpleaños de su joven amigo? —preguntó el checheno con una sonrisa tensa.

Viktor se encogió de hombros.

—Él piensa que de haber sido usted un poco sensato no estaría aquí. Pero lo que quiero saber es, ¿por qué preguntaba por mí?

Así que se encontraba ante el propio Khachayev en persona. Por fin. Quiso concentrarse y poner en orden las ideas, pero se lo impidió otra punzada de dolor.

—¿Le han enviado nuestros amigos de la Seguridad rusa para liquidarme, verdad?

Viktor negó con la cabeza, porque le resultaba más fácil hacer gestos que hablar.

—Vamos a dejarnos de historias. No tengo muchas ganas de oírle chillar. Soy un hombre con un estilo de vida moscovita, educado y padre de familia. No me obligue a ser duro para que la televisión rusa tenga otra oportunidad de indignarse con una nueva atrocidad chechena. ¿Cómo se enteró de mi nombre?

Ahora o nunca, pensó Viktor.

—Porque usted se trajo de Moscú un pingüino que se llama Misha...

—También me traje a mi esposa y a mis hijos. La Seguridad rusa lo sabe. Lo que no sabe es que ya no están aquí. Y no será usted quien se lo comunique.

—Yo soy de Kiev —explicó Viktor—. Fui a buscarle a usted a Moscú. Verá, el pingüino es mío. Pero cayó en manos de cierto banquero y de ahí pasó a usted.

—Muy propio de ustedes —se rio—. ¿Por qué me siguen aquí? Yo no estoy luchando. No me he metido con nadie. Y en Moscú me dedicaba a mis asuntos. Era un simple profesor de Física e Historia. Criado en su gran literatura rusa, y en Gorki, su gloria. ¿Y usted?

—Yo soy de Kiev, no de Rusia.

Sus ojos mostraron un destello de interés.

—Así que es ucraniano. ¿Tienen ustedes algún Gorki? —Viktor no tenía fuerzas para discutir eso—. Hay naciones, los chechenos somos una de ellas, con un sentido innato de su propia valía, en los genes, en la sangre. Lo que otros consiguen a base de tiranía e ideología... Voy a decirle una cosa, ustedes han cambiado la tiranía y la ideología por la democracia, nada más. Las naciones que actúan así vuelven a ser esclavas de su propia impotencia. El sentido innato de la valía de la propia nación es más poderoso que cualquier sistema político. Esa es una de las razones por las que ustedes, los rusos, nos combaten. Nosotros lo tenemos, ustedes no.

—Nosotros no combatimos contra ustedes.

—¿Contra quiénes combaten los ucranianos?

—Contra nadie.

Khachayev meneó la cabeza.

—Malo. Entonces combaten entre sí... Pero vamos con su historia.

—Le he contado la verdad. Tengo los pasaportes en la casa.

—¿Cuántos?

—Dos. El ucraniano auténtico y otro polaco falso.

Khachayev se rio.

—¡No sabe los que tengo yo! Un pasaporte no demuestra nada. Según el mío, yo soy ruso y me llamo Ryazan.

Khachayev se precipitó fuera de la habitación al oír detonaciones lejanas de armas automáticas y dio una orden a los dos jóvenes mientras salía.

El que llevaba el arma automática apuntó a Viktor a la cabeza. Viktor cerró los ojos. El disparo lo dejó sordo. Se sentó con un zumbido en las orejas, sin saber si estaba vivo o muerto, hasta que oyó a Khachayev gritar en checheno y, al abrir los ojos, vio que le había quitado al joven el arma automática y le estaba echando la bronca.

Se oyó un walkie-talkie. Khachayev soltó algo a modo de respuesta, farfulló alguna orden y salió a grandes zancadas de la habitación.

Volvieron a meter a Viktor en el pozo. Siguió oyendo detonaciones de armas automáticas en la distancia.

# 56

Esa noche llegaron Aza y otros más con una linterna y una escalera de cuerda y Viktor no tardó en estar sentado en la cama de su cuarto, mientras Aza, lívido, angustiado y con gesto sombrío a la luz de la vela, sentado en la cama de Seva, le alargaba un tazón de Winnie the Pooh repleto de té humeante.

—Bebe, tenemos trabajo.

—¿Dónde está Seva? —Aza sonrió, pero sin decir nada—. ¿Ya has tomado bastante té? ¿Te apetece un poco de vodka? —Viktor negó con la cabeza—. Entonces, vamos.

Nevaba un poco y Viktor siguió a Aza con el piloto automático, consciente de que dos hombres sin rostro seguían sus huellas sobre la nieve.

Aza encendió velas en el cobertizo helado y, mientras Viktor se preguntaba quiénes serían los que tenían detrás, entraron con un cadáver a cuestas.

—Ponlo a funcionar —dijo Aza pasándole una caja de cerillas.

—¿Dónde está Seva?

—Se ha ido —gruñó Aza.

Viktor fue ejecutando todas las operaciones hasta poner el horno en funcionamiento.

—Tenemos que darnos prisa —dijo Aza— y terminar a primera hora de la mañana. Viene el jefe.

—¿Terminar cuándo? —preguntó Viktor, pero Aza ya se había ido.

El cadáver era claramente de un checheno, como los dos que lo habían traído, a quienes había tomado por rusos hasta que abrieron la boca. Echaron el cadáver de cabeza al horno y, mientras cerraba las portezuelas, Viktor oyó sus pasos alejándose. Creyó que se habían ido, pero volvieron al poco rato con otro cadáver que dejaron en el suelo.

—¿Alguno más? —preguntó Viktor, que ya empezaba a entender las prisas de Aza.

—Tres.

—¿Qué hora es?

Un checheno levantó el reloj para que lo viera Viktor. ¡Las once y media! ¡Y no a punto de amanecer, como él se había imaginado!

# 57

Echó una cabezada y tuvo un sueño agitado en el que era al mismo tiempo Viktor y un pequeño yate expuesto a los elementos, aunque todavía capaz de sentir alegría. Había zarpado sin atender a las velas ni al viento y estaba sentado con los ojos muy abiertos en la cubierta, mirando a Seva y al policía Sergei, sentados ambos en silencio a su lado y mirándose el uno al otro, esperando con indolencia que ocurriera algo, bien que avistaran tierra, bien que volviera Misha. Sí, que volviera, aunque en el sueño nadie sabía de dónde, puesto que tampoco sabían dónde había desaparecido. Lo más probable es que surgiera de las profundidades, flotando como un corcho. Pero no pasaba nada. Muy emocionado, buscó en los bolsillos de los pantalones y la guerrera del cálido uniforme de los Servicios de Emergencia y sacó una hoja de papel doblada en cuatro, un cartel infantil que representaba un pingüino perdido y ofrecía una recompensa. Seva y Sergei siguieron sentados en silencio sin hacer caso de su afanosa búsqueda.

Volvió a doblar el cartel, se lo guardó en el bolsillo y,

olvidándose al momento de él, se puso a esperar a Misha. Con la mirada fija en la cubierta, no se dio cuenta de que Seva y Sergei se esfumaron en el aire y lo dejaron completamente solo.

—¿Dónde se echan las cenizas? —preguntó alguien asomando la cabeza por el cálido mar.

Viktor se encogió de hombros, una mano lo agarró por el brazo derecho haciéndole perder el equilibrio y cayó por la borda hasta golpear contra el agua, inesperadamente sólida.

—Dale un cachete —dijo otra voz.

Abrió los ojos. Tenía delante a dos chechenos, uno de ellos con el rastrillo.

—¿Dónde se echan las cenizas?

—En las bolsas, detrás del bidón de metal —dijo señalando.

—¿Por qué no en un cubo?

—¿Quién va a venir a recogerlas?

—Nos dijeron que las tirásemos al pie de un árbol.

—Pues háganlo —dijo Viktor, perplejo por la indiferencia con la que aquellos chechenos se desprendían de las cenizas.

Encontró una diminuta pieza de oro en el último de los tres cubos de cenizas y huesos calcinados que vació a la mañana siguiente; eso le hizo pensar en Seva y sus sueños de una vida mejor. En ese momento apareció un jeep verde ruso con Khachayev al volante, Aza a su lado y dos jóvenes chechenos armados hasta los dientes detrás. Le hizo un gesto de que montase y Viktor se sentó entre los chechenos, con la incómoda presión de una granada de mano en el muslo.

Tardaron un buen rato en recorrer una sinuosa pista forestal en pendiente, hasta llegar a una villa vacía, con las puertas de hierro abiertas.

Aza y los guardaespaldas se bajaron de un salto y Khachayev se volvió hacia Viktor con la expresión lúgubre que uno dirige a un condenado a muerte.

—Confío en que hoy daremos por terminada nuestra conversación. Como puede ver, no estoy de humor para camelos.

—¿Qué ha pasado?

—Parece que tenía usted razón. Unos soldados rusos violaron y apalearon a una chica chechena y la tiraron a mi horno. Viva. Las guerrillas chechenas los atraparon, les sacaron la verdad, les cortaron la cabeza y luego quemaron vivo a su amigo Seva. Así que nosotros matamos a los guerrilleros. Usted ha quemado sus cadáveres. Y yo he consolidado mi neutralidad. Todo de lo más lógico.

En ese momento apareció Aza y se acercó a ellos.

—Uno es un caso desahuciado, tuberculosis. El otro no está bien, pero ofrecen un buen dinero.

—¿Cuánto?

—Mil.

Khachayev se lo pensó un poco.

—Cógelo. Tienen una semana para pagar, díselo.

Los guardaespaldas volvieron con un joven delgado, pelirrojo, de nariz ganchuda, en un raído uniforme del ejército con aspecto, pese a la barba, de ser inguso o daguestano.

Para el viaje de vuelta, lo metieron en el asiento de atrás con Viktor y los dos chechenos. Era imposible hablar con él con los chechenos en medio. Parecía ajeno a todo y se durmió en la última parte del trayecto.

Cuando llegaron a la cabaña de Aza, ya había anochecido. Aza y el soldado se apearon. El resto siguió.

# 58

## En casa de Khachayev

De no ser por la luz de las velas, la puerta acorazada con mirilla, dos impresionantes cerraduras y los centinelas armados, podría haber sido el primer piso de cualquier casa en cualquier ciudad.

Khachayev dijo algo a un escolta, que bajó corriendo por las escaleras de madera y después encendió una gruesa vela en medio de una gran mesa redonda. Más tarde se oyó el ruido de un generador. Las bombillas de la lámpara de araña parpadearon débilmente, después empezaron a brillar poco a poco y acabaron por iluminar toda la habitación.

Kachayev apagó la vela, se sentó a la mesa e indicó a Viktor que se acomodara frente a él.

Viktor miró sorprendido el piano, el mueble bar, los retratos de Gorki y Shamil. La única nota discordante la ponían una pistola automática y dos Kalashnikov apoyados en una mesa.

—¿Qué tal si nos animamos un poco? —dijo Khachayev quitándose la guerrera de camuflaje y tirándola encima del sofá antes de dirigirse al mueble bar. En jeans y una sudadera azul mugrienta no tenía aspecto de checheno ni de guerrillero en absoluto.

—Para que le sea más fácil, vamos a empezar por el principio. —Sonrió mientras volvía con una botella de Martell y vasos de cristal tallado—. ¿Quién es usted?

Viktor se lo contó todo, desde las necrológicas escritas con antelación y los entierros con pingüino hasta lo del banquero Bronikovski. No le habló de la viuda de este último ni de sus propias penalidades, pero se extendió al contar la campaña electoral de Andrei Pavlovich y su experiencia con los asesores de imagen.

Khachayev escuchaba, asentía con la cabeza, servía coñac y, cuando se acabó la botella, cogió otra.

—No lleva usted una vida aburrida —dijo al tiempo que se dirigía al sofá para coger el walkie-talkie de la guerrera y responder a una llamada—. Además, es todo muy interesante —siguió al volver a la mesa, mientras colocaba el walkie-talkie junto a la botella—. Pero ¿puede usted encontrar quien ratifique lo que me ha contado?

—Sí, puede llamar a Andrei Pavlovich.

—Llame al Presidente de Estados Unidos, si lo desea. ¿Cuál es el número de ese Andrei?

Khachayev se dirigió al teléfono y marcó.

—Contestador automático —dijo en tono de hastío mientras colgaba.

—Pruebe en mi casa —sugirió Viktor—. Nina se lo confirmará todo. Ella conoce a mi pingüino.

—¿Número?

Marcó.

—Oiga, ¿Nina?... ¿Dónde? ¿Quién es usted, entonces? ¿Sonia?

Le pasó el teléfono a Viktor.

—¡Sonia, soy yo, el tío Viktor!

—¿Estás en Moscú?

—No, muy lejos. He encontrado a Misha, pero no quieren dejarnos marchar. No es fácil de explicar.

—¿Que no os dejan marchar? ¿Qué quieres decir?

—Habla con el otro hombre que está aquí conmigo. A lo mejor él te cree a ti.

Le pasó el auricular a Khachayev.

—Sonia, el tío con el que has estado hablando —dijo mirando a Viktor—, ¿le conoces bien?

—Es mi papá.

—¿Papá o tío?

—Papá. ¿Así que tú tienes a Misha?

—Sí. Pero ¿es tío o papá?

—¿Los vas a dejar ir?

—¿A quién?

—Al tío Viktor y a Misha.

—Espera, primero me dices que...

—No. Prométeme que los dejarás ir. Misha tiene el corazón mal, por si no lo sabías.

—De acuerdo, te lo prometo, pero...

—Dame tu palabra, ¡júramelo por la memoria de tu madre!

—Te doy mi palabra, ¡te juro sobre la cabeza de mi madre que los dejaré ir! ¡Y ahora contesta a mi pregunta!

—Viktor es mi segundo padre. Mi primer padre se fue y desapareció. Pero ¿dónde está Misha? ¿Está contigo?

—No.

—¿Cuándo los dejarás ir?

—Pronto. Eso es todo por ahora. Adiós, Sonia.

—¿Puedo hablar otra vez con el tío Viktor?

—¡Con tarifa de interurbana, no! —soltó y colgó el teléfono; luego derribó a Viktor de un puñetazo.

—Ha jugado usted conmigo —dijo sin especial rencor.

—¿Cómo?

—Esa niña pequeña, me ha hecho dar mi palabra.

—¿Va a mantenerla? —se atrevió a preguntar Viktor.

—La palabra de un checheno vale por cien promesas de las suyas... ¿me entiende?

Temeroso de otro acceso de cólera y confiando en que aliviaría la tensión, Viktor rebuscó en el bolsillo interior, sacó el cartel de Sonia y lo puso sobre la mesa.

Khachayev lo tomó, inspeccionó el pingüino de Sonia a la inestable luz de la lámpara de araña y después habló por el walkie-talkie.

—Aslan os llevará de vuelta —dijo.

Viktor hizo ademán de recuperar el cartel, pero Khachayev negó con la cabeza, abrió la puerta y se lo entregó al escolta.

# 59

Aslan bostezó. «Que esté media hora en la jaula de los perros y después lo llevas donde Aza», le había dicho Khachayev. Una orden curiosa, pero en el Ejército Rojo había aprendido que una orden es una orden y así seguía siendo. Solo que tanto trasiego de un lado a otro le dejaba poco tiempo para dormir. Si los perros pastores se comieran al ruso, como parecía ser la idea, no tendría que ir donde Aza y podría seguir durmiendo. Pero no, tenía que llevar el cuerpo donde Aza, con sangre y todo. Sin el horno de Khachayev habría tumbas y lápidas de rusos en los bosques chechenos, habría monumentos —como en los que había hecho guardia en Treptow— que rusificarían Chechenia y la destruirían. Khachayev había acertado.

Al cabo de media hora llegaron donde los perros. Las puertas principales estaban cerradas, pero como había una puerta lateral que daba acceso a la jaula, no vio necesario despertar a toda la casa y ponerse a dar explicaciones.

Cuando Aslan se acercó, los perros aguzaron las orejas, olfatearon el aire, pero no ladraron. Eran astutos, igual que los chechenos. Se tiraban a la garganta sin hacer ruido y se acabó.

Aslan abrió un poco la puerta y se sentó en el suelo. Dzhoka trotó hacia él, lo olfateó y le miró a los ojos.

—¿Qué tal un poco de rica carne rusa? —preguntó Aslan conteniendo el impulso de acariciarle. Dzhoka y él eran iguales. Si les decían que fueran a por una presa, lo hacían.

Aslan despertó a Viktor y lo llevó a la jaula, que era, por lo que pudo entrever medio dormido y a través de la nevada, una jaula metálica del tamaño de la habitación de casa de Khachayev, con varias casetas de perro improvisadas. Aslan le empujó por la puerta y él dio unos pasos medio dormido. La puerta se cerró tras él y, cuando se volvió, vio a Aslan mirar el reloj y encender un cigarrillo antes de volver al jeep.

Viktor se quedó solo bajo la nevada, sin atreverse apenas a respirar, plantado en el suelo como un árbol, con cinco perros pastores mirándole desde sus casetas. Si uno le atacaba, los demás le seguirían. ¿Le daría tiempo a escapar? No se atrevió a mirar a la puerta para ver cómo estaba cerrada; el menor movimiento podía ser el último que hiciera. Así era como cumplía Khachayev su palabra. Pero ¿no habría hecho él lo mismo estando en su lugar?

Sin embargo, los perros no le atacaron.

Vio moverse algo por el rabillo del ojo. Sin volver la cabeza, forzó la vista al máximo y vio un pingüino balanceándose en dirección a un cuenco de comida junto a las casetas. Se agachó y cogió algo del cuenco con el pico. No se parecía nada a Misha. Era otro pingüino, más bajo y flaco.

—¡Misha! —le llamó con suavidad, olvidándose de todo, y el pingüino le miró a través de la nevada.

Los perros seguían sin moverse.

La nevada amainó.

Volvió a llamarle, esta vez más alto.

El pingüino dio varios pasos hacia él, se detuvo, se quedó mirándole un rato con sus ojillos diminutos y luego levantó la vista.

Los perros, sentados o incorporados, seguían al acecho, así que Viktor respiró hondo y se agachó despacio a la altura del pingüino.

Este se acercó más.

Sin hacer caso de los perros, Viktor alargó el brazo, le acarició el pecho y supo al fin que era Misha por la larga cicatriz que notó.

Cuando Misha se apretó contra sus rodillas, sintió una punzada de nostalgia por su calidez, por la sensación de que la vida que había llevado en el pasado merecía la pena. Iba a acariciar las aletas de Misha cuando retiró la mano, asustado por un gruñido imprevisto. Por absurdo que pareciera, los perros protegían a Misha. Y allí el absurdo era increíblemente real. La vida estaba regida por él.

—Es hora de irse —llegó una voz.

—¿Nos vamos a llevar el pingüino? —preguntó volviéndose hacia Aslan—. Khachayev prometió ponerlo en libertad.

—A mí no me ha dicho nada. Vamos.

¿Es que no acabarían nunca las sorpresas, entre ellas la supervivencia de ese ruso? Aslan está perplejo.

Viktor se irguió y contempló asombrado cómo Misha se marchaba casi a rastras a una de las casetas y entraba en ella agachándose con torpeza.

Nada más salir de la villa, Viktor se quedó dormido en el asiento de atrás. Aslan le miró de reojo y llegó a la conclusión de que, si los perros no le habían hincado el diente, era un ruso de los inofensivos. Los perros de Khachayev no eran lobos, esclavos sin entrañas, y los enfermos no corrían peligro con ellos.

# 60

El frío le despertó y Viktor se vio tumbado y completamente vestido en la cama de la casa de Aza, donde Aslan debía de haberlo dejado. Al ver la ventana abierta, se levantó de un brinco a cerrarla. La cama que había pertenecido a Seva estaba vacía. Permaneció un momento sentado en la suya y después fue a lavarse.

Parecía no haber nadie en la casa. Fuera, un espléndido manto de nieve relucía al sol y le levantó el ánimo; le hizo volver a pensar en la jaula de los perros, el hallazgo de Misha y la promesa de Khachayev a Sonia. ¡Bien hecho, Sonia!

Sonrió. Ahora no tenía más que esperar a que él actuara. No habría ninguna dificultad. Era como celebrar la orden de su pronta desmovilización. Lleno de energía, le entraron unas ganas repentinas de dar volteretas, tirarse al suelo, hacer flexiones, cualquier cosa para liberar ansiedad y demostrar que la vida seguía. Al pasar por la puerta entreabierta de la habitación de Aza, se asomó y se fijó con interés en el sofá tapizado de cuero agrietado por el uso, el pupitre lleno de papeles, la mesa con la jarra y los vasos y la vieja radio Sony.

Encima de los papeles estaba el libro de registro de Aza. Viktor entró y lo hojeó. Los nombres y lugares de nacimiento eran toda una lección de geografía. En las últimas entradas, la 856 y la 857, no había más que un trazo. La 857 habría sido Seva. Guardar datos era alimentar secretos. Se le vino otra vez a la cabeza el sueño en el que Seva, Sergei y él estaban juntos en un yate. Seva sí, pero ¿por qué Sergei?

Siguió hojeando distraídamente el libro y allí, a fecha del 13 de febrero de 1997, escrito en la letra redonda e infantil de Aza, leyó con incredulidad: Stepanenko, Sergei, Kiev.

Cerró el libro de golpe y se quedó un buen rato sentado al pupitre, reviviendo el picnic de Sergei, Misha y él en el Dnieper helado y la accidentada celebración del Año Nuevo junto a Sonia en la dacha de Sergei.

¡Qué extraño era que, sin tener ni idea de la existencia de aquel crematorio, hubiera estado vinculado con él por la urna que reposaba junto a la ventana en la cocina de Kiev!

# 61

Dos horas más tarde, cuando a Viktor se le había pasado el arranque de vitalidad y estaba tumbado mirando al techo en espera de que lo desmovilizaran, regresó Aza.

—¡Arriba! Ha venido un pelirrojo a aprender el oficio. Hay trabajo por hacer. Así que enséñale o hazlo.

Camino del cobertizo, con la nieve crujiendo bajo sus pies, Viktor se enteró de que el pelirrojo se llamaba Vasya y era de Arkhangelsk, en el lejano norte de Rusia.

—¿Qué tal la comida? —quiso saber el nuevo.

—Fideos y, el viernes antes de Carnaval, carne en lata del ejército.

—¿Por qué?

—Porque el jueves por la noche se hace descuento en las incineraciones.

—¿En qué?

—Mejor te lo explico cuando estemos allí.

Y cuando llegaron, Vasya escuchó con la boca abierta, aunque lo entendió en seguida.

—Mejor un horno caliente que un pozo frío —soltó Viktor en un momento dado.

—Así que los has probado.

Asintió con la cabeza y eso le granjeó mayor respeto por parte del otro.

—¿Así que los pies primero?

—Al revés. Hay que empujar de las piernas para meterlos.

—¿Lo ponemos en funcionamiento ahora?

—Hasta que anochezca no, por el humo.

Cuando se hizo de noche, Vasya demostró que había aprendido rápido.

—¿Cuándo es el viernes antes de Carnaval?

—Le preguntaremos a Aza —dijo Viktor, que había perdido la cuenta.

# 62

El viernes antes de Carnaval era dos días después y hubo
una lata de medio litro de carne de cerdo para engordar
la sopa de fideos.

—Nos daban esto cuando estuvimos destinados en
Mozdok —dijo Vasya sorprendido mientras inspeccionaba la lata.

Viktor se fue a la cama después de desayunar, pero
le despertaron al mediodía el estrépito y la vibración de
dos aviones de combate Sukhoy que pasaron en vuelo
rasante.

Fuera se encontró con Aza descansando en un tronco
caído.

—¿Ha dicho Khachayev algo de mí?

—¿Tiene que decir algo?

—Me va a dejar marchar. Me ha dado su palabra.

—Si te ha dado su palabra, te dejará marchar.

—¿Dónde se pusieron las cenizas de Seva?

—En el bidón del rincón.

—Tal vez habría que enviarlas a su casa. ¿Tenemos la
dirección?

—Sí, pero no hay servicio de correos. Salvo que llegues a un arreglo con los rusos y lo pagues.

—Yo podría hacerlo, supongo, o podría llevármelas y enviarlas desde Kiev.

—Te daré la dirección. Sus cenizas son las de la parte de arriba del bidón. No se han echado más desde él.

—Necesito una bolsa más grande —dijo Viktor, pensando en que tendría que llevar también a Misha.

—Te voy a dar una lona. Puedes hacerte una bolsa con eso.

Volvió a su cuarto, sacó una bolsa de Marlboro de debajo de la cama, la dobló con cuidado y se la metió en el bolsillo de la guerrera. Vasya estaba dormido y, a juzgar por el movimiento de los labios y la media sonrisa que tenía en la cara, tenía un sueño agradable.

Se dirigió al cobertizo, al bidón repleto de cenizas no reclamadas, sacó la bolsa y tomó una pala. Llenó la bolsa hasta la mitad y, como no le pareció bastante, volvió a meter la pala y esta vez dio con algo sólido. Echó todo de una palada en la bolsa, después metió el brazo y sacó el lingote de oro de Seva, que pesaría sus buenos siete kilos, si no más.

Salió del cobertizo con la bolsa en una mano y el tocho de oro en otra. Una vez fuera, dejó la bolsa sobre la nieve y, al quitar la ceniza del tocho, vio que tenía piedras preciosas y semipreciosas incrustadas. Lo escondió entre las cenizas y llevó la bolsa en brazos por temor a que se rompieran las asas.

# 63

Pasó otro viernes gordo y Viktor perdió el apetito. Vasya y él habían trabajado bien juntos, incluso armoniosamente, y Vasya se había portado bien, sin hacer ni decir nada que pudiera irritarle. Su actitud ante Viktor era la del recluta pelado con el soldado veterano. Hacía justo lo que se le decía y Viktor era un buen jefe. Como había dicho Vasya al principio, estar al margen, con la sauna nocturna del cobertizo, eran unas vacaciones después de la vida en su unidad en Mozdok y de pasar hambre y frío en un pozo checheno. Solo de vez en cuando la excesiva sequedad del cobertizo les dejaba un regusto desagradable y les obligaba a salir al frío de la noche a charlar tranquilamente, con alguna que otra pausa para contemplar en silencio el cielo checheno en cuanto se despejaba de nubes. Las estrellas del cielo invernal eran de la misma magnitud que las del sur de Ucrania o las del norte de Arkhangelsk. Compartían todas esas estrellas, aunque los chechenos se negaban a reconocerlo, pese a compartir el sol y la luna con rusos y ucranianos.

Los rusos iban y venían con sus cadáveres. Los che-

chenos aparecían esporádicamente. Los bolsillos de Vasya estaban repletos de billetes de dólares y rublos, lo cual
era motivo de ansiedad por las noches, pues guardaba el
recuerdo de los robos en la vida militar. Viktor no decía
nada de sus propias angustias y del resentimiento cre-
ciente por el hecho de que Khachayev no cumpliera su
promesa.

Entonces, después de abastecer la estufa, cuando el lu-
nes ya se apagaba en un temprano atardecer y Viktor se
disponía a reunirse con Vasya, que estaba sentado fuera
fumando, se presentó el jeep que ya conocía, con Aslan al
volante y Khachayev en la parte de atrás.

Khachayev mandó a Vasya al cobertizo del horno y
luego, una vez en el cuarto de Viktor, se sentó en la otra
cama, sacó una botella de medio litro de coñac y encendió la vela de la mesilla.

—¿Hay vasos?

Viktor llevó los tazones de Winnie the Pooh.

—Qué pena que no sean pingüinos —dijo Khachayev
al servir—. Escuche. Va a irse usted solo primero, juntos
no se puede. Siga usted su camino a partir de Taganrog,
yo le llamaré dentro de quince días.

—¿Tiene mi número?

—Y el de Andrei Pavlovich. ¡Así que vamos a beber!
—Sirvió otra vez a Viktor—. ¡Buena suerte!

Viktor sintió de pronto que nada le importaba. Dejaron de existir pensamientos y deseos. El futuro se convirtió en una nebulosa. Un minuto más y el pasado se
desvanecería y ya no recordaría quién era, dónde estaba
ni dónde había nacido. Ahora había dos velas donde antes no había más que una. La cama se balanceaba como

una balsa o un yate en un mar agitado. Se movía hacia adelante y hacia atrás y se daba con la espalda contra la pared. También con la cabeza, por lo que volvía a dolerle la herida de la sien.

—Ponlo en el jeep —ordenó Khachayev a Aza y Aslan, que atendieron corriendo su llamada—. Y no olvidéis sus cosas. Probablemente estén debajo de la cama.

—Pesa —dijo Aza al sacar la bolsa que se había confeccionado Viktor.

—Ábrela.

Aza la puso encima de la cama, desabrochó los tres botones de abrigo que la cerraban y, ya se disponía a curiosear en el interior, cuando Khachayev le pasó un tazón de Winnie the Pooh.

—Mete esto y cierra la bolsa. Nosotros no andamos registrando las cosas de los demás.

Aza puso la bolsa en el suelo detrás del conductor, Khachayev se sentó junto a Aslan y el jeep arrancó volviendo sobre sus propias roderas en la nieve.


Tres horas después el jeep se detuvo y apagó los faros. Pasaron tres helicópteros en dirección a las montañas; Khachayev siguió el ruido con cara de preocupación, recostado en el asiento. Poco después se presentó una furgoneta con una cruz roja sobre fondo verde, salieron dos rusos en uniforme de faena, intercambiaron saludos y se llevaron a Viktor con su bolsa a la furgoneta.

—Tres cajas de jeringas españolas de un solo uso y antibióticos fuertes dentro de tres días —dijo un ruso—. ¿Los traerá?

—Sí —dijo Khachayev—, pero antes sacad a este tipo sano y salvo y con sus cosas intactas, tal como le he prometido.

El ruso asintió con la cabeza.

Poco después, ambos vehículos se separaron y volvieron cada uno por donde había venido sobre la nieve. En el cielo las nubes se abrieron y brilló el frío resplandor de la luna.

# 64

En razón del bienestar físico y psicológico, hay fronteras que es mejor cruzar en el estado de inconsciencia en que Viktor entró y salió de Chechenia. Pero el hombre de la taquilla de la estación de Taganrog le echó una mirada y meneó la cabeza, con grandes tentaciones de informarle de que dos semanas atrás había muerto de sobredosis una sobrina suya en Nikolayev.

Como le quedaba más de una hora por delante, localizó un kiosko de cervezas y, junto a él, a un viejo que vendía pescado ahumado.

Echó cuentas de los rublos que tenía y decidió que podía permitírselo. Aún tambaleante, compró una botella de Baltika y un pescado ahumado. La cerveza le entró bien, pero el pescado no tanto. La segunda botella le hizo quedarse en el kiosko de cervezas hasta que miró al reloj y se dio cuenta de que solo le quedaban diez minutos para tomar el tren.

—¡Eh, no se olvide la bolsa! —le dijo el vendedor de pescado ahumado.

Viktor, que andaba más lento por lo que pesaba su equipaje, llegó al tren con el tiempo justo.

# 65

Kiev estaba helado. Pasó durmiendo la mayor parte de las dieciséis horas de viaje y eso borró los efectos de cualquier droga que le hubieran dado. Se agachó a tocar la bolsa, encontró el frío metal y lo estuvo mirando. El lingote de oro estaba en el fondo, ya sin envolver, con el tazón de Winnie the Pooh, cosa que le sorprendió. Era increíble que el tocho hubiera sobrevivido a los controles de carretera y hubiera pasado la aduana en la frontera ruso-ucraniana. Estaba todo allí: tarjeta de crédito, ambos pasaportes y un puñado de dólares que siempre eran recibidos con sospecha y normalmente rechazados.

Se lavó las manos en los aseos de la estación y, al verse en el espejo, desgreñado y con una venda mugrienta en la cabeza, se maravilló de que no le hubiera detenido la policía en Taganrog.

Se lavó la cara y volvió a mirarse en el espejo. Debía darse prisa en volver a casa antes de que lo detuvieran. Pero ¿qué era aquello? ¡Tres medallas prendidas del pecho de la guerrera! Alguien había querido gastarle una broma. Fue a quitárselas, pero se lo pensó mejor. Metió las manos en los bolsillos y en uno de ellos encontró una tarjeta y un pase militar arrugado y mugriento a nombre de Kovalyov, Sergei Fyodorovich, sargento. La foto, que faltaba, podía haber sido la suya.

Al salir de los aseos se topó con una patrulla militar, un oficial y dos cadetes. Uno de ellos estuvo a punto de saludar a Viktor pero, al ver que el oficial no lo hacía, desistió. No todo el mundo que llevaba uniforme de camuflaje era un auténtico veterano.

La patrulla siguió su camino.

—Le llevo por poco dinero —se ofreció un conductor al salir de la estación.

—¿Diez dólares?

—Perfecto.

Fue a coger la bolsa de Viktor, pero este se le adelantó.

# 66

—¡Dios! —exclamó Nina horrorizada al abrir la puerta, mientras Viktor permanecía de pie sobre el WELCOME del felpudo buscando las llaves en vano—. Entra.

A sus pies maulló la gata. Se sentó en el suelo, se quitó las botas y desenrrolló sus descoloridas polainas.

—¿Dónde has estado?

Llevaba las pestañas negras de rímel, ni un pelo fuera de su sitio, un sarafán azul y zapatillas de piel. Parecía más de diez años mayor.

—En Taganrog. ¿Dónde está Sonia?

—En casa de su amiga Tania, en el segundo piso... No es una familia feliz —añadió con un deje de preocupación maternal que era nuevo para él—. El hermano está en el registro policial de delincuentes, el padre es vigilante de un aparcamiento y bebe... Pero ¿qué te has hecho en la cabeza? ¿Te has dado un golpe contra algo?

—Alguien me golpeó. ¿Hay vendas en algún sitio?

—Sí.

Fue a la cocina.

Viktor preparó un baño, procurando no mirarse en el

espejo. El ruido del agua corriente era maravilloso después de tanto tiempo.

—¡Nina! —llamó por el ventanuco de encima del baño—. ¿Qué tal un té? ¿Hay algo de comer?

—En seguida está listo —llegó su voz amable y sumisa.

Después de quitarse la ropa, se puso al fin delante del espejo y contempló su cuerpo, que tanto tiempo llevaba sin lavar, y el cochambroso vendaje. Iba a quitárselo cuando vio una maquinilla desechable, una brocha y jabón, así que decidió afeitarse.

Una vez en la bañera, le apeteció sumergirse por completo, pero no lo hizo por el vendaje. Curiosamente, la herida no le había dolido nada en las últimas horas.

Desde la cocina llegaron otros ruidos domésticos olvidados hacía mucho tiempo: el sonido al poner la mesa, el tintineo de una cacerola...

La puerta de la cocina chirrió al abrirse cuando Nina entró en el pasillo.

—¡No toques eso! —exclamó Viktor al oír un sonido metálico procedente de su bolsa.

—No te preocupes, solo estaba poniéndola debajo de las perchas.

Entonces alguien llamó a la puerta en vez de tocar el timbre.

—¡Tía Nina! ¡Tania me ha mordido un dedo! ¡Quiero que me pongas algo! —llegó la voz de Sonia—. ¿De quién es esta bolsa?

—De papá. Ha vuelto.

Se abrió la puerta del cuarto de baño, que él había olvidado que podía abrirse desde fuera, y allí, con la boca abierta, con unos leotardos rojos y una sudadera verde, estaba ella.

—¡Así que te dejaron marchar! ¡Hola! ¿Dónde está Misha?

—Vendrá pronto.

—¿Te han herido?

Él asintió con la cabeza.

—¡Igual que a mí! —levantó el dedo índice de la mano derecha, teñido de marrón por el yodo—. Estábamos jugando a los médicos. Yo le estaba mirando a ella los dientes.

—Ven a ayudarme —dijo Nina—, deja bañarse a papá.

—¡Yo le lavo la espalda!

—La próxima vez —respondió Viktor.

Sonia se encogió de hombros y salió del cuarto de baño.


Comieron en silencio. En seguida comprobó que la urna de Sergei seguía en su sitio, en la repisa de la ventana junto a la estufa de gas, y eso le tranquilizó. De todas formas, mientras comía la salchicha con patatas fritas, los ojos se le iban a la urna, no a Nina, que se había arreglado y se había retocado el maquillaje.

Sonia estaba sentada entre ellos y los miraba con curiosidad, pero no intervino.

Después de comer Nina le quitó el vendaje, le lavó la herida con agua oxigenada, se la vendó y, al ver que le dolía, dijo que debía ir al médico.

—¿Qué día de la semana es hoy?

—Martes.

## 67

Media hora en coche hasta Feofania bajo la nieve le salió por veinte hryvnas.

Al cruzar la puerta del Hospital para Científicos, se dirigió a la Clínica Veterinaria. Una joven atractiva con gafas y pelliza de cordero estaba paseando a un demacrado perro pastor que tenía un problema en las patas traseras.

—¡Vamos, César! —le animaba.

Siguiendo el muy transitado camino de entrada, subió al primer piso y llamó a la puerta del cirujano veterinario.

Igual que en la última visita de Viktor meses atrás, Ilya Semyonovich estaba sentado a la mesa con su bata blanca.

—Usted ha estado aquí antes, con un pingüino. ¿Dónde está ahora?

—Lejos de aquí.

—¿Y eso?

Viktor se llevó una mano al vendaje.

—¿Podría verme?

—Hace mucho que me pasé de los humanos a los animales.

—Es usted el único médico que conozco.

—Siéntese en el sofá.

Le quitó el vendaje, se puso las gafas y se inclinó sobre la herida.

—¿Desde cuándo tiene esto?

—Desde hace varias semanas.

Ilya Semyonovich sacó pinzas, algodón y desinfectante de un armario con frente de cristal.

—Sea valiente, esto le va a doler —le advirtió mientras mojaba las pinzas en el desinfectante para limpiar la herida.

Viktor apretó los dientes, cerró los ojos y se estremeció de dolor de la cabeza a los pies.

—¡Ya está! ¡Túmbese un poco!

Mientras estaba tumbado mirando al techo, el dolor fue remitiendo, dejándole con una intensa sensación de quemazón en la sien derecha.

—En fin, señor de los Servicios de Emergencia, ¿cree usted que vivirá? —se rio Ilya Semyonovich—. Levántese y mire lo que le he encontrado.

Era un trozo de cristal de botella del tamaño de una moneda de dos kópeks.

—Quedará cicatriz, por supuesto. Estaba profundo, cerca del hueso. Venga a verme dentro de un par de días.

—¿Qué le debo?

—Digamos que ahora trato a los humanos como hobby, gratis. Pero no admito quejas por el tratamiento. Usted vino por su propia voluntad.

# 68

Esa tarde, mientras Nina y Sonia estaban viendo una serie mexicana por televisión, Viktor se encerró en la cocina, sacó la máquina de escribir de debajo de la mesa, le quitó el polvo y puso una hoja de papel en el carro. Sentía la necesidad de ocuparse en algo, evadirse de una maraña de pensamientos contradictorios, que se le iban a Chechenia o a un pasado más remoto, para acabar de repente en la pregunta «¿Y ahora qué?». Era una pregunta suspendida en el vacío y tuvo la sensación de estar él mismo igualmente suspendido, así que miró hacia abajo para ver si tenía los pies en el suelo y funcionaba la ley de la gravedad.

Contempló la hoja en blanco, pero el cerebro se negaba a funcionar. Era un vacío más interior que exterior y estaba empezando a irritarle. Por fin tecleó las palabras «¿Y ahora qué?» y se sintió mejor. Una vez materializada, convertida en texto, la pregunta dejó de ocuparle el pensamiento.

Pasó por el cuarto de estar donde Nina y Sonia veían la tele y se dirigió a la habitación, cerró la puerta y se metió debajo del doble edredón de plumas. Después soñó que había otro cuerpo a su lado y se retiró al borde de la cama.

A la mañana siguiente durmió hasta las once. Nina estaba fuera, pero Sonia le abordó cuando salía en calzoncillos y camiseta de la habitación y le preguntó por Misha.

—Pronto estará aquí —la tranquilizó. Ella volvió contenta a practicar con la escritura.

Fue a la cocina, puso la tetera y, al ver la máquina de escribir, fue a guardarla debajo de la mesa, pero en ese momento se fijó en que el papel tenía otro texto mecanografiado y lo leyó:

¿Y ahora qué?, preguntas, Viktor. No lo sé. Sigo queriendo que seamos una familia, Sonia, tú y yo. Si quieres tendré un hijo tuyo, entonces todo irá mejor. Seguro. Conozco a alguien que también tenía problemas con su marido hasta que tuvieron hijos. Prometo obedecerte y te pido perdón por lo de Kolya. Te quiero, Nina.

Sacó la hoja de la máquina de escribir y volvió a leerla, meneando la cabeza como si le engañara la vista. ¿Qué le había pasado? ¿Tener un hijo suyo? ¡Qué tontería!

Volvió a poner la hoja en la máquina de escribir con intención de escribir una respuesta, pero acabó dejando la máquina en su sitio debajo de la mesa y se asomó a la ventana.

La nieve resplandecía al sol. Una mujer de mediana edad estaba empujando un cochecito de niño por la manzana de enfrente. Estuvo un rato mirando la ventana de la señora Tonia, recordando su infancia. Ahora sentía la falta de raíces o, aunque fuera, hilos que enlazaran su presente con el pasado. Era como sentirse desgajado de la vida en carne propia, como existir en un mundo virtual, irreal. Como ser visto o simplemente reconocido por muy pocas personas para sentirse real. Tal vez no fuese más que un espectro que se manifestaba allí, en su casa, sin derecho a salir de aquellas cuatro paredes.

¡Pero tenía que ir a algún sitio! ¡Pasarlo bien, respirar aire fresco! ¡Salir de casa, recuperar su Kiev, su propio ambiente! ¡Visitar a alguien! Pero ¿a quién?

Pensó en Lyosha, que ya no podía ir a ninguna parte, a quien siempre se encontraba en el mismo sitio.

En el pasillo colgaba la guerrera del MdSE. No le hacía ninguna gracia ponérsela, pero era todo lo que tenía.

# 69

Mientras caminaba por la calle Khreschatik, no tan animada en invierno, libre del estorbo de las polainas de felpa y las botas que le venían grandes, tuvo la sensación de hallarse por fin en casa. Entró en los Almacenes Universales para calentarse un poco y se llevó una sorpresa al ver que ya habían puesto la decoración de Año Nuevo. Pero estaba claro que no bastaba con volver a sentir el ambiente de una ciudad. El ambiente y la vida de un determinado momento tenían que coincidir con el momento que uno estuviera viviendo.

De vuelta en la calle Khreschatik, se giró para mirar la torre de la Casa de los Sindicatos, con su panel permanente de datos cortesía de Adidas: -12º, 13:36, 17 Dic... Esperó a que pasaran todos los datos e imágenes y luego partió en dirección a la plaza de la Independencia.

El Café Afgano estaba abierto, aunque vacío. Ya no le llamaron la atención las mesas bajas y la ausencia de sillas. Lo que era nuevo era la segunda sala. Se sacudió la nieve de las botas y entró.

En la segunda sala había una mesa de billar baja y en la pared, tres máquinas tragaperras como las de las películas americanas de los años setenta, que encajaban a la perfección con el ambiente. Echó una moneda de cincuenta kópeks y tiró de la palanca que hacía girar los tres tambores. Le salieron dos ciruelas y un plátano. Volvió a la primera sala y sacó café de la máquina con una moneda.

—¡Ya voy! —dijo una voz de hombre que no le era familiar y poco después apareció un tipo de unos cuarenta años en chándal y silla de ruedas. Tenía todas las extremidades, pero solo podía mover algunas.

—¿Está Lyosha por aquí?

—¿Qué quiere de él?

—Somos viejos amigos. Me gustaría verle.

El hombre hizo una mueca.

—Lyosha se ha echado a perder. Se ha dado a la bebida.

—¿Dónde está?

—En el albergue de aquí al lado.


La puerta de Lyosha no estaba cerrada. Le saludaron el aire viciado, la mugre y muchas botellas vacías. En un rincón había una silla de ruedas plegada y, en el otro, una cama, donde estaba Lyosha, vestido, con una pernera del pantalón vacía colgando por fuera, dormido con la cabeza hundida en la almohada.

—¡Lyosha!

Este volvió la cabeza hacia la pared. Tenía la cara colorada, el pelo enmarañado y la barba descuidada; en definitiva, el aspecto típico de un vagabundo en la miseria.

Viktor lo zarandeó por el hombro.

—Vamos —insistió.

Lyosha se tumbó sobre la espalda, levantó la vista hacia él y alargó el brazo en busca de una botella.

—¿Qué demonios estás haciendo aquí? —preguntó llevándosela a los labios.

—He venido a verte.

—¿Quieres beber algo?

—No.

—Pues ve a traerme algo para mí. Te lo pagaré. Acaban de aumentarme la pensión de invalidez.

—Espera. Ahora vuelvo.

El conductor del viejo Moskvich, o bien estaba deseoso de hacer una buena obra, o bien no tenía un kopek. Por diez hryvnas no solo se ofreció a llevar a un pasajero discapacitado, sino también a ayudar a Viktor a subirlo a un cuarto piso. La silla de ruedas plegable cupo con dificultad en el maletero.

—¿Adónde me vas a llevar? —preguntó Lyosha.

—A mi casa. A que te pongas bien.

—¿Para qué?

—Para que vuelvas a ponerte en forma.

—¡Qué cojones! ¿Qué es lo que quieres en realidad? ¡Ya han sido las elecciones!

—Nada —dijo Viktor cada vez más irritado—. ¡Te lo debo! Tú le conseguiste trabajo a mi pingüino.

Lyosha puso cara de asombro.

—¿Ah, sí? Recuerdo que conseguí dinero para su operación.

—Mira. Quiero ayudarte. Eres el único de por aquí a quien puedo ayudar.

—Igual que yo, no tengo a nadie. Así que seamos amigos y juguemos al ajedrez —dijo con amargura.

—¡No, desgraciado, se trata de limpiarte, ponerte en condiciones y luego volverte a dejar en tu sucio cuchitril!

No hablaron durante el resto del trayecto.

# 70

No había nadie en casa y lo primero que hizo Viktor fue preparar el baño, mientras Lyosha permanecía en el pasillo contemplando aburrido un plato de leche.

—¿Has cambiado el pingüino por un gato?

Viktor no hizo caso de la pregunta; le ayudó a desnudarse y después a meterse en el baño.

—No te preocupes, estoy en casa de Tania —anunció Sonia asomando la cabeza para, acto seguido, salir disparada.

Viktor le pasó a Lyosha la esponja y el jabón.

—Date un baño mientras preparo algo de comer.

El ruido de las salpicaduras le recordó a Misha y sus baños de agua fría mientras sacaba unos macarrones del armario de la cocina. ¿Dónde estaría ahora? ¿Seguiría con los perros? ¿Cuándo cumpliría Khachayev su promesa? Ellos dos, Lyosha y él, estaban ahora un poco como Misha, desamparados, a la espera... ¿de qué? ¿De comida? ¿De calor? Aunque en el caso de Misha el calor estaba fuera de lugar.

Viktor ayudó a Lyosha a secarse, le dio un chándal viejo y, con esfuerzo, lo llevó hasta la cocina.

Cuando llegó Nina estaban comiendo macarrones.

—Este es Lyosha —dijo Viktor—. Va a quedarse algún tiempo.

—¿Dónde va a dormir?

—Ya veremos.

—Estoy creando problemas —susurró Lyosha después de que Nina se hubo ido.

—La casa es mía. ¿Quieres un poco de té?

—¿No hay vodka?

—No hay vodka.

—Pues té, maldita sea, pero con bien de azúcar.


Sonia se negó a dejar el sofá al visitante, de manera que la cama de Lyosha, sin objeciones por su parte, fueron dos sillas de ruedas unidas en el cuarto de estar.

A la mañana siguiente Lyosha se despertó con una extraña sensación, abrió un ojo y se encontró con una gata lamiéndole la cara. Se la quitó de encima y la gata se alejó perezosa. Se incorporó apoyándose en un codo, vio a Sonia durmiendo en el sofá y se acordó del día anterior y del Café Afgano. Luego, aguzando el oído en medio del silencio, bajó al suelo sin hacer ruido y avanzó como un bebé sobre sus muñones. Como tenía sed, se bebió lo que quedaba de la leche de la gata en el pasillo y luego siguió hasta la cocina. Una vez allí, al leer la hoja que había quedado en la máquina de escribir, tuvo de pronto la sensación de asistir a un funeral en el que, a diferencia de otros en los que había participado, afectaba a sus seres más próximos y queridos. Le acometió un deseo de ayudar. Abrió el frigorífico y no encontró vodka.

## 71

Los primeros días de adaptación de Lyosha no fueron fáciles, aunque la espontaneidad de Sonia le brindó un poco de distracción. La niña le preguntó qué tranvía le había rebanado las piernas.

—Un número once —dijo él—, conducido por una mujer ciega.

—¿Duele cuando te las cortan? —quiso saber ella.

—Normalmente sí, durante bastante tiempo, pero a mí dejó de dolerme pronto.

—¿Sabes que serías un buen marido? —soltó después de pensárselo un momento.

—¿Cómo es eso?

—Porque te quedarías en casa y no andarías por ahí. ¿Tienes niños?

—No.

—Pues entonces tienes que casarte.

Nina y Lyosha apenas cruzaban palabra. Cuando se encontraba con él, Nina sonreía y se retiraba a la cocina o a la habitación, pensando en a saber qué. Impresionado por cómo lo había aceptado, Viktor empezó a pensar con más calidez en ella, aunque todavía no se volvía para abrazarla en la cama doble que compartían por la noche.

Un día, sin mediar palabra, Nina fue a la oficina de correos con el paquete para los padres de Seva, mientras él iba a Feofania, donde Ilya Semyonovich le curó la herida y le tranquilizó, diciéndole que en un par de días podría quitarse la venda.

Así pues, la vida iba ordenándose poco a poco. Su único motivo de angustia era la ausencia de mensajes de Khachayev.

—¿Vendrá Misha para Año Nuevo? —preguntaba una y otra vez Sonia—. Porque si viene, tendrá que tener un regalo.

Precisamente en los regalos de Año Nuevo pensaba él al bajar la bolsa de encima del armario y comprobar que el tocho de oro seguía en su sitio. La capa de cenizas que aún tenía adherida le impulsó a ponerlo debajo del grifo del agua caliente para quitar todo rastro del horror y el dolor que evocaban.

Antes de devolver el tocho a la bolsa y volver a ponerla encima del armario, rescató el tazón de Winnie the Pooh y se lo llevó a la cocina, donde encontró a Lyosha sentado a la mesa en la silla de ruedas, enfrascado en la lectura de los periódicos de la víspera, que Nina había comprado a petición suya.

—¿Sabes una cosa? —dijo—. Ahora la vida, como solía decir el camarada Stalin, «es más alegre, más jubilosa». No he tocado un periódico en tres meses y me he puesto a beber. ¡Y mira lo que escriben ahora! En Rusia mueren al año diez mil personas por beber vodka casero y, en Ucrania, cuatro mil. ¿Qué te parece?

—Otra buena razón para no beber.

Lyosha se echó a reír.

—Como si hiciera alguna falta. ¿Vas a conseguir champán para Año Nuevo?

—Ya veré —contestó Viktor.

—¿Un regalo para Sonia? —preguntó al ver el tazón de Winnie the Pooh.

—No, es mío.

## 72

**Cuatro días antes de Año Nuevo**

Cambió el grueso fajo de arrugados billetes de un dólar, una divisa incómoda en esa zona, por doscientas treinta miserables hryvnas y, como vio que no le bastaba, volvió a casa a por la tarjeta de crédito del banquero.

Cuando el cajero automático le dio la modesta cantidad de mil hryvnas que había pedido, casi tuvo miedo de que alguien se las quitara. Pero no había nadie bajo la nieve, que caía suavemente, más que un hombre con una palanca partiendo el hielo en la puerta de su restaurante de pescado.

Los únicos a quienes tenía que comprar regalos eran Sonia, Nina, Lyosha y tal vez Svetlana. Estaba de buen humor al entrar en los Almacenes Universales. Primero, el departamento de juguetes. Sonia ya no tenía edad para jugar con Barbies, pero tampoco estaba claro con qué. Trató de recordar qué juguetes suyos había visto por casa. Desde luego, muñecas, no. ¡Ah, le habían mordido un dedo! Hospitales, dentistas...

Pero no le gustaron los maletines de médico de juguete. En cambio, sí le gustó un enorme pingüino de peluche que había en una balda alta y costaba noventa y cinco hryvnas. Dio otra vuelta por los expositores hasta que encontró un juego de médico, una bolsa de plástico con jeringa, pinzas, estetoscopio y pera de irrigación. Después de pagar, trató de ponerle la bolsa al pingüino, pero no pudo.

A Nina le compró una caja grande de maquillaje turco, que no le costó mucho.

Al lado de la sección de Cosméticos estaba la de Regalos, con una chica alta vestida como la Reina de las Nieves.

—Vengan, señores —llamaba—, ¡el regalo ideal para la mujer amada!

Y aunque en aquel momento él no amaba a ninguna, se vio arrastrado a la mesa donde se exponían unos delicados juegos de café.

—Vengan, no sean vergonzosos, lean lo que vaticinan los posos del café.

Ya se había concentrado un grupo de hombres.

—Les haré una demostración.

Echó una cucharada de posos de la cafetera en una taza, volcó la taza sobre el platillo y esperó, como hacen los magos, antes de mostrar las mismas imágenes eróticas que había visto en Moscú.

—Juego de seis tazas con sus platillos, cada uno con su sorpresa especial. Vean lo que les depara el futuro en cuestiones de amor, dinero y felicidad.

Viktor se preguntó si el amor y la felicidad eran cosas distintas y llegó a la conclusión de que sí.

—¿Se venden sueltas?

—Por supuesto. Una taza y un platillo, siete hryvnas. El juego completo, cuarenta y dos hryvnas. ¿Qué tema desea?

—Amor.

Mientras envolvía la taza y el platillo en papel de regalo se fijó en que la chica tenía los dedos increíblemente largos y esbeltos.

—¡Feliz Año Nuevo! —dijo al entregarle el paquete.

Lo más indicado para Lyosha era una jarra de cerveza bávara por doscientas hryvnas, o lo habría sido de no guardar relación con la bebida. Mejor algo neutro, una agenda de bolsillo de piel con dietario y calculadora.

Al final no le compró nada a Svetlana porque no quería ir a verla, al menos de momento.


Cuando volvió a casa, Sonia le llevaba una taza de té a Lyosha. Le gustaba ayudarlo y él, aunque estaba muy lejos de ser un desvalido, se dejaba ayudar.

—Dos cucharadas, por favor. O mejor tres.

—El azúcar es malo para ti. Te voy a poner una y media y alégrate de que no te ponga solo una. ¿Tienes idea de cuántas enfermedades provoca el azúcar?

—Para empezar, la diabetes.

—¿Eso es en la tripa?

—No, en la sangre.

—El dolor de tripa es otra cosa, te lo da el azúcar del chocolate.

Lyosha se tomó el té y miró por la ventana. No le

resultaba muy cómodo estar sentado a la mesa de la cocina. Sonia y él estaban entonces a la misma altura.

Estaba nevando. Las luces del edificio de enfrente se encendían una tras otra. También habían dado ya la suya en la cocina. Al volverse hacia Sonia, que estaba sentada al lado del fogón, Lyosha se fijó en la urna verde de la repisa de la ventana.

—¿Qué hay en esa vasija?

—Un amigo del tío Viktor que murió en algún lugar de Moscú. La tía Nina lo sacó al balcón, pero cuando el tío Viktor volvió a casa lo puso otra vez ahí.

Lyosha se quedó callado, evocando con tristeza los entierros que en otro tiempo fueron su trabajo, así como los banquetes funerarios, los ataúdes caros y la maravillosa paz del cementerio. Belleza desprovista de alegría. Tranquilidad.

—¡Bebe antes de que se enfríe! —ordenó Sonia—. ¿Quieres que te haga un sándwich de salchichón? Está bueno este salchichón.

—Sí, gracias.

Esa tarde, después comer, mientras estaban sentados delante de la televisión, sonó el teléfono, lo que hizo que Viktor se sobresaltase.

Lo cogió Nina.

—Es para ti —le dijo a Viktor.

—¿Viktor? —preguntó una voz de hombre—. Tengo algo para usted... Diez K, y es un precio justo.

—¿Diez K?

—Diez mil dólares. Le llamaré mañana al mediodía para decirle dónde se lo doy. Y no intente ninguna maniobra. ¡Ánimo!

—¿Quién era? —preguntó Nina inquieta.

—Misha ha vuelto.

—¡Hurra! —exclamó Sonia, antes de fijarse en la mirada de desesperación de Viktor.

—¿Qué pasa? —preguntó Nina.

—El dinero. Creía que me lo iban a traer gratis.

—Te refieres a Misha —dijo Lyosha.

—Sí.

Y de pronto a Viktor se le ocurrió algo.

—Volveré tarde —dijo al salir de casa.

# 73

Goloseyevo parecía un lugar de cuento de hadas, con los tejados cubiertos de nieve y algún que otro abeto iluminado.

En casa de Andrei Pavlovich había un abeto iluminado de más de tres metros de altura. El $4 \times 4$ de Pasha estacionado en el patio de gravilla indicaba que al menos este estaba allí y, en efecto, fue Pasha quien abrió la puerta lateral después de que Viktor llamara al timbre.

—¡Justo estaba hablando de usted con el jefe! —dijo en tono alegre—. ¿Un café?

—Gracias.

—Pavlovich volverá dentro de media hora —dijo Pasha mientras se sentaban en la cocina—. Ahora que es diputado vuelve casi siempre antes de medianoche.

—¿Diputado? La última vez era solo ayudante.

—Entró después, en una elección parcial. Y está muy contento. Según él, hay mucha buena gente y, como en todas partes, unos pocos como para tirarlos de noche por un puente.

Sonó un claxon y Pasha se apresuró a salir para abrir

las puertas a un Mercedes negro oficial, del que se bajó Andrei Pavlovich con un elegante abrigo oscuro que le llegaba casi hasta los tobillos. El Mercedes se marchó, Pasha cerró las puertas y echó la llave.

—¡Ajá! —exclamó Andrei Pavlovich asomándose a la cocina—. Pasha me ha dicho que teníamos visita. ¡Bienvenido! ¡Debemos celebrarlo como hombres! —exclamó mientras se quitaba el abrigo y se quedaba con un elegante traje oscuro—. El café es para las mañanas. Ahora toca coñac. ¿Aquí o arriba?

—Aquí es más democrático —dijo Viktor, pensando que la cocina era más apropiada para el favor que tenía que pedirle.

—¡Coñac, Pasha! —ordenó, sentándose con Viktor a la mesa del rincón—. ¡Ahora soy un demócrata! Entré como demócrata nacional, pero a esa gente lo que le importa es hablar ucraniano; la independencia y la economía vienen después. Pero ¿qué ha estado haciendo usted en Moscú todo este tiempo?

Viktor le contó toda la historia.

—¿Diez mil, eh? ¿Por qué no se lo quitamos, liberamos a su pingüino y damos el dinero a la beneficencia?

Viktor no dijo nada. Andrei Pavlovich se mordió los labios, pensativo. En ese momento apareció Pasha con una botella de Hennessy y vasos a juego. Sirvió y se retiró sin decir nada.

—¿Cómo lo ve, como un préstamo o como un regalo?

—Como un préstamo.

—Supongo que tiene usted con qué responder —dijo con una sonrisa malévola—. Acciones, preferiblemente algo de renta fija.

—Tengo una tarjeta de crédito, pero no sé cuánto hay en la cuenta. Y tengo una buena cantidad de oro.

—¿Decente?

—No. —Andrei Pavlovich meneó la cabeza—. No como para ofrecérselo a un diputado. De acuerdo, vamos a beber y ya pensaremos algo.

Pavlovich se inclinó hacia delante.

—¿De qué es esa cicatriz?

—De la botella de vodka de un soldado ruso.

—¿Había rehenes rusos?

—Solo rusos.

—Una lástima, porque podríamos haberlos rescatado. Los rusos se los dejamos a los rusos. ¡Menuda cicatriz! ¡Llévela con orgullo! ¡La puerta de un diputado está abierta de par en par a una cicatriz así! Y ahora, ¿qué hacemos con su pingüino?

—Van a llamarme mañana al mediodía.

—Es usted un buen tipo —dijo Andrei Pavlovich—. Y con su cerebro ya es hora de que tenga un trabajo adecuado y gane dinero de verdad. ¿Todo bien en casa?

—Sí.

—Espere un minuto.

Salió de la cocina y volvió con un fajo de billetes de cien dólares, sujetos con una goma, que puso encima de la mesa delante de Viktor. Iba a rellenar los vasos, pero titubeó al ver la mirada de alarma en la cara de Viktor.

—¿Qué pasa?

—Quien sirve la primera vez, sirve siempre —dijo Viktor acordándose del cumpleaños de Seva y sus consecuencias.

—¿Supersticioso, eh? De acuerdo. ¡Pasha! ¡Rellena los vasos!

—¿Cuándo quiere el aval del préstamo? —peguntó Viktor después de que Pasha hubo salido.

—Cuando, desnudo y hambriento, vaya yo a pedirle cobijo —rio Andrei Pavlovich—. No, considérelo su primer año de salario como mi colaborador para asuntos humanitarios. Al fin y al cabo, es usted nuestro experto en beneficencia. ¿Se acuerda de las piernas artificiales?

Pero Viktor ya no le estaba escuchando. Lo único que le importaba era Misha y los medios para rescatarlo. ¿Por qué no volver a trabajar para Andrei Pavlovich? Siempre sería mejor que sentarse a esperar que surgiera algo. Debía volver a la vida, ganar dinero...

—Su primer trabajo consistirá en encontrar algún orfanato pobre, elegir unos veinte chicos que lo merezcan y traérmelos aquí el treinta de diciembre a mediodía —continuó Pavlovich—. Para lo del árbol y los regalos, una vez que haya avisado usted a la prensa, claro. Pasha le dará los números de teléfono. ¿Algún problema?

Viktor negó con la cabeza.

—Que los chicos no sean de Kiev, a los mayores los identifican. ¡Pasha! —gritó—. Lleva a Viktor a casa y encárgate de que los chechenos no le molesten.

Se volvió hacia Viktor, que estaba guardándose los dólares en la guerrera del MdSE.

—¿Sigue teniendo mi número?

—Sí.

—Y aquí tiene trescientos dólares para ropa. ¡Que sea la última vez que le veo en uniforme militar!

## 74

**Tres días antes de Año Nuevo**

A la mañana siguiente pisó a la gata cuando iba al cuarto de baño y otra vez mientras ponía la tetera a hervir. Lyosha, con grandes suspiros, trataba de levantarse como podía de su cama improvisada para instalarse en la silla de ruedas. Sonia estaba echada en el sofá haciendo zapping en busca de dibujos animados. La única que permanecía en silencio era Nina, tumbada y mirando al techo, pensando agobiada en el día que le esperaba, en que no había sitio con Lyosha en casa y en que sería aún peor cuando Viktor trajera a Misha.

Viktor se sentó en la cocina comido por los nervios. Volvió a comprobar que los dólares estuvieran en su sitio. Miró el reloj de la pared. Las siete y media. Muy pronto. Fuera todavía estaba oscuro, salvo la brillante luz amarilla de las ventanas de enfrente.

Le entró hambre y decidió no esperar a los demás. Lyosha no tenía prisa por ir a la cocina. Había ido a la puerta del balcón y estaba contemplando cómo surgía despacio de entre las sombras la mañana invernal. Estaba esperando a que Nina entrase al cuarto de baño. Después le tocaba a él. Sonia era siempre la última.

Viktor se tranquilizó un poco después de tomar unos huevos fritos. El tiempo pasaba despacio. Faltaban tres horas para que le llamaran por teléfono.

Llamaron justo a mediodía.

—¿Tiene el dinero? Entonces a las ocho, en el Hydropark. Cruce el puente peatonal por debajo del restaurante Mlyn y espere a ver un coche que le echará dos veces las largas. ¿Entendido?

—¿Y bien? —preguntó Lyosha cuando Viktor hubo colgado.

—A las ocho. En el Hydropark.

—Iré contigo.

—Mejor esperas aquí.

Lyosha suspiró.

—Acuérdate de llevarle algo rico de comer a Misha.

—De acuerdo.

A continuación, Viktor telefoneó a Andrei Pavlovich y se puso Pasha.

—Me alegro de que seas tú —le dijo Viktor—. Necesito ayuda esta tarde.

—El jefe dijo que llamarías sobre las doce para decir dónde.

—Delante del restaurante Mlyn a las seis.

—Allí estaré.

# 75

Viktor fue el único en apearse en la estación de metro del Hydropark. El tren siguió a la orilla izquierda y él permaneció unos momentos bajo los relojes digitales mirando a todas partes. Más allá del bien iluminado andén, todo era oscuridad. Un reloj marcaba las diecisiete y cuarenta cinco y el otro recordaba infatigablemente cuántos minutos y segundos habían pasado desde el último tren.

Comprobó que el pesado fajo de dólares estaba en su sitio en el bolsillo interior de la cazadora y se dirigió a la salida. Como los kioskos y cafés estaban cerrados, la pequeña plaza vacía evocó en él la tristeza y la nostalgia de otros veranos pasados en los que el futuro no importaba. Un ruido de cristales le indicó que había un vagabundo revolviendo papeleras en busca de botellas para cobrar los cascos.

Cuando llegó al puente peatonal se animó al ver que las ventanas del restaurante estaban iluminadas. Al menos había alguien en aquella isla invernal de esparcimiento veraniego. Cruzó el puente y vio el conocido 4 × 4 esperando delante del restaurante.

Pasha y él entraron a tomar un tentempié y un café. Pasha propuso ocultarse en la zona del Mlyn en espera de acontecimientos e intervenir en caso de que se llevaran el dinero sin entregar a Misha.

—Así que no hay que preocuparse —dijo mostrando una pistola automática con silenciador; y Viktor se tranquilizó.

A las ocho estaba al otro lado del canal, bajo una solitaria farola; todo era oscuridad tras él y, a lo lejos, las luces del metro y el zumbido del tráfico. La vida seguía su curso, indiferente al clima mortecino del Hydropark en las noches de invierno.

Encendieron dos veces las luces largas y Viktor, tras volver a comprobar que los dólares estaban en su sitio, echó a andar hacia la mitad del puente.

Se cerró la puerta de un coche y avanzaron dos hombres con pellizas de piel de cordero con el cuello alzado y la cara oculta por bufandas y gorros de esquí.

—¡El dinero! —pidió uno.

—¿Y mi pingüino?

—En el coche.

Viktor le entregó los dólares.

—Correcto —dijo el checheno después de contarlos; luego añadió—: ¿Qué tal dos mil para usted? Por darnos la dirección de alguien del negocio del gas.

—No tengo amigos en ese sector.

—No tienen por qué ser amigos.

—Lo siento.

—No pasa nada.

Los dos hombres volvieron al coche a grandes zancadas. Se oyó una puerta, arrancó el motor, se encendieron los faros y según el coche se iba marcha atrás, apareció un bulto pequeño sobre la nieve.

—¡Misha! —exclamó Viktor echando a correr hacia él.

El pingüino fue a su encuentro despacio, arrastrándose como un anciano al caminar.

Viktor se agachó para abrazar a su pingüino y se puso a llorar bajo la mirada cálida de los ojillos negros de Misha.

Camino de casa, Viktor compró medio kilo de salmón fresco y una bolsa de langostinos en el supermercado.

—Terriblemente flaco, ¿verdad? —dijo Pasha después de haberlo mirado varias veces de reojo—. Se les ve tan gordos por la tele...

—Tú también estarías flaco si te hubieran tenido en una caseta alimentado a base de gachas.

—¡Bastardos! —soltó Pasha—. Habría que matarlos.

Como tenía cosas que hacer, Pasha dejó a Viktor en su casa y le dio su tarjeta: «Ayudante de Seguridad de Diputado», con un número de móvil.

Viktor tomó a Misha como si fuera un niño y subió hasta el cuarto piso. Abrió la puerta Sonia, que llevaba un vestido vaquero y leotardos blancos.

—¡Hurra! —exclamó aplaudiendo—. ¡Ahora echaremos a la gata fuera!

Viktor puso a Misha en el suelo, en el pasillo, se quitó la cazadora y se descalzó y, sentándose junto a Sonia, le dijo que no con el dedo.

—No, no podemos hacer eso. Primero porque nosotros no echamos a la calle a los animales de compañía, aunque arañen. Y segundo porque Misha está de visita y tarde o temprano se irá a su tierra.

Pero Sonia no le estaba atendiendo. Estaba contemplando a Misha y Misha le devolvía la mirada, como si estuvieran evocando el pasado.

—La tía Nina y yo hemos ido al supermercado y le hemos comprado hígado de bacalao.

—No come cosas enlatadas —dijo Viktor, pero en seguida se preguntó si ahora ya sí.

—Pues yo sí. Me gustan. Y ahora vamos a la cocina. Llevamos media hora esperando.

Una botella de champán, cuencos de ensalada, un olor a asado y el chisporroteo de algo en la sartén anunciaban que se disponían a celebrarlo.

Viktor se sentó en su sitio de costumbre y vio a Misha dirigirse con algún titubeo al cuenco de comida de su taburete al lado del fogón.

—¡Mira cómo se acuerda! —exclamó Sonia contenta.

Lyosha abrió el champán y dejó escapar el corcho, que fue a dar en el techo y cayó detrás de la cocina.

—¡Yo también quiero! —exclamó Sonia; y Lyosha le sirvió.

—Eres muy pequeña —dijo Viktor.

—No, ya he bebido antes, ¿verdad, tía Nina?

Al final le dieron un poco a Sonia y brindaron por Misha.

Misha echó un vistazo general desde su cuenco de salmón y langostinos aún congelados y se quedó mirando a Viktor.

## 77

## 29 de diciembre

A la mañana siguiente Viktor llamó a la Seguridad Social de la región en calidad de ayudante de diputado —como le había aconsejado Pasha— y le dieron los números de teléfono de los orfanatos.

El director de uno de ellos fue derecho al grano: llevarse a los niños costaría quinientos dólares más gastos de transporte. Viktor le colgó, marcó otro número y esta vez le salió bien. La directora era una mujer con una voz bonita, clara y cálida y se alegró sinceramente al oírle. Sería un auténtico regalo para los niños, según le dijo, y le contó cómo se iba hasta allí.

Los últimos doce kilómetros eran una pista de tierra y no estaría mal que fueran con un vehículo apropiado. Viktor dijo que iría al día siguiente a las nueve de la mañana.

Animado por el éxito de su primer trabajo, decidió llevar a Sonia y a Misha a dar un paseo.

—¿Crees que podrías llevarme a mí también? —preguntó Lyosha.

—Por supuesto.

Mientras Viktor bajaba a Lyosha, Nina se encargó de la silla de ruedas y se sumó al paseo.

Una mujer mayor que estaba sacudiendo un felpudo se quedó atónita al ver al pingüino y a continuación al hombre sin piernas al que empujaba una joven con un abrigo largo azul. Conocía al de la cazadora de camuflaje, le había visto crecer. La niña pequeña debía de ser su hija.

—Vamos a los palomares —dijo Sonia.

En los palomares había un hombre corpulento paseando con un perro pastor, hacia el que fue Misha a toda velocidad, balanceándose cómicamente. El perro pastor se quedó clavado, aguzó las orejas y se apartó de un salto en cuanto llegó Misha.

—¡Llévense esa cosa de aquí! —gritó el dueño del perro—. ¡Debería llevar correa!

—¿Por qué? No muerde —dijo Sonia abrazando a Misha.

### 30 de diciembre

El camino al orfanato resultó largo y difícil. El autobús
que había alquilado Pasha había conocido tiempos mejores y le costó sortear los baches y grietas del asfalto o,
mejor dicho, lo que quedaba del asfalto con que habían
cubierto la pista de tierra en época soviética. Estaba en
dirección a Chernobyl, pero se desviaron a la izquierda
quince kilómetros antes de la zona prohibida.

—¡Vaya sitio! —dijo el conductor meneando la cabeza al ver la señal de velocidad máxima a treinta kilómetros por hora—. ¡Aquí no se puede ir a treinta por hora ni
en un tanque, se le caería la puñetera torreta!

Se detuvieron en una cabaña con el rótulo de *Correos*
al llegar a la única calle del pueblo de Kalinovka. Viktor
entró a preguntar el camino al orfanato.

—Siga hasta el final de la calle Lenin y lo verá a mano
izquierda. Es un edificio de dos plantas —dijo una mujer
con pañuelo a la cabeza, que levantó la vista de la *Gaceta
de las Pensiones* que estaba abierta ante ella.

El bloque de ladrillo rojo del orfanato se levantaba en un jardín recién plantado y parecía el único edificio construido en los últimos veinte años. Delante de la puerta principal había una zona despejada de nieve, pavimentada con losas cuadradas y rodeada de bancos de madera, a la que se llegaba por un sendero igualmente despejado de nieve.

—¡Conque nos ha encontrado! —exclamó contenta Galina Mykhailovna mientras salía a su encuentro—. Los niños me habían dicho que ya venían, estaban esperando a verlos.

Entonces fue Viktor quien los vio a ellos: un buen puñado de niños entre los seis y los trece o catorce años que salieron corriendo al ver el autobús. Por lo menos treinta, cuando él solo había pedido veinte.

—¿Luego nos trae de vuelta, verdad? —preguntó Galina Mykhailovna—. He mandado a casa a la cocinera porque no se queda nadie a comer; ella traerá algo para cenar, tiene un caballo y un carro.

—Por supuesto que los traeremos —dijo Viktor mientras llamaba a Pasha por el móvil que este le había regalado.

—Son cuarenta y dos, no veinte, y me los voy a llevar a todos.

—Solo hay veinte regalos.

—Consiga más. Andrei Pavlovich los pagará.

—¿Los pagará usted si no?

—De acuerdo.

Un radiante Andrei Pavlovich, un árbol iluminado y un saco rojo repleto de regalos recibieron a los niños que entraron en tropel por la puerta. El Abuelo de los Hielos y la Reina de las Nieves aplastaron los cigarrillos a medio fumar bajo sus botas rojas y fueron a su encuentro.

—¡Bien hecho! —le dijo Andrei Pavlovich a Viktor al oído—. Ahora vaya con Pasha a por su pequeña y el pingüino. Uno más o menos no se va a notar.

Cuando llegaron, la fiesta estaba en todo su apogeo. El Abuelo de los Hielos y la Reina de las Nieves dirigían el baile alrededor del árbol con música de una minicadena a todo volumen.

Al ver llegar a Viktor con Sonia y Misha, Andrei Pavlovich, que conversaba animadamente con Galina Mykhailovna, quitó la música e interrumpió la fiesta.

—Niños, un gran aplauso para nuestro invitado especial, ¡un auténtico pingüino vivo!

Los niños aplaudieron y se arremolinaron alrededor de Misha.

—Pero no debéis tocarle —dijo Sonia en tono protector.

A una señal de Andrei Pavlovich, el DJ volvió a poner la música.


Se presentó un coche del Canal 1 de televisión y se bajaron una chica y dos cámaras. Viktor prefirió no quedarse a verlo, entró en la casa y subió a su antigua habitación. Se sentó en la cama. Seguía con la misma manta, como si después de él allí no hubiera estado nadie más.

El Año Nuevo anterior lo habían pasado en la dacha del policía Sergei. Entonces todavía no estaba Nina. Quien sí había estado era el barbudo Lyosha, aún con piernas, viendo a Misha por primera vez. Todo eso había pasado hacía justamente un año.

Llegaban de abajo las voces de los niños cantando:

*En el bosque había un abeto,*
*En el bosque...*

Fue a la ventana. Apenas nevaba. En ese momento podría haber estado todavía en Chechenia, celebrando el Año Nuevo en el cobertizo del horno, si no ya entre las cenizas.

Bajó donde estaba el Abuelo de los Hielos repartiendo los regalos y vio que solo quedaba uno.

—Deben de tener hambre —le dijo a Andrei Pavlovich.

—Llévelos a McDonald's —le respondió él dándole doscientas hryvnas—. Gracias por lo que ha hecho por mi imagen. Tómese libre el día de Año Nuevo. Llámeme el día dos. O antes, si se aburre.

Una vez repartidos los regalos, cesó la música. El conductor arrancó el autobús. Los niños corrieron hacia las puertas abiertas.

—No podría agradecérselo lo bastante —le dijo Galina Mykhailova a Viktor—. No se hace usted idea de lo que significa para ellos, su primera visita a Kiev.

—Y ahora —anunció Viktor— vamos a ir a McDonald's.

La mujer tenía los ojos llenos de lágrimas. Quiso hablar, pero no pudo.

—¿Nosotros también? —quiso saber Sonia.

Viktor preguntó quién quería llevar a Misha encima al ver que por cada dos asientos iban tres niños y que solo quedaba sitio para ir de pie.

—¡Yo, yo! —llegó de todas partes.

Lo dejó con suavidad sobre una niña pequeña con un gorro de lana azul del que asomaban unos rizos rubios.

El autobús arrancó.

# 79

El piso estaba muy caldeado, confortable y tranquilo y, sin embargo, la nieve golpeaba en la ventana. Viktor no tenía nada de sueño.

Nina dormía profundamente en el borde de la cama, como queriendo dejarle el máximo de sitio y quedar fuera de su alcance.

Estuvo un rato mirándola, pensando en la palabra «huérfano», como venía haciendo desde la fiesta de la víspera, tal como la había usado Sonia cuando volvían a casa en autostop desde el McDonald's.

—¿Es verdad que son todos huérfanos, como decía una niña? —había preguntado.

—Sí.

—Igual que él y yo.

El conductor, que no se había dado cuenta de que «él» era Misha, se volvió a mirar sorprendido.

Viktor le explicó a Sonia que ella no era huérfana, porque le tenía a él, a la tía Nina y a Misha.

—¿Y qué pasa con el tío Lyosha?

Viktor se encogió de hombros. Se acordó del largo apretón de manos de Galina Mykhailovna al despedirse.

—Venga a visitarnos —le suplicó—. Tenemos un ria-
chuelo cerca. En primavera es muy bonito. Hay castores
y nutrias. Podríamos darle alojamiento por la noche.

Le prometió que iría, sabiendo que no iba a hacerlo.
De haber estado en su lugar, Khachayev jamás habría
prometido algo que no tuviera intención de cumplir, se
le ocurrió mientras permanecía allí en la oscuridad. No le
había costado nada prometérselo y eso había hecho que
Galina Mykhailovna regresara contenta a Kalinovka,
que estaba en el quinto pino.

Viktor cogió la bata, pasó de puntillas por el cuarto
de estar y se encerró en la cocina. Dio la luz y entornó los
ojos ante el repentino resplandor.

Pensó en sacar la máquina de escribir, pero se acordó
del ruido que hacía. Optó por coger papel y sentarse en
su sitio de costumbre, pero la contemplación de la hoja
en blanco lo dejó sumido en la inmovilidad.

Le sobresaltó el chirrido de la puerta de la cocina al
abrirse. Era Misha, que se quedó plantado mirándole fijamente.

—¿Quieres comer algo?

Pero el pingüino siguió mirándole como un ser superior que estuviera observando sus acciones y sus pensamientos.

Viktor escribió «Misha» en la hoja de papel, le miró
y después añadió «repatriar». Poco después, por voluntad
propia, la mano añadió un signo de interrogación.

# 80

Lo primero que hizo Sonia al despertarse fue mirar por toda la casa, poner mala cara y desear a Lyosha, que aún tenía la cabeza debajo de la manta, un cortante buenos días.

—¿Qué pasa? —preguntó él soñoliento.

—¿No lo sabes? Hoy es el día de Año Nuevo.

—Es mañana, no hoy.

—Pero esta noche es cuando viene el Abuelo de los Hielos. ¿Y dónde va a poner los regalos? No hay árbol. La casa está desordenada. Como si no fuéramos limpios.

Lyosha la miró boquiabierto, como si estuviera oyendo hablar a Nina, aunque no con tantas palabras.

—Díselo a papá. Todavía hay tiempo de comprar un árbol —propuso.

—¡Eso voy a hacer! —dijo la niña enfadada.

—Tío Viktor, ¿dónde estás? ¡Tenemos que comprar un árbol!

—Aquí —contestó este desde la cocina, y Sonia fue corriendo.

Compraron el árbol en la puerta de la tienda de alimentación, por tres hryvnas, a una vagabunda andrajosa que llevaba un pañuelo verde con adornos de fiesta. Era pequeño, menos de dos metros, y lo llevaron entre los dos. Sonia iba delante, con la copa en la mano cubierta con una manopla.

Todos participaron en la decoración. Lyosha sacó las cajas de bolas decorativas y les quitó el papel de periódico en el que estaban envueltas. Se molestaban los unos a los otros y Nina rompió dos bolas. Cuando ya no quedaban más por poner, se dieron cuenta de que el abeto parecía un manzano sobrecargado de fruta, salvo que las bolas decorativas no pesaban tanto.

—¡Es el árbol más bonito del mundo! —dijo Sonia—. Pero ¿dónde está Misha?

—Estaba en la cocina —respondió Viktor.

Salió disparada y volvió empujando a Misha.

—¡Venga, hemos hecho todo esto por ti! —le insistía.

Viktor se dio cuenta de que la niña ya era más alta que Misha. El pingüino se acercó balanceándose al árbol y miró debajo.

—No va a haber nada hasta medianoche —explicó Sonia—. El tío Viktor va a comprar cosas y se las dará a Papá Noel, que las dejará debajo del árbol sin hacer ruido mientras nosotros estamos celebrando la fiesta.


El tiempo que faltaba hasta el Año Nuevo pasó increíblemente deprisa. A las cuatro ya había oscuridad, acentuada por una copiosa nevada.

Nina puso la televisión. Estaban reponiendo una antigua comedia soviética en blanco y negro sobre trabajadores de cosechadoras. Unas chicas de una granja colectiva cantaban distraídas, sin que nadie las mirase, y sus canciones llegaban hasta la cocina donde Nina preparaba la carne, Lyosha pelaba patatas como le habían dicho y la gata se relamía por anticipado.

Sonia había bajado a casa de su amiga, de modo que Viktor se quedó en el cuarto de estar sin saber qué hacer, a solas con Misha sobre su manta de pelo de camello, al lado de la puerta del balcón, por cuyas rendijas seguía filtrándose el aire a pesar de haber sellado la puerta con aislante.

—¿Cómo estamos? —le preguntó sentándose delante de él.

Misha lo observó, primero a él y, luego, como si la estuviera señalando, a la puerta del balcón.

—Voy a trasladarte —dijo Viktor, arrastrando la cama de Misha lejos de la puerta.

Misha se apartó y observó.

—Ahora vamos a salir a airearnos.

Fue a la cocina, felicitó a Nina y Lyosha por la decoración del árbol, cogió el tazón de Winnie the Pooh y una minibotella de coñac del armario de la cocina y salió.

Ni Nina ni Lyosha se volvieron a mirar.

Sonó el ruido del aislante al despegarse cuando Viktor abrió la puerta del balcón; con la ráfaga de aire frío entró nieve que, al tocar el suelo, se derritió.

—¡Fuera, Misha!

Misha obedeció, se instaló alegremente en la nieve

y después miró hacia atrás, como esperando que Viktor también saliera.

Así lo hizo, en lugar de echarse atrás, y salió con unos simples zapatos; una vez en el exterior, dejó el tazón y el coñac sobre la nieve y cerró la puerta por fuera, añorando el abrigado uniforme del MdSE.

Se agachó a la cálida luz que salía del cuarto de estar y se echó coñac en el tazón de Winnie the Pooh.

—A tu salud, Misha —dijo levantando el tazón hacia él—. Por haber escapado y por un futuro muy, muy feliz.

Misha escuchó con atención y después, cuando empezaron a ladrar unos perros abajo, se pegó a la barandilla del balcón y miró al vacío oscuro y nevado. Viktor también se acercó a la barandilla. Continuaban los ladridos, pero no se veía nada.

Estar allí en plena nevada, con ladridos en la oscuridad, el pie izquierdo dolorido y una gran sensación de incomodidad era como hallarse de vuelta en las montañas de Chechenia, en una guerra en la que él no había participado pero que había influido en la vida de ambos. Los dos eran como veteranos marginados por una sociedad que había pasado por alto aquella guerra tan distante y, sin embargo, tan cercana.

De pronto, por primera vez desde que podía recordar, puesto que su compasión se había volcado en Misha, sintió lástima de sí mismo. También experimentó el mismo antiguo sentimiento de culpa hacia Misha que lo había llevado a Moscú y Chechenia. Cualquier otro habría considerado ese asunto como ya expiado, lo habría olvidado por completo y habría seguido adelante con su vida, en busca de esa parcela de felicidad, dolor, amor y tiempo libre a la que todo el mundo tiene derecho. Solo que él no era como todo el mundo.

Se sirvió lo que quedaba de coñac, se lo bebió y de pronto pensó en Lyosha, lo cual, curiosamente, le llevó a preguntarse qué habría sido de su viejo Mercedes.

Al oír unos golpes en la ventana, se volvió y vio que era Nina.

—¡Te vas a congelar! —gritó.

Se sacudió la nieve de los zapatos rotos, entró y cerró la puerta del balcón, dejando que Misha siguiera buscando a los perros, aunque habían dejado de ladrar.

—Se nos ha acabado la mayonesa —se quejó Nina, y él se alegró de tener que cambiarse de ropa y calzado para salir y se dirigió a la tienda de alimentación que aún estaba abierta y donde todo el mundo estaba comprando bebidas alcohólicas.

Alguien había telefoneado, le dijo Nina cuando volvió, un hombre que volvería a llamar en diez minutos.

Andrei Pavlovich, decidió él.

A las nueve subió Sonia de casa de su amiga, miró si había regalos en el árbol y, sin inmutarse porque no hubiera ninguno, se ofreció a ayudar en la cocina, aunque ya todo iba muy adelantado.

Viktor puso a Sonia a ver unos dibujos animados de Disney en la tele, arrimó a la pared la ropa y las sillas que servían de cama a Lyosha para hacer sitio alrededor de la mesa del cuarto de estar y ayudó a Nina a ponerla.

A las diez y media se sentaron a la mesa, todos menos Misha, que no tenía ganas de dejar el balcón. Sonia no paraba de bostezar, pero procuraba mantenerse despierta. Nina se sirvió un vaso entero de champán y después fue a comprobar cómo iba el asado, cuyo aroma estaban ya todos disfrutando.

—Necesita otros veinte minutos —anunció al volver.

—Vamos a poner el canal de Moscú y a brindar con ellos —sugirió Lyosha mirando la botella de litro y medio de champán rosado ruso.

Viktor cambió de canal y apareció Yeltsin deseando a «sus queridos rusos» un Feliz Año Nuevo entre hipo e hipo.

—Quita el volumen —suplicó Lyosha.

Viktor lo quitó y solo volvió a ponerlo para brindar con las campanadas del Kremlin.

Para que celebrara el Año Nuevo de Kiev, Viktor metió a Misha dentro para que se diera un banquete de filetes de bacalao servidos en un plato como el de todos, decorado por Nina con dos rodajas de limón.

Cambiaron de nuevo el canal y apareció hablando el presidente Kuchma, hasta que Viktor le quitó el volumen.

Viktor consultó el reloj y llevó otra botella de champán a la mesa.

—Ya es casi la hora.

Sonia, a pesar de las cabezadas que daba, festejó el Año Nuevo ucraniano brindando con los demás con su vaso de champán cuando sonaron las campanadas de la medianoche. Después se encontró con los ojillos negros de Misha, que la miraban tan intensamente que le era difícil apartar la vista.

—¿Por qué él no bebe? —preguntó.

Viktor se encogió de hombros y se levantó. En el pasillo estuvo a punto de pisar a la gata, que estaba lamiendo la leche del plato. Cogió una taza de té en vez de un plato y echó dentro unos cubitos de hielo.

—Aquí tienes —dijo dándoselos a Misha, con gran satisfacción por parte de este.

—Voy a dormir a vuestra habitación —dijo Sonia cansada—. Despertadme cuando venga Papá Noel.

Todos bebían coñac y vodka, Viktor en su tazón de Winnie the Pooh.

—Deberías dárselo a Sonia —dijo Nina—. A ella le gusta.

—No puedo —repuso Viktor, bastante achispado.

Miró a ver si Lyosha estaba borracho, pero Lyosha, recostado en la tapicería de su silla de ruedas, parecía estar despejado. Tenía en la cara la sonrisa pensativa de quien está sumido en recuerdos del pasado y no había probado el vaso de vodka. La única nota discordante era el estado de su barba. Corta le quedaba bien, cuando se la dejaba larga a lo Tolstoy le avejentaba. Viktor pensó que debía ayudarle a recortársela y eso le trajo de pronto el recuerdo de cuando había afeitado al pobre pingüinólogo moribundo Pidpaly en el hospital. Ese año, en realidad ya el año pasado, durante el cual todos los que estaban a la mesa —Sonia, Lyosha, Nina y Misha— habían estado con él en algún momento, no había sido tan malo, era cuestión de adaptarse. Y todavía no había terminado. Unos habían venido, otros se habían ido y otros más, como él, habían vuelto.

Sonó el teléfono y se alegró de que la puerta de la habitación donde dormía Sonia estuviera cerrada. Fue a cogerlo.

—¡Viktor, muchacho, feliz Año Nuevo! —dijo una

voz vagamente familiar—. Intenté localizarte ayer por la tarde, pero no fue posible. ¡Muchas felicidades a ti y a los tuyos! ¡Hasta pronto!

—Gracias, pero..

Habían colgado.

Era una voz conocida, la había oído más de una vez, pero la fiesta en la televisión, la ventisca y Nina sirviéndole a Lyosha y a él más asado le distrajeron. Además, había cosas que hacer, de modo que pidió a Lyosha y a Nina que no mirasen, cogió la bolsa de los regalos y los puso al pie del árbol.

Puso la mano sobre el aire helado que entraba por la rendija de la puerta sin aislante del balcón y la retiró como si se la hubiera cortado con un cuchillo.

# 81

Se despertó comprimido entre Nina y Sonia y, por más que quiso, fue incapaz de recordar cuándo y cómo había acabado la fiesta. Se levantó como pudo de la cama y se dirigió a la ventana. La ventisca había amainado. Se acordaba de que había puesto los regalos en el árbol, pero no de cuándo los habían abierto Lyosha y Nina. Estaba claro que la memoria tenía sus limitaciones. Debía ir a investigar.

Lyosha estaba en chándal, roncando pacíficamente en el sofá del cuarto de estar. La televisión estaba quitada, pero en la mesa había un montón de platos, cuencos y vasos normales y de cristal tallado. Las botellas relucían vacías junto al radiador de la puerta del balcón, pero Misha no estaba en su manta.

Viktor fue a la cocina, dio la luz y lo vio debajo de la mesa junto a la máquina de escribir, sin dormir, con la mirada perdida. El pingüino levantó la cabeza hacia la luz y miró fijamente a Viktor con sus ojillos.

Viktor se inclinó hacia él.

—¿Tú también te sientes fatal? ¿Qué te parece ir a nadar? Como hacíamos con Sergei.

Misha apartó la mirada y observó la máquina de escribir.

—¿No me crees? ¡Ya verás!

Se vistió, se puso el capote del MdSE, se metió una botella medio llena de coñac en el bolsillo, se calzó las botas de nieve y salió de casa con Misha en brazos. No había nadie y la ciudad estaba tan profunda y contagiosamente dormida que Viktor se puso a bostezar, igual que Misha, de pie a su lado en la acera nevada.

Aparecieron a lo lejos los puntos amarillos de los faros de un coche que poco a poco fueron haciéndose mayores y más intensos. Viktor salió a la calzada y levantó el brazo. Un antiguo Moskvitch se acercó despacio hacia él y frenó. Fue a abrir la puerta, pero estaba echado el seguro.

—¿Adónde quiere ir? —preguntó una voz de hombre por la ventanilla bajada.

—Al terraplén del Dnieper —dijo Viktor tratando de verle la cara al hombre.

—Le costará treinta hryvnas, teniendo en cuenta que hoy es Año Nuevo —respondió el conductor sin dejarse ver.

—De acuerdo.

Se apearon pasado el puente del Metro. No había trazas del alba todavía. Fue a mirar la hora y vio que se había dejado el reloj en casa.

—Vamos, tenemos que encontrar algún agujero en el hielo —le dijo a Misha.

Era algo inquietante bajar al río helado a diez grados bajo cero, con la otra orilla invisible tras una neblina grisácea que anunciaba la mañana.

Otra cosa que se había olvidado era el gorro de piel,

pero los efectos del champán y el coñac, así como la certeza de llevar más en el bolsillo, contribuyeron a restarle importancia al hecho.

Echaron a andar juntos por el hielo. Despacio. No por miedo, sino porque a Viktor le resultaba más cómodo y Misha no tenía ninguna prisa. Es más, cada cierto trecho se quedaba atrás porque se detenía a mirar a su dueño y tenía que volver a darle alcance.

—Ya llegamos —decía Viktor para animarle.

Pero el hielo era igual de impenetrable que la oscuridad. Se detuvo, miró a su alrededor y no vio más que hielo. Era raro. El Hydropark debía estar por allí cerca. Se agachó al lado de Misha y reconoció lisa y llanamente que se habían perdido, pero que pronto habría luz para ver dónde estaban. Echó un trago de coñac y sintió un calor agridulce por todo el cuerpo, que hizo más lentos todavía su pensamiento y sus movimientos. Al volver a meter la botella en el bolsillo, esta dio con algo que resultó ser su móvil. Encendió la pantalla, marcó el 060 y una voz electrónica femenina le anunció que eran las seis horas y ocho minutos.

—Es una pena que no digan cuándo amanece —le dijo a Misha.

Siguieron adelante y, a la luz helada del crepúsculo matutino, encontraron a un pescador sentado en una caja junto a un agujero en el hielo.

—¿Pican? —preguntó Viktor.

El hombre, que llevaba una pelliza de piel de cordero con el cuello subido, no contestó. Al lado, en el hielo, cerca del agujero, que había vuelto a congelarse, estaban la caña de pescar y una botella vacía de vodka.

—Ya ves, lo que es bueno para los pingüinos es mortal para los ucranianos —le dijo a Misha, tan horrorizado por la idea de acabar así como temeroso estaba ante el futuro en general.

# 82

Era pleno día cuando llegaron a casa en un Lada antiguo con placa de L. Viktor pagó al conductor, un joven pálido y con gafas, las cuarenta y cinco hryvnas que le había pedido. Era excesivo, pero en Año Nuevo los que salían a sacarse algún dinero extra añadían a las tarifas un plus por las molestias.

Todo el mundo seguía durmiendo. El reloj marcaba las diez menos cuarto. La gata estaba maullando sobre el plato vacío en el pasillo y Viktor le puso leche para que se callara. Después cogió un filete de bacalao congelado y lo puso a descongelar en agua caliente.

Decidió que ya era hora de desayunar. El paseo por el Dnieper helado le había dejado cansado y hambriento. Cogió del cuarto de estar el plato con las sobras del asado y Misha y él se pusieron a desayunar.

Sonia fue la primera en despertarse y entró en la cocina con sus regalos.

—Lo que yo quería eran unos patines nuevos —dijo.

—Tendrías que habérselo dicho a Papá Noel.

—¡Tendría que haberlo adivinado él! —soltó—. Por cierto, yo también tengo hambre.

—¿Quieres que te prepare un poco de sémola?

—¿Sémola? No, gracias. Cogeré algo de la mesa.

Volvió en seguida y se sentó en un taburete a comer unas lonchas de queso holandés que se habían quedado duras, salchichón y dos pepinos en vinagre.

Para las once ya se habían levantado todos. Nina fregó los cacharros antes de abrir los regalos y después dio un fuerte abrazo a Viktor; también lo besó en los labios y la mejilla.

Viktor, que para entonces ya se había recuperado algo de su excursión mañanera, preparó café para Nina y le dijo que leyera los posos después de bebérselo. Nina se lo tomó tan deprisa que se quemó los labios, pero, al ver las imágenes, se echó a reír y lo olvidó. Sonia quiso mirar, pero Nina limpió antes el fondo de la taza.

Lyosha probó la calculadora y hojeó el dietario.

—¿Te vale?

Lyosha se encogió de hombros.

—Sí, si me encuentras algo que hacer.

Pero no hay regalos para mí, pensó Viktor, ni felicitaciones, aparte de una llamada de teléfono anónima.

Sintió necesidad de estar solo. Al día siguiente habría que trabajar para Andrei Pavlovich, pero por el momento tenía el día libre.

«¡El primer día del año es como el primer día de tu vida!», pensó de pronto, y no le pareció nada prometedor. Recordó el pescador congelado en la postura de *El pensador* de Rodin, al que seguramente ya habrían llevado al depósito a esas horas. Decidió salir a dar una vuelta.

# 83

La calle Khreschatik estaba algo más animada. Había
dos grandes quitanieves de color naranja y algunos peatones mirando escaparates de productos inasequibles.
Guiado por sus pasos, Viktor fue hasta el Café Bode-
jsa Viejo Kiev, pero estaba cerrado. Dio media vuelta
y anduvo despacio junto a la Librería Znamya, los Almacenes Universales y la antigua Librería de la Amistad.
Se detuvo en la esquina de la calle Proreznaya; intentó
acordarse de cuándo había leído un libro por última vez,
pero no pudo. De chico le había gustado Jack London y
de joven, Maksim Gorki, al que se había referido Khachayev. Entonces había terminado la era de los libros y
había empezado la era de los periódicos. Había intentado escribir, pero el trabajo en *Stolitchnyé vesti* se lo había
impedido, aunque le había enseñado a redactar con fluidez y a tener el debido respeto por los difuntos.

El pescador muerto en el Dnieper también merecía respeto, aunque, como no lo conocía, no sabía decir
por qué. Por mucho que hubiera podido beber, hubiera
maltratado a su mujer o hubiera dado portazos, había

algo hermoso, incluso envidiable, quizás, en su forma de morir.

Viktor levantó la vista hacia el reloj de la Casa de los Sindicatos para mirar la hora, pero no vio más que el anuncio de Adidas que estaba harto de ver. Subió por la calle Proreznaya en busca de un café abierto y encontró el Cyber, donde unos adolescentes jugaban a guerras virtuales; el encargado, enfrascado en la lectura de un número atrasado de *Top Secret*, por fin se dignó a fijarse en él.

—¿Tiene café?

—Podría ser.

—¿Funciona Internet?

—¿Por qué no iba a funcionar?

—Entonces, café e Internet.

—Ordenador seis. El café estará en seguida.

*Pingüino* arrojó una masa ingente de resultados, entre ellos el de la *Base Vernadski*, aunque el que le llamó la atención fue *SOS Antártida*, así que hizo clic en él.

Se trataba de una fotografía en la que salían dos hombres fuertes, bronceados, de unos cincuenta años, una rubia decidida, atractiva e igualmente bronceada y un bonito yate con un texto en tres idiomas: «Tripulación croata busca personas de mentalidad afín para viaje a la Antártida, compartiendo gastos». El de la dirección de email se llamaba Mladen, aunque no se sabía quién de ellos era ni quién podría ser la atractiva joven.

Con ayuda del encargado, imprimió el anuncio, anotó la dirección de email y luego le envió un correo a Mladen, manifestando interés pero sin mencionar a Misha. «El primer día del año es como el primer día de tu vida», pensó. Las cosas iban mejorando.

# 84

Viktor se despertó al oír algo parecido a un llanto y acabó por levantarse a ver qué era. Lyosha y Sonia estaban durmiendo en el cuarto de estar, pero Misha no estaba en su cama junto a la puerta del balcón.

Se lo encontró en la cocina, en el rincón entre los fogones y la pared, con el cuerpo agitado como si estuviera sollozando.

—¡Misha! ¿Qué te pasa?

Misha se dio la vuelta. Tenía sangre en la cara. Sintió otra presencia y vio los ojos verdes de la gata bajo la mesa. Viktor la agarró por el pescuezo y la sacó de casa. Luego fue a por algodón y pomada y curó lo mejor que supo a un entregado paciente.

Sonia apareció con su pijama blanco de franela y observó la escena con ojos soñolientos.

—Le ha arañado la gata —explicó él.

—Tenemos que echarla —dijo Sonia.

—No debemos hacer eso. Lo que pasa es que tiene celos de Misha.

—¿Puedo tomar un poco de champán? —Sirvió para

los dos—. ¿Sabes qué? Al tío Lyosha le gusta la tía Nina.
—Viktor puso cara de sorpresa—. Es verdad. Siempre
está preguntándole cosas. Y ella le ha hablado de la dacha de Osokorki y el tío Sergei en la urna.

Viktor se encogió de hombros.

—Debes ir a la cama. Yo me voy a quedar aquí un
rato con Misha.

El pingüino estaba de espaldas a la cocina, perplejo
y dolorido, esto último a causa de la pomada. Antes de
volver a la cama, Viktor llevó a Misha a la suya, cerró la
puerta del cuarto de estar y dejó entrar otra vez a la gata.

# 85

A la mañana siguiente, a las once aún no había pisadas en la nieve de la villa de Goloseyevo, prueba de que sus moradores no habían salido todavía y de que él era el primer visitante en el incipiente segundo día del nuevo año.

Un Pasha colorado, vestido como si acabara de volver de esquiar, pese a la ausencia de huellas en la nieve, le abrió la puerta lateral.

—El jefe sigue en la cama. Pasa a tomarte un café.

Viktor se sacudió la nieve de las botas y se descalzó en el salón.

—Ha vuelto a las tres y media de la madrugada. ¡Vaya horas! ¡No tienes ni idea! Vasya, otro de sus ayudantes, le hizo una lista de gente a quien felicitar el Año Nuevo. Setenta y tres en total, entre diputados y funcionarios. Hay que hacerlo. La política es así. Tiene que tomar algo con ellos, hablar del tiempo y del ingreso en Europa, aunque algunos le den ganas de vomitar. Ahora prefiere hablar conmigo, aunque en otros tiempos conmigo no tuviera nada de qué hablar.

—Tal vez debería volver más tarde.

—No, espera. Te dijo él que vinieras, ¿no?

—Sí.

—Por tanto, estás trabajando y tienes que esperar. No te creas que a mí me necesita en todo momento. A menudo me paso dos horas sentado sin hacer nada, pero estoy de servicio. Tienes que acostumbrarte a eso.

Viktor se bebió el café y se preguntó si de verdad quería acostumbrarse a eso. Estaba bien tener trabajo, podía ser hasta interesante, pero esperar órdenes era otra cosa.

—¿Ha ido bien el Año Nuevo? —preguntó.

—Lo normal. Gente de lo más variopinto con felicitaciones y regalos; se sentaban cinco minutos a echar un trago y luego se iban. Cada uno con una lista de cien visitas pendientes. Pero todo acabó sobre las cuatro. Así que nos tomamos un gin tonic y vimos un vídeo porno.

Sónо el móvil de Pasha. El número que apareció en pantalla exigía todo su respeto.

—En seguida se lo digo... Ahora está descansando, pero le despertaré.

—¿Quién era? —preguntó Viktor cuando Pasha volvió.

—Un caracol de dos cabezas. Potapych. Actual consejero especial del Presidente, por si no lo sabías.

—Antes de que se me olvide —dijo Andrei Pavlovich mientras tomaban café en el cuarto de estar—, había un hombre vestido normal que preguntó por usted. Fue culpa mía por haberle incluido en las listas de distribución de documentos. Quería saber qué sabía yo de usted. Creo que lo tranquilicé, pero esté atento. Ahora vayamos a lo nuestro. ¿Recuerda para qué le quería yo?

—Asuntos humanitarios.

Andrei Pavlovich se rio.

—¡Muy importantes! ¡Las piernas artificiales no fueron más que el principio! Ahora tenemos aquí un montón de cartas con peticiones. Lléveselas a casa y tire las que no valgan, pero si ve algo que merece la pena y no sale caro, dígamelo y lo estudiaremos.

—Lo siento, me gustaría llevarte en coche, pero tengo que repartir más regalos —dijo Pasha mientras le ayudaba a meter tres kilos de cartas, como poco, en una bolsa.

—No te preocupes, iré por mi cuenta —respondió Viktor.

# 86

Viktor empezó a echar un vistazo a las cartas mientras tomaba un café en la Bodega Viejo Kiev, leyendo con atención al principio y luego saltándose cosas cada vez con más desconfianza. Unas feministas de Kiev pedían dinero en apoyo de su revista y billetes de ida y vuelta para asistir a una conferencia sobre Los Derechos de las Mujeres en EE.UU. Los Veteranos del Consejo de Distrito del Viejo Kiev eran más modestos: el pago de unas reparaciones, por lo que la carta iba acompañada de un presupuesto de 6000 hryvnas. Los del Fondo Benéfico Niños-nuestro-futuro solo pedían que les ingresaran veinticinco mil dólares en la cuenta y daban el número. Una escuela infantil de música necesitaba afinar los instrumentos.

Pidió otro café y un coñac doble.

Había solicitudes de dos orfanatos, pero ambas se limitaban a pedir ingresos en sus respectivas cuentas. Cogió una de las cartas que quedaban al azar, como si se tratara de una lotería. Era de un veterano de guerra que pedía ayuda para publicar sus memorias.

Echó la bolsa con las cartas en el primer contenedor de basura que encontró y se dirigió al Cyber café.

Según subía por la calle Proreznaya tuvo la extraña sensación de que le seguían y llegó a la conclusión de que así era: un hombre con un abrigo negro largo y un gorro de piel de lobo con orejeras que iba por la otra acera. Cuando Viktor entró en el café, el hombre siguió andando en dirección a Adidas y se sacó el móvil del bolsillo.

Este era el *e-mail* que le esperaba a Viktor:

Hola, me alegro de su interés en participar en nuestra expedición. Zarpamos de Split el 8 de marzo. Cuota mínima: diez mil dólares. Esperamos su confirmación. Saludos, Mladen Pavlich.

Les mandó un correo de confirmación, en el que preguntaba el nombre del yate y otros detalles sobre las cosas que debería llevar. En Split, según Internet, se celebraban diversos acontecimientos: el Campeonato de Baloncesto de Croacia a partir del seis de enero, un Torneo de Ajedrez en febrero y el Campeonato Europeo de Lucha a Pulso del tres al nueve de marzo.

—¿Qué es la lucha a pulso? —le preguntó al encargado del local, que permanecía absorto en su pantalla. Este le hizo una demostración.

Cuando salió del café para dirigirse otra vez a la calle Khreschatik, ya no vio al hombre del gorro de piel de lobo. En el cruce de Proreznaya y Pushkinskaya frenó a su altura un Mercedes S600. Abrieron una de las puertas de atrás.

—Monte, Viktor —ordenó la voz de su exsuperior Igor Lvovich, antiguo redactor jefe del *Stolitchnyé vesti* y, en teoría, muerto—. Tome un poco de champán. Ya le he felicitado el Año Nuevo, pero todavía tenemos que brindar.

Viktor montó, Igor Lvovich dio una palmada al chófer en el hombro y el Mercedes se deslizó silenciosamente hacia adelante.

—Antes de morir en un accidente de tráfico me dijeron que usted se había pegado un tiro —dijo Igor Lvovich—. Luego se descubrió que no era usted, sino otro redactor de necrológicas, novato en el oficio. Así que, como ve, todo ha salido a pedir de boca.

Se echó a reír al ver la cara de incredulidad absoluta de Viktor.

—Yo tampoco era el que murió calcinado en la autopista de Borisopol. Aquel fue un vagabundo convenientemente vestido y documentado para la ocasión. Así que aquí me tiene, muerto y enterrado, aunque todavía no lo esté. Y al enterarme de que un tal camarada Zolotaryov, alias El Pingüino, andaba por ahí tan campante y con pingüino y todo, me dije que teníamos que vernos... Al fin y al cabo, es usted uno de los mejores, y ya es ayudante de un diputado. Como ve, estoy al tanto. Y, como diría Gorbachov, con toda justicia. Así somos, un gran país, pero catastróficamente escaso de hombres capaces de pensar y actuar, o simplemente pensar. ¡En lo que a funcionarios se refiere, somos una selva! —dijo acompañando sus palabras de un gesto despectivo—. Nuestros problemas desbordan con mucho el número de hombres capaces de dar con las soluciones. Puede verlo usted mismo. Ese diputado suyo, sin ir más lejos. Ya no se tiene en cuenta el pasado. ¡Se ha perdonado todo, se ha perdonado todo! ¡Con tal de que alguien sepa decir dos palabras seguidas!

Se calló para dejar hablar a Viktor, pero este aún no daba crédito a sus ojos. Era su antiguo jefe en persona, aunque con la cara más gorda y ojeras debidas a problemas de hígado, noches en vela y vida poco sana. En cambio, vestía mejor y el Rolex que lucía no era una imitación china.

—Voy a fundar un nuevo periódico. El *Correo ucraniano*. El primer número sale dentro de diez días. Cómprelo. Léalo. Tal vez se le ocurra algo. Me gustaría que me asesorara. Valoro su opinión. A su debido tiempo podría nombrarle redactor jefe...

Consultó el Rolex, pidió al conductor que pusiera Radio Nacional 1 y a los pocos segundos resonaron las campanadas de la hora por el sistema de audio.

—Soy un fanático de la hora exacta —sonrió.

Sacó una botella de champán y unos vasos de un pequeño bar situado entre los asientos delanteros, apretó un botón para bajar la ventanilla y dejó que saliera fuera el corcho.

—¡Feliz Año Nuevo! —dijo con un guiño alegre, y brindaron.

Viktor se apeó en Pechersk, entre la estación de metro de Arsenal y la Plaza de Gloria, y se dirigió al Monasterio de las Cuevas, mudo por el impacto de aquel encuentro y tan incapaz de entenderlo como de quitarse de la cabeza la frase de Igor Lvovich: «Así que aquí me tiene, muerto y enterrado, aunque todavía no lo esté».

# 87

Esa tarde Sonia volvió a confiarle sus sospechas sobre los sentimientos de Lyosha hacia Nina. En ese momento, ella lo llevaba a al cuarto de baño para que se lavara y se cepillara los dientes.

—¿Y qué? —preguntó Viktor.

—¡Pues que es tu invitado y no deberías permitirlo! —respondió Sonia asombrada.

—Sonia —insistió él—, está bien que te fijes en las cosas, pero no te metas en los asuntos de los adultos.

Sonia suspiró y se escabulló.

# 88

A primera hora de la mañana siguiente, Viktor se gastó el dinero que Andrei Pavlovich le había dado para ropa en un cálido anorak con capucha, botas altas de invierno, jeans y un jersey verde esmeralda y volvió a casa a probárselos.

—Muy elegante —dijo Lyosha.

Nina asomó la cabeza desde la cocina y no dijo nada.

—¿Todavía no has encontrado nada para mí? —siguió preguntando Lyosha—. Si sigo aquí sentado sin hacer nada voy a volver al vodka.

—Aguanta. Todavía están todos de celebraciones.

Sonó su móvil en el bolsillo de la guerrera del MdSE colgada en el pasillo. El jefe quería verle en una hora.


—Venga, vamos a ver lo que tiene para mí —dijo Andrei Pavlovich indicando a Viktor que tomara asiento en una butaca.

—Nada, la verdad.

—¿Y eso?

—Eran todo cosas de poca monta, cosas de pirados o estafadores.

—¿Y ahora qué hago yo en la entrevista de la TV 1 pasado mañana para hacer publicidad de mi gran corazón?

—¿Por qué no ayudar al orfanato para el que pusimos el árbol?

—¿Qué quieren?

—Nada.

—¿Cómo?

—Por eso podríamos ayudarles.

—Bien dicho. Sondéelos, averigüe qué necesitan... Llame desde aquí... ¿Tienen teléfono?

—Sí.

Telefoneó desde la sala.

—¿Galina Mykhailovna?

—Sí, ¿quién llama?

—¿Se acuerda del Año Nuevo, de McDonald's?

—¡Así que no se ha olvidado de nosotros!

—Me gustaría saber si necesitan algo. Tal vez podría ayudarles.

—¡Santo cielo! No sé... Fuentes, tazas para la cocina, quizás... Los niños tienen que comer en dos turnos. Estaría bien que fueran irrompibles...

—¿Y cosas de enseñanza?

Dio un hondo suspiro.

—Así de repente... Tenemos libros de texto viejos. No tenemos televisión; teníamos una, pero se la llevaron hace años. Perdóneme, es una vergüenza ponerse a pedir así cuando debería hacerlo por escrito con la aprobación de la delegación de Educación...

—¡No hace falta! ¿Va a estar ahí mañana?

—¿Dónde si no? Vivo aquí al lado. La casa de la cerca verde.

—Entonces hasta mañana sobre las doce.

Andrei Pavlovich aprobó las compras y le dijo a Viktor que averiguase qué más podía necesitar el orfanato. Pasha llevó a Viktor a Darnitsa, donde, en el Mundo de los Niños, compró cincuenta juegos de platos y tazones de Winnie the Pooh esmaltados, idénticos al que se había traído él de Chechenia. En la Casa de la Radio, en Lesi Ukrainki, añadió una televisión Samsung ya embalada a las cajas de Winnie the Pooh.

# 89

Al tomar el desvío de la pista de tierra nevada fue como si entrasen en un campo de nieve intacta y Sonia, sentada con Misha en el asiento de atrás, abrió los ojos de par en par ante tanta belleza. Cuando Viktor dijo que iba a ir al orfanato, había insistido en acompañarle y llevar a Misha. Al fin y al cabo, Misha y ella ya conocían a todos, según dijo. Viktor los miraba de vez en cuando. A los niños les iba a encantar ver a Misha. ¡Bien por Sonia! Había hecho muy bien en insistir.

Pasha parecía adivinar el camino, atendiendo únicamente a las señalizaciones y los árboles desnudos que flanqueaban la pista para guiarse. Tenía el gesto tenso, pero no podía evitar que se le notara de vez en cuando el placer que aquella situación le producía.

Estaba bien hacer el bien, pensó Viktor, y tenía que agradecerle a Andrei Pavlovich que le hubiera dado la oportunidad. Pese al pasado oscuro al que había aludido Igor Lvovich y a su ostentación, la benevolencia de Andrei Pavlovich nacía tanto de un deseo auténtico de hacer el bien como del reconocimiento de que había que

guiarse por unos cuantos principios —como su querida
Ley del Caracol— para cometer menos errores y no meterse en líos. Uno podía elegir. Había una Constitución
que prometía mucho, pero daba poco, con unos artículos patéticos y nada realistas. El derecho a la atención
médica gratuita terminaba donde empezaban la vejez y
la enfermedad. Como ocurrió, por ejemplo, con el pingüinólogo Pidpaly, que solo había conseguido ingresar
en el hospital sobornando a los de la ambulancia. La Ley
del Caracol no prometía nada, aparte del castigo por in-
fringirla. Y en eso residía su veracidad, contrastada con
hechos, y su efectividad.

En el orfanato fueron recibidos como viejos amigos.
Los niños quisieron comer y beber en los platos y tazones nuevos en el mismo momento en que los vieron.
Sacaron agua del pozo para lavarlos y, al poco rato, estaban todos comiendo puré de alforfón. Pasha tomaba
fotos con una sencilla cámara. Misha no sabía qué hacer
y, como el puré de alforfón no le gustaba, se quedó observando a Viktor.

Una señora mayor, robusta y con delantal, pasó llenando los tazones nuevos con zumo de frutas que llevaba en una tetera enorme.

—Mi tío Viktor tiene un tazón igual, pero no me
lo deja —oyó que informaba Sonia a uno de sus nuevos
amigos.

—Pues yo sí —dijo el otro.

—¿De verdad?

—Palabra de checheno —dijo, aunque ella no comprendió.

Conectaron el nuevo aparato de televisión y, con ayuda de uno de los chicos mayores, lo ajustaron y lo pusieron en funcionamiento.

—No son tan grandes —le comentó Viktor a Sonia después de un anuncio de Big Mac.

# 90

Ya estaba anocheciendo cuando volvieron sobre sus propias huellas por la pista hasta la carretera. Justo al llegar, sonó el móvil de Viktor.

—¿Qué tal ha ido? —preguntó Andrei Pavlovich.

—Espléndido. Lágrimas de alegría por todas partes.

—Como debe ser. Las sonrisas forzadas están bien en los sobornos. Pero escúcheme, todavía no ha terminado. Cuando llegue a casa escriba algo sobre el acto benéfico de hoy, venga mañana a verme y veremos dónde lo metemos.

Se fijó en que Sonia estaba adormilada, mientras que Misha, al mismo nivel que ella, miraba el ocaso y levantaba las aletas en respuesta a los faros de los coches con los que se cruzaban.

Una vez en casa, se encontraron con Lyosha y Nina jugando al ajedrez en la cocina o, mejor dicho, con Lyosha enseñando a jugar a Nina.

—¿Es buena? —preguntó Viktor.

—Se llevaría cien dólares por noche si jugáramos con dinero, cosa que no estamos haciendo, y que yo no he hecho nunca porque no he tenido ni un dólar.

—Me alegro —dijo Viktor.

Lyosha se quedó un tanto sorprendido y, mientras Nina recogía las fichas, Viktor fue a poner la tetera al fuego, todavía con la sonrisa en la boca.

—Estábamos haciendo tiempo para la cena —dijo Nina—. Tengo salchichas en el frigorífico y puedo haceros puré de alforfón en un momento.

Mientras se lavaba en el cuarto de baño, se le acercó Sonia.

—¿Lo ves? Como yo te decía, le gusta la tía Nina.

—¿Y qué?

—Que tienes que arreglarlo —dijo Sonia echando la cabeza para atrás y saliendo muy decidida.

La cena fue bien. Apareció hasta la gata, aunque se retiró al pasillo al ver a Misha.


Después de que todos se hubieron acostado, Viktor se instaló en la cocina, subió la máquina a la mesa, puso papel, se sentó y empezó a escribir.

Al cabo de un rato, después de empujar la puerta con el cuerpo, apareció Misha tambaleándose como si estuviera borracho y se apretó contra la rodilla de Viktor para que le acariciara.

Se le hacía raro que le pidieran que volviera a escribir para un periódico, en esta ocasión un reportaje, con el recuerdo del acto y de la risa alegre de los niños todavía fresco en su memoria. Se puso a escribir y, sin darse cuenta, tuvo el artículo terminado en media hora. Era breve, cuatro folios, y trataba sobre la necesidad de hacer el bien, un tema en el que el retrato de Andrei Pavlovich resultaba más fácil y sincero; aludía también de pasada a la donación de la mesa de billar y las piernas artificiales. Viktor lo releyó y, cuando se disponía a poner otra vez la máquina de escribir debajo de la mesa, entró Sonia, se sentó en su taburete y se quedó mirándole.

—¿Qué te pasa? ¿Quieres beber algo?

Ella negó con la cabeza.

—¿Qué has estado escribiendo?

—Lo que hemos hecho hoy. Para un periódico.

—Así que vas a ser periodista otra vez.

—No.

—A lo mejor yo me hago periodista cuando sea mayor. Y me siento en la cocina mientras los demás duermen.

—Lo que no debes, lo que no deberías querer, es ser soldado e ir a la guerra.

—No, eso no.

—Pues como periodista tendrías que hacerlo. Te cogerían en algún periódico, te darían una pluma en vez de un arma y te dirían: «Ahí tienes al enemigo, ponte a escribir cosas malas sobre él». Y lo harías, hasta que te mataran o te hirieran.

—¿Tú estás escribiendo cosas malas?

—No. He estado escribiendo sobre los huérfanos que hemos visitado hoy.

—¿Y puedes hacerlo sin ser periodista?

—Sí.

—Bueno —dijo Sonia—, me voy otra vez a la cama.


A la mañana siguiente, mucho antes del desayuno, Viktor se vistió y, sin releerlo, metió el artículo en un tubo y se lo guardó en el bolsillo interior del abrigo.

Apenas nevaba y las farolas parecían dientes de león con sus pequeños globos de luz que teñían los copos de amarillo. Salía gente de las casas caminando deprisa hacia el trabajo en medio de la oscuridad invernal. Había algo extraño e insólito en aquellas sombras que se dirigían a la parada del autobús, algo del pasado soviético, con su disciplina en el trabajo, sus sanciones por llegar tarde y sus Héroes del Trabajo Socialista. La vida había restablecido de alguna manera su ritmo cotidiano. Las fábricas volvían a funcionar. Se volvía a trabajar la tierra y todo crecía y florecía. Solo que había otra vida diferente, paralela, que no era la suya ni le afectaba. El ritmo cotidiano era el refugio de todos los que no se enteraban, ni se molestaban en enterarse, de lo que no les gustaba, convencidos de que no podía ser verdad lo que contaban los periódicos o decían por la tele. O, mejor dicho, se alegraban de no ser ellos los asesinados, pues no tenían ganas de caer víctimas de la nueva realidad por meterse en negocios o endeudarse hasta el cuello. Y ahí estaban, levantándose para ir a trabajar, mientras el otro mundo paralelo se iba a la cama.

Se metió en el McDonald's de la Plaza de la Independencia a tomarse un café y un donut para hacer tiempo antes de ir a Goloseyevo.

Llegó a las nueve y media y se encontró a Andrei Pavlovich levantado y con su bata a rayas. Como no estaba Pasha, Pavlovich hizo café y lo tomaron en la cocina.

—¡Qué curioso sentido del humor tiene, Viktor! ¿*Un grupo de amigos*? ¿Qué clase de firma es esa?

—La fuerza de la costumbre, es el pseudónimo con el que escribía antes.

—Pues táchelo y ponga su nombre.

—Preferiría no hacerlo.

—Pues piense en otro pseudónimo.

Sustituyó *Un grupo de amigos* por *Sergei Stepanenko*.

# 91

Viktor se sentó de madrugada en la cocina ante una naturaleza muerta compuesta de vodka, un tarro de pepinillos, rodajas de salchichón y un periódico abierto por un artículo con foto donde se describían las actividades benéficas del diputado Andrei Pavlovich Loza. Lo releyó y, viendo que estaba tal cual lo había escrito, volvió a la primera página, se fijó en el patriótico «Correo» en azul y «Ucraniano» en amarillo, suspiró y se sirvió vodka.

Se levantó y chocó el vaso con la urna de Sergei.

—¡Tu primera publicación! ¡Enhorabuena! —susurró.

Se sirvió otro vodka, sin quitar ojo de la puerta porque esperaba que Misha se presentase en cualquier momento. Pero esa noche el pingüino no parecía tener prisa por aparecer, como si no quisiera interferir en los pensamientos de Viktor.

Lo cierto es que aquel periódico y el artículo firmado por el difunto Sergei daban que pensar, publicados por el oficialmente fallecido Igor Lvovich. Había material para hacer algo, una historia disparatada o un relato breve.

Mientras bebía, daba vueltas al hecho de que, de semana en semana, estaba perdiendo libertad, o lo que le quedaba de ella. Estaba perdiendo espacio en su propia casa y estaba en proceso de perderse a sí mismo, si no se había perdido ya. Pero no todo era tan lúgubre. Tenía a Misha y a Sonia y estaba vivo en todos los sentidos, mucho más que Igor Lvovich, con su tumba con fotografía incluida ya en el cementerio. El vodka, en vez de emborracharle, le inspiraba una desesperada sensación de soledad. Había algo de amenazante en el silencio de la casa, como si fueran a tenderle una emboscada o una trampa. Se volvió hacia la puerta y, movido por el impulso repentino de ver qué ocultaba, la abrió, salió al pasillo y escuchó. Silencio.

Se asomó al cuarto de estar. Lyosha esta durmiendo y roncando en paz.

—¿Estás despierto? —susurró estúpidamente.

—¿Qué pasa?

—Ven a echar un trago.

—¿Qué pasa?

—Nada. Me han publicado un artículo. Ven a celebrarlo.

Viktor lo llevó a la cocina y lo sentó a la mesa. Misha fue balanceándose tras ellos para formar un trío.

—No parece tuyo.

—Estoy mal. No soy feliz.

—Ya veo, por eso te curas a base de vodka. Es lo que yo hacía cuando no era feliz. Pero prefiero cualquier otra cosa antes que vodka.

Viktor comprendió, se levantó, miró en el frigorífico y luego en el armario y volvió con una botella de coñac.

—¿Y esto?

—Magnífico.

Viktor echó el vodka del vaso de Lyosha en el suyo. Bebieron y comieron salchichón y pepinillos.

—Estás harto de mí, ¿verdad? —soltó Lyosha de repente—. Después de haberme sacado de la bebida y haberme metido en tu casa... Y, sí, me gusta tu Nina... Pero no te preocupes, no soy ningún cabrón.

—¡Espera! ¿Por qué no iba a gustarte?

—Porque tú y ella dormís juntos.

—Yo en un lado de la cama y ella en el otro. Así que vamos a dejar eso. —Viktor llenó los vasos—. ¿Sabes algo de lucha a pulso? —Lyosha asintió con la cabeza—. ¿Te importa hacerme una demostración? —Lyosha se la hizo y dejó a Viktor el brazo derecho dolorido—. Creía que lo tuyo era el ajedrez. ¡Estás hecho un roble!

—Me hablaste de buscarme un trabajo —dijo Lyosha dando un sorbo al coñac.

—Creo que ya lo tengo. Dame un par de días.

# 92

A la mañana siguiente Igor Lvovich llamó de improviso para elogiar el artículo de Viktor, aunque lamentó que este no hubiera leído algo más del *Correo Ucraniano*.

—Debe leerlo, valoro su opinión. Como ve, nuestros caminos vuelven a coincidir.

Viktor se preparó el desayuno mientras Nina seguía en la ducha, Lyosha contemplaba el invierno por la puerta del balcón que Misha había tenido la atención de cederle y Sonia se ponía rímel en las pestañas con el estuche de maquillaje de Nina. Cortó pan, se hizo una tortilla y, se disponía a comerla, cuando vio que Misha miraba su cuenco vacío. Le puso el último trozo de bacalao que había en el frigorífico.

Apenas había terminado de comer cuando apareció Sonia con un vestido vaquero y unos leotardos blancos y, después de comprobar que se oía la ducha en el cuarto de baño, susurró a Viktor al oído:

—Todo va bien, ayer tuvieron una bronca terrible, gritando y todo.

—¿Quién?

—La tía Nina y el tío Lyosha. Así que no tienes necesidad de preocuparte.

Viktor se echó a reír y a Sonia pareció molestarle.

—¿Quién empezó a gritar? —preguntó preocupado.

—Primero fue la tía Nina y luego el tío Lyosha, y luego los dos.

—Así que todo va bien.

Esta vez se molestó ella y el enfado le asomó a los ojos.

—Mira —le dijo él con suavidad—, si la tía Nina y el tío Lyosha se pelean es porque se importan el uno al otro. Si no, no lo harían.

—¿Así que se siguen gustando?

Viktor se encogió de hombros.

—¡Oh, eres imposible!

—¿Tú me sigues queriendo, verdad?

—Claro, eres mi tío-papá.

—Entonces todo está bien —le dio una palmadita en la cabeza—. Y si quieres, hoy o mañana podemos ir a un café y charlamos.

—Me gustaría.

Entró Nina con la bata de Viktor y una toalla en la cabeza.

—¿Vas a ir a algún sitio? —preguntó.

—A trabajar.

—El desagüe del baño pierde agua. Hay que llamar a un fontanero.

—Lyosha puede llamar al de mantenimiento.

Ella asintió con la cabeza.

—¿Has visto a la gata? —preguntó como si se hubiera acordado al ver a Misha.

Viktor negó con la cabeza.

—Anoche me pidió que la dejara salir y no ha vuelto —dijo Nina dirigiéndose al dormitorio.

Camino de Goloseyevo, Viktor se pasó por el café Internet a ver el correo electrónico y le encantó encontrar uno de Mladen.

El yate se llamaba *Vesna* y debía llevar ropa ligera pero de abrigo y, aparte de la cuota para los gastos generales, dólares para gastar. Las compras de última hora podría hacerlas en Split antes de zarpar.

Agradeció esto último y, después, al consultar la web de Split, vio que Gran Bretaña, Rumanía, EE.UU., Holanda y otros países occidentales iban a participar en el Campeonato Europeo de Lucha a Pulso, pero la antigua Unión Soviética, no.

Fue caminando sobre la nieve reciente desde el café Internet hasta la Bodega Viejo Kiev, donde pidió un café y se sentó a pensar. A pesar de haber bebido la noche anterior, tenía la cabeza despejada y llena de ideas.

Sin tomarse el café, se levantó, paró un coche y al poco rato estaba en casa de Andrei Pavlovich.

# 93

Andrei Pavlovich tomaba café con gesto de perplejidad
y no hacía mucho caso, por lo que Viktor estuvo a punto
de renunciar a llamar su atención.

—Mire —dijo Pavlovich—, lo que yo haga debe ser
a lo grande; un club de fútbol, de baloncesto, algo así...

—Pero es que ya están todos comprados y además
cuestan un ojo de la cara. Esto es barato, divertido y benéfico. ¡Apoyar a los deportistas minusválidos!

—¿Cuántos hacen falta para formar un equipo?

—Cinco o seis, incluyendo al capitán, más el entrenador.

—¿Entrenador? ¿Es que necesitan entrenador?

—Claro, además se encarga de que estén en forma y
no se emborrachen.

—Vamos a echar otro vistazo a esa hoja que ha traído.

Viktor le entregó el papel que había sacado por la
impresora.

—Me lo pensaré, haré consultas —dijo Andrei Pavlovich—. Usted, a lo suyo. Le llamaré al móvil.

Viktor estaba en un café de la calle P. Sagaydachny cuando telefoneó Andrei Pavlovich.

—¿Dónde está?

—En el Podol.

—¿En qué parte del Podol? —Cuando Viktor se lo especificó, dijo—: Quédese ahí.

A la media hora apareció con un abrigo largo de piel de cordero y un gorro de piel de ciervo.

—Tiene usted toda la razón —afirmó después de pedir café y coñac a la camarera—. He hablado con un amigo. «Eres un cerebrito», me ha dicho, «es dinero bien empleado». ¡Como si yo no lo supiera! —Dio a Viktor una palmada en el hombro—. Así que tendremos un equipo y usted será el responsable, ¿de acuerdo? Fundaremos un club y una Federación de Lucha a Pulso, conmigo de presidente, en cuanto hayamos decidido un nombre y unos objetivos. ¿Por ejemplo?

—¿Club de Luchadores a Pulso Discapacitados?

—No, algo más moderno, Veteranos de Chechenia, por ejemplo.

—Solo que Chechenia es Rusia y nosotros somos Ucrania.

—¿Y Veteranos de Afganistán? Seguro que hay algún veterano en el equipo.

—La verdad es que suena mejor.

—¿Tiene ya un equipo?

—Tengo al capitán. Si supiera lo que va a cobrar, mejor.

—¿Qué sugiere?

—Ciento cincuenta dólares el capitán y los jugadores cien dólares cada uno.

—Pongamos trescientos y doscientos, dejando a mi endeudado entrenador para más tarde. Páseme mañana la lista del equipo. Después inscribiré el club para participar legalmente en el próximo campeonato.

# 94

Lyosha era otro hombre en cuanto se enteró de que podía ser el capitán del equipo. Viktor bajó primero a Lyosha y después la silla de ruedas hasta la planta baja y paró un coche con maletero donde cupiera la silla para que le llevara al Café Afgano en la calle Tatar.

Viktor le dejó ir solo. Le dio media hora para reclutar un equipo antes de presentarse él y encontrarse con otras seis personas en silla de ruedas alrededor de dos mesas juntas y una botella de coñac. Cogió la silla de ruedas para invitados que había detrás del mostrador. Todos le recibieron con cara de asombro.

—Los muchachos están contentos —dijo Lyosha—, pero tienen un par de preguntas.

Eran muy sencillas. ¿Les pagarían los gastos? ¿Conservarían su plaza en el albergue a la vuelta? ¿Afectaría esto a sus pensiones?

Viktor no sabía responder a todo y salió del paso lo mejor que pudo.

—¿Vamos a llevar uniforme? —preguntó un hombre con una sola pierna y el pelo al rape.

Viktor asintió con la cabeza.

—¿Con qué publicidad?

—Todavía no se sabe, pero será buena.

Lyosha terminó por darle la lista con todos los nombres. Siete en total, contándole a él. Uno más no iba a arruinar a Andrei Pavlovich y así el equipo daría mejor imagen.

Como la calle Nagornaya era un callejón sin salida, había poco tráfico, así que en vez de parar un taxi llamó a uno por el móvil para que los llevara cómodamente a casa.

Subió primero a Lyosha, bajó a por la silla de ruedas y, para cuando se quitó el abrigo, Lyosha ya les había contado la buena noticia a Nina y a Sonia; Viktor se sintió algo dolido por las muestras de alegría de Nina. Sonia, más comedida en su reacción, hizo un mohín:

—¿Así que vas a estar yéndote todos los días a competir?

—Todos los días no —respondió Viktor por él—. Algunas veces tendrá que viajar por carretera, otras irá en avión.

—¿Puedo ir yo también en avión? —peguntó volviéndose hacia Nina.

—Me temo que no —dijo Viktor.

—¿Entonces quién va a ir? ¿Misha? —preguntó, desvelando sin saberlo el plan secreto que Viktor no quería contarle ni a ella ni a Andrei Pavlovich.

Al mismo tiempo recordó que ya era hora de resolver el problema de llevar a Misha a Split con el equipo.

Después de cenar Nina se hizo café y se lo tomó en la taza que Viktor le había regalado por Año Nuevo;

estuvo un rato observando los posos con una expresión pensativa y levemente insinuante, rara en ella, aunque no indecorosa.

Viktor reparó en que Misha no estaba con ellos, así que lo sacó de la cama y le puso un plato de pescado congelado.

—Seguimos sin la gata —anunció Sonia—. Espero que se la hayan comido los perros.

Al oír la palabra «perros» Misha se puso en tensión y mostró interés. Pero la conversación decayó. Lyosha giró la silla y, bajo la mirada de Viktor y Sonia, Nina se levantó y le ayudó a salir por la puerta. En el silencio que siguió, Misha volvió a su pescado y a sus propios pensamientos.

## 95

Dos días después, entusiasmado por los avances en los planes para fundar el club, Andrei Pavlovich invitó a cenar a Viktor y le pidió que acudiera temprano para que les diera tiempo a hablar. La mesa estaba puesta en el cuarto de estar, con un orden que sugería un toque femenino, lo cual no dejó de sorprenderle. Y nada más sentarse en las butacas se asomó una mujer de unos cincuenta años con pañuelo a la cabeza y un vestido viejo ceñido con un delantal.

—Andrei Pavlovich, he hecho todo lo que he podido para partirlo, pero... —dijo lamentándose.

—Déjeme intentarlo —respondió este levantándose.

Se oyó un sonoro golpe, un grito de mujer, después silencio y Andrei Pavlovich volvió a la butaca.

—Todo va bien —dijo—. Ya tengo patrocinadores. En unos días nos dan la camiseta. Ya está resuelto el papeleo. Estamos inscritos legalmente. Comunicaré directamente a los yugoslavos nuestra intención de participar a través del Comité de Deportes del Consejo Supremo.

—Yugoslavos no, croatas.

—¡Da igual! —dijo con un ademán despectivo—. Pasaportes. Los muchachos necesitarán pasaportes. Los acompañará un periodista para enviar la crónica. ¿Y el emblema? ¿Se le ha ocurrido alguno? ¿Cuál es el del Dynamo? —Viktor negó con la cabeza—. Pues piénselo. Tenemos que pensar también en los *souvenirs* y no queda mucho tiempo.

—¿Qué tal Misha? —sugirió Viktor muy animado.

La mujer entró con una fuente de ensalada que dejó en mitad de la mesa.

—¿Traigo ya los *hors d'oeuvre* fríos? —preguntó.

—Sí, por favor —dijo Andrei Pavlovich; y luego se volvió hacia Viktor—: ¡Un pingüino! ¡Sí! ¡Su pingüino! ¡Y una gran A roja por lo de Club Deportivo Afgano! Ah, por cierto, me he olvidado de decirle que tenemos un invitado para la cena. Lo siento. Una de esas cosas...

Viktor cayó en la cuenta de que en la mesa había cubiertos para tres comensales.

—Maravillosa cocinera, esta mujer —dijo Andrei Pavlovich—. Vino recomendada, ¡y por doscientos dólares al mes!


El invitado resultó ser Igor Lvovich, antiguo editor del *Stolitchnyé vesti*, y el plato fuerte, una sopa de tortuga auténtica.

—¡Desconcertante, eso de tener otros ojos en la casa! —dijo Andrei Pavlovich levantando el vaso tallado lleno de Hennessy—. Le dije que empezase por ver qué había en el frigorífico y el congelador. A la media hora me trae una tortuga congelada. ¡Qué susto! Hasta que me acordé de que era un regalo del Director de la Inspección de Hacienda del Distrito. «Con esto se puede hacer una buena sopa», me dice, «sé una receta».

—Riquísima —comentó Igor Lvovich en tono elogioso después de llevarse una cucharada a la boca y limpiarse con la mano—. La había probado una vez en México, pero no era tan grasienta. Tal vez no le dieron bien de comer —añadió con una sonrisa.

Andrei Pavlovich también sonrió. Pero Viktor, que se sentía muy incómodo, no.

Sospechaba que la presencia de Igor Lvovich estaba llamada a ejercer alguna influencia sobre su futuro, justo lo contrario de lo que él necesitaba. Lo que quería era decidir por sí mismo y ser el único dueño de su destino.

—Me figuro que va a mandar a su enviado especial con ellos.

El asentimiento de cabeza de Igor Lvovich sugería que el asunto ya había sido tratado.

La diligencia con que Andrei Pavlovich llenaba el vaso a Igor Lvovich, su agitación y las disculpas que había pedido porque hubiera otro invitado denotaban cierta dependencia e inferioridad en relación con este último. Al parecer, el papel de Viktor consistía en estar sentado, observar y digerir el discurso de los otros dos, cosa que hizo bebiendo coñac y disfrutando de una excelente chuleta de cerdo en salsa de manzana mientras se empapaba de información de círculos a los que él no podía aspirar.

—Dentro de dos años elegiremos Presidente —decía

Igor Lvovich, como si fijara él la fecha—. Ha llegado la hora de unirse, formar un solo bloque potente, ser un poco más responsables...

No sería mala cosa, continuó diciendo, que Andrei Pavlovich se uniera a los fundadores del nuevo periódico, sobre todo ahora que su ayudante —gran sonrisa para Viktor— ya estaba apareciendo en él sin ninguna censura editorial.

El coñac surtía el efecto de alargar los intervalos entre las palabras, que ya fluían bastante despacio de por sí. Cuando Igor Lvovich dijo con otra gran sonrisa: «Su ayudante sería un buen redactor jefe, es muy brillante...», Viktor vio claro que todo aquel montaje —*haute cuisine*, coñac— se había preparado para darle la impresión de que él iba a desempeñar un papel importante en un juego nuevo que aún estaba por desvelarse y que lo único que exigían de él era su aquiescencia e infinita confianza en aquellos dos emprendedores peces gordos infinitamente superiores a él.

Sin darse cuenta se vio metido en el terreno resbaladizo de su conversación. ¿Qué futuro le veía al C.D. Afgano? ¿Qué posibilidades tenía? ¿Podía extenderse al ámbito nacional? ¿Cuál era la mejor forma de popularizarlo? Se dejó llevar como si fuera ya el redactor jefe del *Correo Ucraniano*. Según él, Split brindaba la oportunidad de empezar y conseguir contactos en el mundo del deporte para meter al equipo en el circuito internacional de lucha a pulso. No les decepcionarían. No se andarían con medias tintas.

Y, por supuesto, terminó hablándoles del emblema del equipo aprobado por Andrei Pavlovich, un pingüino cuyo original vivo acompañaría al equipo a todas partes como mascota.

—¡Qué buen relaciones públicas! —comentó Igor Lvovich.

A eso de la medianoche se presentó el Mercedes S600. Viktor declinó el ofrecimiento de Lvovich de llevarlo a casa so pretexto de que tenía que comentar algo con Andrei Pavlovich. Por lo tanto, después tuvo que pagar treinta hryvnas a un taxista taciturno y bruto para que pasara los semáforos en ámbar y se los saltara en rojo, mientras soltaba juramentos cada vez que algún ostentoso coche importado salpicaba al suyo al adelantarlo.

# 96

La paz nocturna de su casa no consiguió quitarle la irritación que sentía cuando se sentó en la cocina, demasiado molesto hasta para beber. Tenía ganas de romper algo, aporrear la mesa a puñetazos. Pero ¿para qué iba a despertar a los demás? Lo que le sacaba de quicio era verse otra vez atrapado contra su voluntad, en esta ocasión como redactor jefe de un periodicucho electoralista. Además, aunque tenía menos posibilidades de que se lo cargasen que los periodistas de a pie, esa situación se invertiría cuanto más partido tomara el periódico. Por eso había tenido Igor Lvovich que poner a salvo a su familia en el extranjero y fingir su muerte en un accidente de tráfico. Contempló su máquina de escribir, que había sido durante años un siervo bueno y fiel, dedicado a hacer de él un escritor o, al menos, un ensayista. ¿O acaso no había sido una herramienta imprescindible, igual que el hacha del leñador o la llave inglesa del mecánico? Decidió tirarla por la ventana, así que la cogió del taburete de Misha y la echó a las sombras silenciosas de la noche. Cuando al fin dio contra el asfalto, no hizo mucho ruido.

Al chirriar la puerta de la cocina se volvió creyendo que sería Sonia, pero se encontró con Misha plantado en el dintel, mirándole fijamente antes de acercarse al taburete donde solía comer.

—Siento haberte despertado —dijo Viktor agachándose para acariciarle la cabeza—. ¿Sabes lo que acabo de hacer?

Retrocediendo por el olor a coñac, Misha clavó en él sus ojillos penetrantes.

—He tirado mi pasado por la ventana —susurró— para no repetirlo.

Misha asintió con la cabeza, como dando su aprobación.

—Zarparemos pronto, pero antes iremos en avión.

## 97

En el Café Afgano reinaba una gran agitación cuando llegó la hora de probarse el equipo. La cosa iba en serio y se vivía un fuerte sentimiento de unidad. Como las mesas redondas de café no servían para entrenarse, Viktor en seguida consiguió quinientos dólares de Andrei Pavlovich para comprar tres sólidas mesas rectangulares de roble.

Llevar a Lyosha a las sesiones diarias de entrenamiento no era fácil, pero Viktor no se quejaba. Durante su estancia en Chechenia, Lyosha había tenido problemas de dinero en el café y por eso se había dado a la bebida. Ahora que era el capitán del equipo le habían perdonado todo, incluida la pequeña cantidad que debía. Hasta le sugirieron que volviera a ocupar su antigua habitación en el albergue, la que tenía el día que se marchó. Viktor aguardó expectante su respuesta. Sí, así ya no tendría que volver a cargar arriba y abajo desde el cuarto piso con su barbudo amigo y su silla de ruedas. Pero Lyosha declinó el ofrecimiento, aunque pidió que le siguieran reservando la habitación. ¡Viktor cayó entonces en que todo eso respondía al comentario de Sonia de que «le gustaba la tía Nina»!

Andrei Pavlovich no paraba de llamarle al móvil para preguntar por el equipo. Ya tenía en su caja fuerte los pasaportes y los visados. Los organizadores le habían enviado un mensaje de fax confirmando la participación del equipo y pidiendo el pago por adelantado del alojamiento. Eso también estaba resuelto.

No había vuelto a tener noticias de Igor Lvovich y no le dio ninguna pena. Nadie había reparado en la desaparición de su máquina de escribir, así que Viktor se preguntó si acaso su antiguo jefe habría salido de su vida junto con ella. La idea de librarse de alguien tirando algún objeto suyo era atractiva y un poco de cuento de hadas, siempre que fuera él el héroe que se deshiciese del objeto.

Intercambió más correos electrónicos con Mladen, que estaba nervioso por si interceptaban en la aduana el dinero de Viktor para el viaje. Por su parte, Viktor estaba preocupado porque, en vez de dinero, tenía que pasar por la aduana un tocho de oro. El saldo de su tarjeta de crédito, como había tenido la amabilidad de averiguar Andrei Pavlovich, era de veintisiete mil dólares.

—No estamos precisamente en la miseria, ¿verdad? —había comentado.

—Devolveré el dinero del rescate de Misha.

—No hace falta. Pague con su trabajo.

Eso es lo que Viktor se puso a hacer en su condición de entrenador.

A los pocos días Andrei Pavlovich telefoneó para anunciarle que el Canal 1 de TV iba a filmar los preparativos del equipo.

Viktor sacó quinientas hryvnas con la tarjeta y llamó a un peluquero a domicilio para que afeitara y cortara el pelo a su desaliñado equipo. La mayoría aceptó sin problemas sus servicios, impresionados por el Mazda en el que había llegado. El único que protestó, hasta que se le puso ante la disyuntiva de quitarse la barba o dejar de ser el capitán, fue Lyosha. El rasurado superman americano que resultó fue del agrado de Nina, como Viktor tuvo ocasión de comprobar más tarde.

Después de que Sonia y Nina se hubieron acostado, Viktor le comentó a Lyosha que él, Viktor, no iba a volver de Split y que no sabía cuándo regresaría.

—¿O sea que tengo que volver al albergue?

—No necesariamente. ¿Pero quién te va a llevar y traer?

—¿Nina? —aventuró él como si pensara en voz alta.

—Háblalo con ella. Y hazme un favor. Pásame una cosa por la aduana en el aeropuerto, tal vez en tu equipaje, todavía no lo sé.

—De acuerdo, siempre que no tenga consecuencias desagradables.

—Con esto, no —dijo Viktor enseñándole la tarjeta de ayudante de diputado.

## 98

Dos semanas después, cuando el deshielo ya anunciaba la primavera, Viktor reservó los billetes de avión para el equipo y el corresponsal del *Correo Ucraniano* y averiguó que había cajas de plástico con respiraderos para transportar animales pequeños.

Lyosha le dijo muy ufano que ya había hablado con Nina. Se quedaría en la casa, por mayor comodidad, y Nina le ayudaría a subir y bajar las escaleras.

—Perfecto —dijo Viktor, aunque con sentimientos contradictorios—. Pero no descuidéis a Sonia, ¿vale? Podrías enseñarle a jugar al ajedrez.

—Ya sabe. Y es buena.

A la mañana siguiente, mientras Nina se duchaba y Lyosha aguardaba su turno para entrar en el cuarto de baño, Viktor llamó a Sonia, que se presentó inmediatamente en la cocina seguida de Misha.

—¿Te acuerdas de que te hablé de ir a un café a charlar? —preguntó Viktor después de servir a Misha merluza congelada—. Pues dime adónde quieres ir y en media hora nos vamos.

La observó mientras pensaba, convencido de que diría McDonald's.

—Tío Viktor —dijo al fin—, me gustaría ir a un restaurante porque tienen más variedad de helados.

—Pero los restaurantes están cerrados por la mañana.

—Podemos esperar hasta la tarde.

—A lo mejor tengo cosas que hacer entonces.

—De acuerdo, vamos al McDonald's.

Una hora después estaban allí. Viktor pidió un Fishmac y café y Sonia una Happy Meal. Esa vez el regalo era un vaquero de alguna película americana de dibujos animados.

—Escucha —dijo Viktor—, quiero decirte una cosa, una cosa seria.

Ella puso toda su atención.

—Misha y yo nos vamos a ir y quiero que tú seas la mayor de la casa.

—Pero la tía Nina y el tío Lyosha son mayores que yo.

—En años, sí, pero esto es diferente. Quiero que te hagas la pequeña. Que te portes mal, que pidas cosas, pero fijándote en lo que hacen. En si pelean o gritan.

—Ya no. Toman café y charlan en la cocina dos veces al día. Una vez incluso me pidieron que saliera. Pero yo les escuché por detrás de la puerta y oí todo.

—¿Y qué decían? No, no me lo digas —añadió inmediatamente, mientras ella tomaba aliento—. No debes escuchar. Está mal.

—¡Entonces no te enteras nunca de nada!

—Debes aprender a preguntar cuando quieras saber algo. En fin, que me voy y te dejo como la mayor de la casa. Te llamaré por teléfono para que me cuentes lo que pasa. Y otra cosa, pídeles que te lleven más a menudo al teatro de títeres y a ver películas para niños. Deberíais ir los tres juntos. Y una vez allí, que te compren helados.

—¿Cuándo vas a volver?

—No lo sé. Estaré fuera algún tiempo. Te llamaré por teléfono.

—Y que sea a menudo.

# 99

El equipo fue transportado al Aeropuerto Internacional de Borisopol en un autobús especial con rampa elevadora para silla de ruedas y el rótulo «Obsequio de Japón al Fondo Chernobyl». Andrei Pavlovich encabezó la comitiva en el Mercedes negro 4×4.

La caja de plástico para Misha que Viktor esperaba no tener que usar, porque parecía más bien pequeña, estaba vacía en el suelo. A Misha lo sentaron en el asiento inmediatamente posterior al del conductor y en esos momentos las angustias de Viktor se centraban más en el tocho de oro que iba en la bolsa de Lyosha, entre los equipajes que el propio Viktor había cargado ayudado por Isayev, el corresponsal del *Correo Ucraniano*.

Una vez en Borisopol, el autobús torció a la derecha después de pasar la barrera levantada y se detuvo en la terminal VIP, oculta tras una hilera de árboles nevados. Andrei Pavlovich entregó los pasaportes a una sonriente y atractiva morena con un elegante uniforme de Policía de Fronteras. Apareció una joven azafata y los hicieron pasar a un confortable salón con mesas y butacas, donde dos camareras les dieron a elegir entre té, café o licores.

Los miembros del equipo miraron a Lyosha para que tomara la iniciativa. Viktor pidió un gin tonic, Andrei Pavlovich un whisky y los demás se conformaron con zumo de frutas o té. Una de las camareras se detuvo a acariciar a Misha, que estaba al lado de la silla de Lyosha.

—¿Es su mascota?

Lyosha asintió con la cabeza.

—El equipo de baloncesto de Lugansk lleva siempre su tortuga.

Andrei Pavlovich repartió los pasaportes y el equipo acudió a la puerta de embarque. Como el viaje se hacía por cuenta de un diputado, quedaron dispensadas las formalidades aduaneras y se ayudó amablemente a sentarse a los miembros discapacitados del equipo, cuyas sillas se plegaron y guardaron en la bodega.

Viktor y Misha se permitieron ocupar tres asientos. Les aguardaba un largo viaje, con tramos duros, como la travesía del Paso Drake. La vez pasada había sido relativamente tranquila. Pero ¿y esta vez? El *Horizon* era un barco grande, en un yate sería distinto.

—¿Desea beber algo? —preguntó la azafata al acercarse con el carrito de las bebidas.

—Un gin tonic, gracias.

—¿Y el pingüino?

—Agua mineral.

—¿Con o sin gas?

—Sin gas, gracias.

Misha contempló el vaso en la mesita como si fuera a encontrar dentro algún pez, luego bajó el pico despacio y bebió.

## 100

Tardaron cinco horas en otro autobús adaptado desde Zagreb a Split. Cuando empezaban a ver el mar y los rascacielos sonó el móvil de Viktor.

—¿Han tenido un buen vuelo?

—Espléndido. El autobús está llegando ahora mismo a Split.

—¡Quiero verles ganar! ¡Si no, no vuelvan! Hasta pronto.

La segunda planta del hotel donde alojaron al equipo estaba bien adaptada a sus necesidades especiales. Viktor e Isayev fueron alojados en la planta trece. No tenían gran cosa que decirse. Viktor lo consideró como el largo brazo de Igor Lvovich y en seguida levantó contra él su propio e invisible Muro de Berlín. En los demás tenía plena confianza.

Entraba el sol por la ventana de la habitación. En Split hacía mucho más calor que en Kiev. Allí ya era casi primavera. Abrió el grifo para llenar la bañera, pero, como Misha le dejó claro que quería bañarse él primero, cerró el grifo del agua caliente y abrió el de la fría.

El balcón tenía unas espléndidas vistas al mar. Se veía un trasatlántico blanco impoluto anclado a cierta distancia y, al pie del hotel, yates elegantes amarrados en largos embarcaderos. Llamó a Mladen por el móvil.

—¿Sí? —contestó en tono desabrido.

—Viktor Zolotaryov, de Kiev. Le llamo por nuestro viaje a la Antártida.

—¡Ah! —la voz se suavizó—. Me alegro de oírle. *Dobro došli!* ¡Bienvenido! ¿Dónde está usted ahora?... De acuerdo. Ahora voy para allá. Espéreme fuera dentro de diez minutos. Un Mercedes viejo azul oscuro. Ah, y lleve algo de dinero en efectivo, hay que comprar provisiones.

Viktor sacó el tocho de oro de la bolsa de Lyosha y, mientras lo metía en la suya, le sorprendió encontrar un objeto metálico que resultó ser el tazón de Winnie the Pooh.

Llamó a su casa.

—¿Has puesto tú a Winnie the Pooh en mi bolsa? —preguntó a Sonia cuando cogió el teléfono.

—Un regalo de mi parte. Sé que significa mucho para ti.

—Pues gracias —dijo él en tono amable.

—¿Cómo está Misha? ¿Se ha mareado? Dice la tía Nina que todo el mundo se marea.

—Dile que se han mareado todos menos Misha, Lyosha y yo.

—¿De verdad?

—De verdad. Ahora tengo que irme. Te llamaré.

—Un beso muy grande para Misha.

Misha estaba jugando tan feliz en el baño y, antes de salir, Viktor le dio un beso de parte de Sonia.

## 101

El Mercedes era antiguo, un modelo de los años setenta, pero Mladen, en pantalones de chándal y camiseta de futbolista, tenía un aspecto ágil y saludable, aunque debía andar por los sesenta.

Hicieron un breve trayecto hasta una pintoresca villa con vistas al mar. Mladen se detuvo ante la puerta de color verde claro, tocó el claxon y en seguida salió una chica en jeans y sudadera, acompañada de un hombre con un traje gris y una pajarita azul marino, mayor de lo que parecía en su foto en Internet, que se presentó como Radko.

—Vesna —dijo la chica dándole la mano.

—Vamos a ir al yate y luego al velero —explicó Mladen al volver al coche—. ¿Ha traído dinero?

—Tengo tarjeta de crédito.

El yate estaba amarrado en una bahía cercana y era más pequeño de lo que él se había imaginado y de los que había visto pasar por la Base Vernadski. Luego volvieron a Split, a una tienda de efectos navales en el paseo marítimo.

Cordajes y aparejos supusieron la bonita suma de tres mil ochocientos dólares en la cuenta de crédito de Bronikovski; los cargaron en el maletero del Mercedes y los llevaron al yate.

—Déjeme la tarjeta y ya me encargo yo de las provisiones —dijo Mladen examinando la firma en el reverso—. Ahí está su hotel —añadió señalándolo—. Zarpamos el día ocho a las seis. Vendré a verle mañana sobre las once.

—¿Podría ser a las dos? Mi equipo ha venido al campeonato de lucha a pulso y tengo que estar con ellos.

Mladen y Radko cruzaron una mirada significativa.

—De acuerdo —dijo Mladen.

—Otra cosa —añadió Viktor con un temblor en la voz—. Me gustaría llevar a mi pingüino para soltarlo en la Antártida. Yo ya he estado allí.

—Mañana hablamos —repuso Mladen inmutable.

Se dieron la mano y Viktor, según iba al hotel, se los imaginó mirándole con desconfianza. Tal vez la tarjeta de crédito pusiera las cosas en su sitio.

## 102

El campeonato dio comienzo con una cena a las ocho y un discurso del árbitro principal, un holandés de nombre impronunciable. El viceministro de Deportes de Croacia leyó la lista de países participantes, mientras el capitán de cada equipo se levantaba a saludar. Lyosha, cuando le llegó el turno al Club Deportivo Afgano, alzó los brazos, igual que los demás componentes del equipo, incluidos Viktor e Isayev. Saludaron con la mano para corresponder a la salva de aplausos que se tributó sincera y generosamente al único equipo de discapacitados de la competición. Era fácil conmoverse y, al mismo tiempo, difícil no lamentar el subterfugio —suyo nada más—, que tanto tenía que ver con su presencia allí. De todas formas, si Ucrania quedaba campeona, el subterfugio quedaría borrado por la verdad de Ucrania. Andrei Pavlovich, un político de éxito, podría hacer algo útil por su país. Igor Lvovich podría convertir su periodicucho electoralista en un periódico decente y objetivo.

Hubo una ronda de áspero vino dálmata tras la cual, para alivio de Viktor, Lyosha insistió en tomar Pepsi.

La cena terminó pronto. Al día siguiente a las nueve, Ucrania contra Rumania.


Viktor se había tumbado a escuchar el suave rumor del Adriático por la puerta abierta del balcón cuando llamaron a la puerta.

Se levantó, dio la luz —se fijó en que eran las once—, abrió la puerta y, para sorpresa suya, era Vesna, con un vestido corto de color lila.

—¿Puedo pasar?

Fue a la silla donde había dejado la ropa a ponerse algo.

—No hace falta —dijo—. No me voy a quedar. Vuelva a la cama. ¿Dónde está su pingüino?

—En el balcón.

Salió, se agachó junto a él y le habló en croata. Al entrar, se quitó lo poco que llevaba encima y se metió en la cama de Viktor.

—No te vayas a creer que me gustas —susurró, cuando permanecían tumbados juntos después—. Digan lo que digan de mi padre, me educó bien y soy incapaz de mentir.

—Entonces, ¿a qué viene todo esto? —preguntó mirándola a la cara.

—¿Esto? —repitió Vesna con un deje de sorpresa—. Esto es para ti, para que sigas vivo...

Se levantó, se vistió y salió sin decir palabra.

En el gran gimnasio de un colegio, cubierto de carteles de los patrocinadores y banderas, el equipo de lucha a pulso de Ucrania se enfrentó con el de Rumania en seis sólidas mesas bajo las respectivas enseñas nacionales, la mirada del resto de los equipos y no pocos espectadores.

Los competidores aguardaban la señal para comenzar, que consistió en una palmada que dio el árbitro principal. En ese mismo instante se tensaron los brazos por el esfuerzo y algo parecido ocurrió entre los espectadores. El árbitro paseaba por entre las mesas, observando los seis duelos. En la mesa más alejada de la entrada, el rumano empezó a doblegar el brazo del ucraniano, pero este se recuperó y presionó a su adversario.

Para Viktor, absorto en el duelo de la primera mesa, era una pelea desigual, puesto que algunos contendientes no podían cobrar impulso al no tener piernas.

Pero, como para disipar dudas, un rubicundo veterano de Afganistán doblegó la mano de un rumano hasta hacerle apoyar el dorso en la mesa. El árbitro levantó la mano del ganador, gritó algo y los espectadores más próximos aplaudieron. Viktor se levantó emocionado; buscaba con la mirada alguien con quien compartir su alegría cuando, por detrás de la cámara de Isayev, distinguió a Mladen sentado y charlando animadamente con un joven de atuendo vaquero.

El resultado final fue de cinco a uno a favor de Ucrania. En la media hora siguiente dos jóvenes en chándal cambiaron las banderas de las mesas por las de Holanda y Polonia. Sin motivo alguno, Viktor esperaba que ganaran los holandeses, pero, al final, ganaron los polacos y Viktor se alegró casi tanto por ellos como por su propio equipo.

La jornada de competición acabó a eso de la una, pero, antes de ir a comer, Viktor fue al supermercado a comprar pescado del Adriático para Misha. Se lo sirvió en el balcón, para que pudiera contemplar el mar mientras comía. El equipo ya estaba a la mesa, pero no habían empezado, como si esperasen un brindis o un discurso. Viktor elogió su actuación y les deseó cinco victorias para el día siguiente. Tuvo palabras especiales de agradecimiento para el capitán, Lyosha, que asintió serio con la cabeza a modo de respuesta.


Mladen apareció a las dos y llevó a Viktor a una pequeña taberna balcánica, donde daban comidas regadas con raki, mejores que la que había compartido con Lyosha y el resto del equipo. Mladen preguntó a Viktor a qué se había dedicado a lo largo de su vida. Viktor se limitó a decir que, antes de dedicarse a los deportes, había ejercido como periodista y luego llevó la conversación a la vida en Ucrania.

Al final de la comida Mladen devolvió a Viktor la tarjeta de crédito.

—¡Todo listo, incluidas provisiones por un valor de diez mil dólares, así que *hvala lepo*, muchas gracias por todo!

De vuelta al hotel, Viktor tomó café y coñac en la terraza de una cafetería y pensó en Vesna, en la diestra actuación de la mujer la noche anterior y en la perspectiva de que se repitiera. Era una mujer que, en palabras de Nekrasov, «detendría a un caballo desbocado o le haría salir disparado...». Sonó su móvil.

—¿Qué tal? ¿Tomando el sol? —preguntó Andrei Pavlovich.

—¡Hemos ganado a los rumanos!

—¡Bien hecho, sigan así! Si quedan campeones, dígales que les daré una prima de mil dólares además del sueldo.

—Se lo diré.

—Hablaré con usted mañana.

Viktor se tomó el coñac y pidió otro.

El suave oleaje del Adriático proporcionaba un agradable ruido de fondo a la comedida existencia cotidiana de la ciudad. Contempló a los jóvenes que paseaban. En el café de al lado había hombres mayores tomando raki y viendo un partido de fútbol por televisión. Aquel ruido de fondo era el que le había faltado a él en su vida. Le gustaba.

# 104

El *Vesna*, con tres camarotes, salón, cocina, ducha y WC, era más espacioso de lo que parecía, una casa sobre el agua, únicamente sometida a los vientos y al control de la mano del hombre.

Viktor no quiso despedirse del equipo y, menos aún, de Isayev. Pero pidió a Mladen que su amigo Mirko llevara a Lyosha a la bahía en coche. Mirko le ayudó a montar en la silla de ruedas y a bajar a la bahía.

—Así que mañana contra Polonia por el oro o la plata —dijo Viktor chocándole la mano—. Ocúpate de que todo vaya bien.

Lyosha levantó los brazos y se dieron un abrazo.

—Y que tengas suerte tú —dijo.

Los ojos de Viktor se llenaron de lágrimas. Le daba la impresión de que no solo estaba diciendo adiós a Lyosha, sino a toda su vida, a Kiev, a Sonia, a su pasado...

Volvió la cabeza hacia el yate y Misha, que los observaba desde la popa.

—Debo irme —suspiró.

Cuando ya se dirigían mar adentro, pero se veían todavía Split, el hotel e incluso, imaginó él, el Mercedes antiguo, llamó a Lyosha por el móvil.

—¿Ya te has cansado? —preguntó este.

—¡Ocho de marzo! ¡Día Internacional de las Mujeres! Mándales un abrazo a Nina y Sonia de mi parte.

—¡Demonios! Me había olvidado. Gracias. Las llamaré por teléfono.

—Y llámame mañana.

—Si puedo.


Cuando bajó al camarote, se cambió la ropa del C.D. Afgano por una camisa de franela a cuadros y se la metió por dentro del pantalón. Tuvo la sensación de haberse librado de su patria y su pasado, pero no, con un poco de suerte, de tener un futuro.

—¿Un recuerdo de infancia? —preguntó Vesna al ver el tazón de Winnie the Pooh al asomarse. Viktor asintió con la cabeza—. Sube a cubierta, quiero enseñarte algo.

En la cubierta le señaló a Misha inmóvil en medio del balanceo del barco, concentrado en el rumbo, igual que un niño pequeño jugando a ser el capitán.

—¿Conoces el cuento de Garbancito? —preguntó Viktor.

—Del colegio, sí.

—Pues así es como me siento yo ahora —dijo en tono sombrío—. Después de dejarlo todo, no sé si me van a comer...

—Ya veremos —dijo ella mientras bajaba.

Vio a Mladen y Radko gobernar el yate y no entendió por qué no le pedían que los ayudase, con lo larga que iba a ser la travesía.

Misha insistió en quedarse en cubierta, como si esperase ver la Antártida en cualquier momento.

Como no se había dormido del todo, notó como alguien trataba de abrir la puerta, cerrada con llave.

—Soy yo —susurró Vesna—. O sea que tienes miedo —añadió una vez dentro, sentándose en su litera.

—¿A qué te referías con «ya veremos»?

—Mi padre y Radko han sido declarados criminales de guerra. Somos bosnios, no croatas, y no vamos a la Antártida, sino a Argentina, donde mi padre tiene amigos. Se proponen echarte por la borda.

—¿A Misha también?

—Mira, todavía no hemos llegado a eso. Garbancito no sabía nadar, pero tú sí. Confía en mí. Duerme un poco —dijo poniéndose de pie.

## 105

A la mañana siguiente lo despertaron gritando y apo-
rreando la puerta. Apoyó los pies en el suelo inestable y
fue medio dormido a quitar el pestillo y abrir. Mladen
entró rojo de ira, dando gritos y señalando a Vesna.

—¿Es cierto? —rugió.

—¿Qué?

—¿Que durmió con ella en el hotel?

—Sí.

Mladen soltó un puñetazo, pero fue Vesna quien cayó
al suelo. Viktor fue hacia ella, mientras Mladen salió pre-
cipitadamente, agarrándose la cabeza con las manos y
gritando «¡Menudo idiota estoy hecho!». Viktor se arro-
dilló junto a Vesna, que tenía el ojo hinchado. Se había
llevado el puñetazo dirigido a él.

—Se me pondrá bien —dijo con suavidad—. Y no
ando acostándome con gente por ahí... Eres el único
hombre con quien me he acostado...

La ayudó a levantarse, mojó en agua fría el extremo
de una toalla y se lo dio para que se lo pusiera en el ojo.

Los pasos agitados que se sentían en cubierta se trasladaron de pronto a la escalerilla, y Mladen y Radko aparecieron en la puerta, el primero sinceramente arrepentido y el segundo desconcertado.

Mladen miró primero a su hija y luego a Viktor.

—¿Dónde se hizo esa cicatriz? —preguntó.

—En Chechenia.

Mladen sintió alivio.

—Yo, estas, en Bosnia —dijo subiéndose la camiseta a rayas azules y blancas para dejar ver unas cicatrices y una cruz ortodoxa de oro tan tosca como para suscitar preguntas—. No será usted judío, ¿verdad? —soltó de pronto.

—Ucraniano de padres rusos.

—Los eslavos debemos estar unidos —dijo Mladen despacio, como si recitara una lección, tendiendo los brazos y atrayendo a Viktor hacia sí—. Hijo mío, me alegro por ti —siguió con voz temblorosa por la emoción—. Pero si le fallas, te mataré... Si ella te falla, decidirás tú... —Cuando Mladen aflojó el abrazo, Viktor estuvo a punto de perder el equilibrio—. Celebraremos la boda hoy mismo —dijo Mladen—. Y mañana a las seis te toca guardia y te enseñaré lo que tienes que hacer.

—Mi padre no es un asesino —dijo Vesna cuando se quedaron solos—. Es simplemente un patriota. Lo que dice, lo hace.

—Como tú.

—Sí.

# 106

Esa misma tarde el *Vesna* echó el ancla en las inmediaciones de un islote. Mladen y Radko se pusieron de chaqueta cruzada, camisa blanca y corbata. Subieron una mesa a cubierta y pusieron un montón de comida. A Misha le dieron atún en lata. Radko tocó el acordeón y cantó, mientras los demás le acompañaban. Viktor no entendía la letra, pero no se le escapaban los ritmos gitanos y su aire de libertad sin cortapisas. Les llamaron desde otro yate y Mladen mandó parar la música y les gritó que estaban celebrando una boda, tras lo cual se asomaron cuatro hombres fornidos y dos mujeres muy bronceadas que gritaron algo al pasar.

—¡*Gorko*, sigamos con la fiesta! —exclamó Mladen, ante lo cual Viktor y Vesna se unieron en un beso que aún continuaba cuando los gritos del otro yate ya no podían oírse.

—¡Muy bien! —dijo Mladen, y Radko volvió a tocar.

Bebieron raki y comieron, mientras Mladen proponía un brindis y el mar quedaba envuelto en la manta transparente y estrellada de la noche meridional.

Sonó el móvil de Viktor.

—¡Oro! —gritó Lyosha—. ¡Oro! Andrei Pavlovich está como loco.

—¡Bien! ¡Muy bien!

—¿Qué es esa música?

—Una boda.

—¿En el yate?

—En el yate.

—¿La de quién?

—La mía, la nuestra.

—¡Me estás tomando el pelo!

—No, es verdad.

—¿Por amor?

—Mejor aún... ¡Ha sido el destino! Pero no se lo digas a Nina y Sonia todavía.

—No se lo diré. Ah, Isayev está buscándote por todas partes. Nos vamos mañana. ¿Qué le digo?

—Dile que he desertado y que espero que me perdonen.

—Que tengáis mucha suerte los dos —dijo Lyosha con afecto.


—¡Por Ucrania! —propuso Mladen cuando Viktor les contó la noticia.

Viktor bebió, aunque tenía claro que Ucrania tenía poco que ver con aquel festejo. Pidió permiso para bajar al camarote y al volver propuso un brindis:

—¡Por mis padres, que ya están muertos, y por ti, el padre de Vesna! —chocaron los vasos—. Y en reconocimiento a la maravillosa mujer que has hecho de ella, un pequeño regalo... —y le entregó a Mladen el tocho de oro.

Mladen lo tomó sin saber qué decir, aunque con una amplia sonrisa.

—No es para mí solo —dijo—. Todavía no lo sabes, pero tenemos una casa donde cabemos todos nosotros. Mis hermanos nos han comprado un restaurante y esto —tocó el oro— será vuestro futuro. Viviremos juntos en armonía. Os enseñaré el oficio de mi padre. Panadero. Todos necesitamos pan. Con esto pondremos una panadería y os aseguraremos una buena vida a Vesna, a ti y a mis nietos.

«Con una panadería se gana mucho dinero y yo ya estoy acostumbrado al calor», había dicho Seva en el pasado, y Viktor miró a Misha como queriéndole preguntar si se acordaba de aquello.

—Y Misha..., ¿podremos dejarlo en la Antártida? —preguntó Viktor.

—En la Antártida sin más no, sino cuando pasemos por alguna isla con pingüinos. Te doy mi palabra.

# Epílogo

Un mes después echaron el ancla en una isla grande, a cuyo acantilado acudió un buen número de pingüinos curiosos para verlos.

Soplaba un viento fuerte y, antes de devolver a Misha a su helada libertad, Viktor llamó a su casa y, para sorpresa suya, no tuvo ninguna dificultad en comunicarse.

—Sonia, ¿me oyes?

—No hace falta que grites. ¿Dónde estás? ¿En la Antártida?

—Muy cerca. Misha está a punto de irse.

—Dale un beso de mi parte. Ah, te han estado llamando del trabajo. La tía Nina dice que voy a tener un hermanito o hermanita. Y el tío Lyosha tiene coche. Ahora es un campeón. Tiene colgada la medalla de oro. Ha ido a un torneo a Bulgaria.

—Bien. Besos a todos. Os llamaré dentro de una semana o así.

Guardó el móvil en el bolsillo, se agachó y besó a Misha en la cabeza.

—De parte de Sonia, que te quiere mucho.

Misha asintió con la cabeza, miró a los ojos a Viktor y luego se volvió para observar a los demás pingüinos que se zambullían ágilmente en el mar. Les echó una última mirada a los cuatro y él también se zambulló ágilmente sin salpicar ni una sola gota.

*Berlín – París – Kiev – Lazarevka 2002*

**BOB1**
MARK OLIVER EVERETT
Cosas que los nietos deberían saber

*

**BOB2**
WERNER HERZOG
Conquista de lo inútil

*

**BOB3**
BEN BROOKS
Crezco

*

**BOB4**
MONICA DRAKE
Amigas con hijos

*

**BOB5**
PETER HELLER
La constelación del Perro

**BOB6**
SANTIAGO LORENZO
Los millones

\*

**BOB7**
GRACE METALIOUS
Peyton Place

\*

**BOB8**
SANTIAGO LORENZO
Los huerfanitos

\*

**BOB9**
HOWARD BUTEN
Cuando yo tenía cinco años, me maté

\*

**BOB10**
SANTIAGO LORENZO
Las ganas

\*

**BOB11**
ENRIQUE JARDIEL PONCELA
La «tournée» de Dios

\*

**BOB12**
PERCIVAL EVERETT
*X*